二見文庫

心ときめくたびに

リンゼイ・サンズ／武藤崇恵＝訳

The Husband Hunt
by
Lynsay Sands

心ときめくたびに

登　場　人　物　紹　介

リサ	マディソン三姉妹の三女
ロバート・メイトランド	ラングリー卿 マディソン三姉妹の幼なじみ
クリスティアナ	マディソン三姉妹の長女 ラドノー伯爵夫人
リチャード・フェアグレイブ	ラドノー伯爵。ロバートの親友
シュゼット	マディソン三姉妹の次女 ウッドロー伯爵夫人
ダニエル	ウッドロー伯爵。ロバートの親友
モーガン夫人	リサの知人
ベット	リサの侍女
チャールズ・フィンドリー卿	リサの求婚者
ペンブルック卿	リサの求婚者
ティバルド卿	リサの求婚者

1

「ねえ、帰ってくるのはいつごろになりそう?」リサは上の姉のクリスティアナに尋ねた。

クリスティアナは巻き毛を散らした髪の上に、丸いお洒落《しやれ》な帽子をそっと載せた。

「午後遅くなるかもしれないわね。レディ・ウィザリーのお茶会は長いことが多いから。たぶん、今日もお孫さん全員が楽器を演奏してくださるでしょうし」クリスティアナは顔をしかめ、低い声でつぶやいた。「音楽的な才能があるかどうかは気になさらないみたい」

姉らしからぬ辛辣な口調に、リサはくすりと笑いそうになった。「すこしは上手になってるんじゃないかしら」

「そうね」クリスティアナは疑わしいという顔で帽子を確認した。眉をひそめ、まっすぐにリサを見つめる。「ねえ、体調が思わしくないあなたを、ひとり残していくのは気が進まないわ。いまからでもお断りして――」

「大丈夫。心配しないで。シュゼットはもう支度を済ませて、クリスティアナが迎えにいくのを待っているわよ」リサは慌てて答えた。マディソン姉妹の次女シュゼットの名前を聞いて、クリスティアナが眉間にしわを寄せた。リサは早口で続ける。「こんな直前になってお断りするなんて、あまりにも失礼だし、それほど具合が悪いわけじゃないの。ちょっと頭痛がして、お腹の感じがすっきりしないだけだから。おとなしく休んでいれば、今夜のランドン公の舞踏会には行かれると思うわ。なんといっても、社交シーズンの始まりだものね」

「本当に大丈夫なの？」クリスティアナはまだ迷っている様子だった。

「大丈夫よ」早く追いはらいたくてやきもきしていると悟られないよう、短く答える。

「それならいいけど」クリスティアナは小さくため息をつくと、ぎゅっと妹を抱きしめ、きちんと休んでいるよういいきかせた。

ドアが閉まると、リサはほっと笑顔になった。素早く窓に近づき、ブロンドでほっそりとしたクリスティアナが、屋敷の前に停まったラドノー家の馬車へ歩いていくのをそわそわと見守る。馬車が走りだしたのを確認すると、廊下に飛びだして二階へ急いだ。

予想どおり、リサの部屋では侍女のベットがドレスの用意をしていた。今夜のランドン公の舞踏会に着ていくドレスだ。

しかめ面で額に手をあて、小さくため息をついてベッドに近寄る。「用意はあとでいいわ。ちょっと頭が痛いから、しばらく横になりたいの。だれが来ても起こさないで」

ベットは驚いた顔でリサを見つめた。不審そうに目を細めたので、やはり不自然だったかとどきどきしたが、ベットはドレスをしわにならないように整えて、ドアに向かった。「ご用の際はお呼びください」

リサはベッドに腰を下ろして室内履きを脱いだ——が、ドアが閉まると同時にまた足を入れ、勢いよく立ちあがった。衣装箱の底に隠してあった鞄《かばん》を引っぱりだし、モーガン夫人のためにきれいに包装した贈り物が入っているのを確認する。そっとドアに近づいて廊下の様子をうかがった。なんの音も聞こえないので、おそるおそるドアを開ける。だれもいないのを確認し、階段に急いだ。

息を止めたまま踊り場まで降り、そこでゆっくりと息を吐きだした。耳を澄ますと階下も静かだった。もう一度大きく息を吐き、そっと下へ降りる。ところが、居間へ向かう途中で、廊下の突きあたりにある厨房のドアが開いた。慌てて執務室にもぐりこみ、だれにも気づかれませんようにと祈りながらそっとドアを閉めた。

ドアに耳を押しつけて様子をうかがったが、なんの物音も聞こえない。厨房のドアを開けた人物は、気が変わってそのまま引っこんでしまったのだろうか。あるいはとっくに通りすぎたのに、その音に気づかなかったのかもしれない。問題は、どちらなのかが、さっぱりわからないことだった。

その場で足踏みをしながら待っていたが、我慢できずに鍵穴から廊下をのぞいてみた。だが、鍵穴では小さすぎて、はっきりとはわからない。しばらくそのまま待ったが、なんの気配も感じられないので、大丈夫だろうと判断した。

リサは立ちあがって深呼吸すると、指を交差させて幸運を祈り、そっとドアを開けた。廊下にはだれもいなかったので、ほっとため息を洩《も》らす。階段からも物音が聞こえないのを確認し、客間に滑りこんだ。

ドアを閉め、ひと息つく。こんなに苦労したのに、ようやく道半ばといったところだ。無事に屋敷を抜けだせるのかと、不安が胸をよぎる。いまは考えまいと、長椅子の下からケープとペリースを引っぱりだした。早朝、屋敷内が寝静まっているうちに隠しておいたのだ。急いで重たいケープを巻きつけ、フードをかぶり、手首にペリースをはめ、最後に贈り物を胸に抱えた。フランス窓からのぞくと、庭に人影はなかった。

思いきって庭に出て、屋敷の正面へ向かった。予定外の来客の馬車が到着したり、義兄のリチャードが仕立屋から戻ってきたりしないよう、心のなかで必死で祈る。召使が正面玄関や窓からひょいと外をのぞいて、出ていく姿を見られるのも避けたかった。だが、きょろきょろしていたらかえって注意を引きそうで、頭を上げてまっすぐ急いだ。

ようやく正面の門にたどりつき、だれかに見とがめられる前にさっさと門をすり抜けた。門を閉め、みごと脱出に成功――と歩きだそうとしたとき、茂みから侍女のベットが現れて前に立ちはだかった。

「今朝からご様子がおかしかったので、なにかよからぬことを計画なさっているのはわかっておりました」ベットは足を開いて胸の前で腕を組み、眉を上げた。そばかすの散った顔には、そんなお転婆は許さないと書いてある。「どこに行くおつもりですか」

「驚かさないでちょうだい」リサは胸に手をあてた。「ベットこそ、こんなところでなにをしているの？」

「あたしのことはいいんです。お嬢さまはどうなさったんですか」ベットは容赦がなかった。

リサは痛いところを突かれ、精一杯威厳をとり繕った。自分づきの侍女というよりは、友人に近い存在であるベットに、こんなきつい口調でなにかをいうのは初めてだった。「そんなことを質問する立場にないでしょう、ベット。わたしはあなたの主人なのよ」ベットに目を細めて見つめられ、リサは内心怯みながら続けた。「屋敷に戻って、今夜の舞踏会のためにドレスの用意をしてちょうだい」

「わかりました」ベットは不満そうな声で答えた。「お嬢さまが侍女も連れずにひとりでお出かけになったことを、ハンダーズさんにご報告しませんと」

ラドノー家の新しい執事の名前を出されて、リサは慌てた。ハンダーズは職務に忠実なので、リチャードが帰宅するなり報告するのはまちがいない。「それは困るわ」

「そういうわけにはいきません」ベットはきっぱりといい、眉を上げて続けた。「あたしも一緒に連れていってくださるなら、話はべつですから黙っていますけど。そうすればすべて丸くおさまるんじゃありませんか」なるほど、一理ある。

リサは判断に迷い、ちらりと門に目をやった。モーガン夫人の手紙にはひとりで来るようにと書いてあり、それを読んだときに実はほっとした。ファニーという売春婦が主人公の発禁本をくれた人物と知れば、クリスティアナはモーガン夫人とつきあうことに難色を示すにちがいない。そんな姉を説得して一緒についてきてもらうよりも、ひとりで訪ねるほうが簡単だった。もちろん、侍女も連れずに外出するなんて非常識なのもわかっている。ひとりで屋敷を抜けだそうとした理由は——単に大冒険の予感で頭がいっぱいで、そこまで考える余裕がなかっただけだった。こうなったらベットも連れていくしかないだろう。まともな淑女は侍女も連れずにロンドンをうろうろしたりはしないものだと自分を納得させる。

リサは大きくため息をついた。「わかったわ。一緒に行きましょう」

「ありがとうございます」ベットは当然とばかりに、リサの隣を歩きだした。「どこへ行くんですか？」

「お友だちを訪ねるの」リサはにっこりした。ようやくモーガン夫人に会えると思うとわくわくする。田舎で偶然モーガン夫人と知りあったことは、忘れられない刺激的な経験だった。ロンドンで再会するのを楽しみにしていたのだ。

「遠いんですか？」ベットは興味津々の様子だ。

「モーガン夫人は角を曲がったところに馬車を待たせておくと約束してくれたの」リサは唇を噛《か》んだ。

「モーガン夫人？」ベットは眉をひそめた。「三年前に、マディソン家の地所で馬車が故障したかたじゃないですよね？　旦那さまに馬車を村まで移動するよういわれた従僕たちが、やけにじろじろ見ていたあのご婦人ですか？」

「そうよ」あからさまにいやな顔をしたベットに、リサは顎を上げた。

「本当に訪ねるつもりですか？　シムズ夫人は、淑女がおつきあいする相手じゃないといってましたよ。手紙のやりとりだけならともかく――」

「シムズ夫人の噂話《うわさ》に興味はないわ」リサは顔をしかめた。モーガン夫人から発禁本をもらったことなど知らない女中頭が、どうしてそんなことをいうのだろう。馬車が故障したモーガン夫人がマディソン館に立ち寄ったときに、ちらりと見ただけのはずなのに。

「でも――」ベットは食いさがった。

「しぃっ、ほら、馬車が」角を曲がると、窓に黒いカーテンのかかった黒馬車が待っていた。

「さあ、行きましょう」

　リサは先に立って馬車へ急いだ。

「レディ・マディソン？」御者が馬車の扉を開けた。

　リサは笑顔でうなずき、急いで馬車に乗りこんだ。

「ご婦人ひとりだけといわれてるんですが」ベットも続いて乗りこもうとすると、御者が遮った。

「わたしのお供よ」リサは座りかけた腰を浮かした。「淑女が侍女も連れずにひとりで外出はできないもの」

御者はためらっていたが、諦めたようにベットを通した。「わかりました。でも、モーガン夫人がなんというか」

その言葉にリサは眉をひそめたが、正面に座ったベットを安心させようと微笑んだ。「夫人だって、わたしがひとりで来るとは思ってらっしゃらないでしょう」

御者はかぶりを振り、馬車の扉を閉めた。

ふたりが思わず顔を見合わせていると、馬車が揺れた。御者が御者台にあがったのだろう。やがて馬車が動きだし、ふたりは不安を抑えて黙って座っていた。無断でベットを連れていったらモーガン夫人が気を悪くするかもしれないと、急にリサは心配になってきた。でも、侍女を同伴してはいけない理由など見当もつかない。

あのとき、モーガン夫人は馬車の修理が終わるまで、五日間村の宿に滞在していた。たいていはベットを買い物に行かせてひとりで訪ねたが、一度か二度はベットを連れていったのを覚えている。もちろんなにが許されるか、少なくとも黙認されるかは、ロンドンと田舎ではかなりちがってくるだろう。それでもモーガン夫人も、まさかロンドンのような都会でリサがひとりで外出するとは思わないはずだ。たしかに最初はひとりで訪ねるつもりだったが、淑女にあるまじきふるまいだとベットに反対され、もっともだと考えなおしたのだ。そんな愚かなことをしたと噂されたら、リサの人生はもうおしまいだ。これまでマディソン家は一度ならず醜聞の嵐に巻きこまれそうになったが、いつもあやういところでことなきを得てきたのだ。

目的地であるモーガン夫人の屋敷までの道のりは長かった。少なくとも、不安を隠そうともしないベットとふたりきりで、やきもきしながら座っているしかないリサにはとてつもなく長く感じられた。カーテンが閉まっているので、外を眺めて気を紛らせることもできない。どのみちカーテンを開け、だれかに姿を見られる危険を冒すわけにはいかなかった。この外出がリチャードやクリスティアナの耳に入ったら大騒ぎになるのは確実だ。

そこまで考えたところでリサは顔をしかめ、用意したささやかな贈り物をぎゅっと握りしめた。モーガン夫人なら喜んでくれるだろうと選んだ本だ。もっとも、おとなしい内容で、田舎の宿でモーガン夫人にもらった本とはおおちがいだったが。あの本には本当にびっくりした。読んでいるとなんだかぞくぞくしたのをいまでもよく覚えている。売春婦ファニーの冒険に胸をときめかせ、ファニーの恋人とおなじようなことをロバートにされたらどんな感じだろうと、つい想像したものだ。

ロバート・メイトランド・ラングリー卿のことを思いだしてリサは憂鬱になった。ラングリー家はマディソン館の隣にあり、ロバートとは幼なじみだった。少女のリサはロバートに恋をして、その気持ちをずっと大切に胸に秘めてきた。ハンサムで、たくましくて、聡明なロバート――だが、彼にとって、リサはいくつになってもかわいい妹のままだった。クリスティアナとリチャード、シュゼットとダニエルの仲睦まじい様子を見ていると、リサも幸せな家庭を築きたいと憧れる。だからこそ、もう子供ではなく、恋人にふさわしい淑女になったとロバートに気づいてほしかった。この二年間精一杯がんばったけれど、ロバートは信じがたいほど鈍感で、手のかかるかわいい妹扱いをやめようとしない。もううんざりだった。ロバートのことは諦めて、今夜の舞踏会ですてきな相手を見つけよう。いや、見つかるかどうかはわからないが、探すことならできる。もしかしたら、ロバートなんか色褪《いろあ》せて見えるほど、魅力的な男性と巡りあえるかもしれない。

舞踏会にはきっとフィンドリー卿も来ているはず。リサは二年前に初めてロンドンに来たときに踊った相手を思いだした。あのときは、仕事の用でロンドンに向かったきり音信不通になった父マディソン卿が心配で、シュゼットと一緒にロンドンに駆けつけたのだが、急いでシュゼットの結婚相手を見つける必要に迫られ、到着した晩に三姉妹揃《そろ》って舞踏会に出席したのだ。シュゼットはあの晩、舞踏会に来ていた独身の殿方全員とダンスを踊ったような気がする。いや、正確には全員じゃない。チャールズ・フィンドリー卿だけはシュゼットではなく、リサにダンスを申しこんだのだ。

フィンドリー卿のことを思いだすと、自然と笑みが浮かんだ。長身で細面、プラチナブロンドの髪のフィンドリー卿はとてもすてきだった。残念ながら、あのときはロバートのことしか目に入らず、魅力的な殿方という漠然とした印象しか残っていない。だが、今夜もたぶん会えるだろうし、またダンスを申しこまれるかもしれない。今度はよく観察しよう。場合によっては、もう一歩踏みこんでもいいかもしれない。

新鮮な空気を吸いにテラスに出ようと誘われたら、キスくらいなら許してみようかしら。もしかしたら、ファニーのように胸が熱くなるかもしれない。そうしたら――もうロバートのことは忘れよう。どれだけ思っていても気づいてくれない相手を追いかけるのには疲れてしまった。

気づくと馬車の速度が落ちていた。ベットはなにが起こるのかと身構えているようだ。馬車が停まった。リサは安心させようと微笑んだが、内心では侍女同伴で来たことをモーガン夫人にどう思われるかと不安だった。御者が馬車の扉を開けたので、リサは勇気を出して足を踏みだした。

ベットを待ちながら、きょろきょろとまわりを見まわす。だれかに見られたらと気が気ではなかったが、そんな心配は無用だった。てっきり長い私道が伸びる屋敷の正面にいるものと思ったら、裏の小路にまわったらしく、裏口と思しいドアが目の前にあった。

「急いで」御者が馬車の扉を乱暴に閉め、裏口を指さした。「モーガン夫人はだれにも見られたくないだろうから」

リサは唇を嚙み、ドアをノックした。

「どうぞ、そのまま」御者はぶっきらぼうにいった。「お待ちかねです」

リサはためらったが、ため息をついてノブに手を伸ばした。なかからドアが開いたのでほっとしたが、腕をつかまれたのには驚いた。

「ほら、早くなかへ。モーガン夫人はあんたが入るとこを見られたくないんだよ」大柄な老女がまくしたてながら、リサを薄暗い厨房《ちゅうぼう》に引っぱりこんだ。なかはむっとするほど暖かい。料理番の老女はドアを閉めようとしたが、そこへベットが慌てて飛びこんできた。「なんだい、あんたは」

「わたしの侍女です」リサは穏やかに答えた。なんだかいやな予感がしてきた。

料理番はベットをじろじろ見て、思いだしたように急いでドアを閉めた。「ふたりとも上玉じゃないか。ギリーにモーガン夫人を呼びにいかせるよ。すぐに来るだろうから、客間で待ってな」振り向いてもう一度ふたりを眺め、湯気のたつ厨房の奥を指さした。「そこを出て、廊下の突きあたりの右側のドアだよ」

リサはさっぱり事情が呑みこめなかったが、不安そうなベットを見て自分がしっかりしなければといいきかせた。これまでお茶会でこんな扱いを受けたことはなかった。だが、上流階級ではないモーガン夫人はそれなりの額しか支払えないだろうから、まともな召使を雇えないのも仕方ないのだろう。おそらくリサが厄介な問題に巻きこまれないようにと配慮してくれた結果、こんな不思議な出迎えになったに決まっている。モーガン夫人に初めて会ったときも頭が切れることに驚いたことを思いだした。リサの家族が彼女を訪ねるのに難色を示は、そんなお転婆は許さないと書いてある。「どこに行くおつもりですか」

「驚かさないでちょうだい」リサは胸に手をあてた。「ベットこそ、こんなところでなにをしているの？」

「あたしのことはいいんです。お嬢さまはどうなさったんですか」ベットは容赦がなかった。

リサは痛いところを突かれ、精一杯威厳をとり繕った。自分づきの侍女というよりは、友人に近い存在であるベットに、こんなきつい口調でなにかをいうのは初めてだった。「そんなことを質問する立場にないでしょう、ベット。わたしはあなたの主人なのよ」ベットに目を細めて見つめられ、リサは内心怯みながら続けた。「屋敷に戻って、今夜の舞踏会のためにドレスの用意をしてちょうだい」

「わかりました」ベットは不満そうな声で答えた。「お嬢さまが侍女も連れずにひとりでお出かけになったことを、ハンダーズさんにご報告しませんと」

ラドノー家の新しい執事の名前を出されて、リサは慌てた。ハンダーズは職務に忠実なので、リチャードが帰宅するなり報告するのはまちがいない。「それは困るわ」

「そういうわけにはいきません」ベットはきっぱりといい、眉を上げて続けた。「あたしも一緒に連れていってくださるなら、話はべつですから黙っていますけど。そうすればすべて丸くおさまるんじゃありませんか」なるほど、一理ある。

リサは判断に迷い、ちらりと門に目をやった。モーガン夫人の手紙にはひとりで来るようにと書いてあり、それを読んだときに実はほっとした。ファニーという売春婦が主人公の発禁本をくれた人物と知れば、クリスティアナはモーガン夫人とつきあうことに難色を示すにちがいない。そんな姉を説得して一緒についてきてもらうよりも、ひとりで訪ねるほうが簡単だった。もちろん、侍女も連れずに外出するなんて非常識なのもわかっている。ひとりで屋敷を抜けだそうとした理由は――単に大冒険の予感で頭がいっぱいで、そこまで考える余裕がなかっただけだった。こうなったらベットも連れていくしかないだろう。まともな淑女は侍女も連れずにロンドンをうろうろしたりはしないものだと自分を納得させる。

リサは大きくため息をついた。「わかったわ。一緒に行きましょう」

「ありがとうございます」ベットは当然とばかりに、リサの隣を歩きだした。「どこへ行くんですか？」

「お友だちを訪ねるの」リサはにっこりした。ようやくモーガン夫人に会えると思うとわくわくする。田舎で偶然モーガン夫人と知りあったことは、忘れられない刺激的な経験だった。ロンドンで再会するのを楽しみにしていたのだ。

「遠いんですか？」ベットは興味津々の様子だ。

「モーガン夫人は角を曲がったところに馬車を待たせておくと約束してくれたの」リサは唇を噛《か》んだ。

「モーガン夫人？」ベットは眉をひそめた。「三年前に、マディソン家の地所で馬車が故障ん会えるだろうし、またダンスを申しこまれるかもしれない。今度はよく観察しよう。場合によっては、もう一歩踏みこんでもいいかもしれない。

新鮮な空気を吸いにテラスに出ようと誘われたら、キスくらいなら許してみようかしら。もしかしたら、ファニーのように胸が熱くなるかもしれない。そうしたら——もうロバートのことは忘れよう。どれだけ思っていても気づいてくれない相手を追いかけるのには疲れてしまった。

気づくと馬車の速度が落ちていた。ベットはなにが起こるのかと身構えているようだ。馬車が停まった。リサは安心させようと微笑んだが、内心では侍女同伴で来たことをモーガン夫人にどう思われるかと不安だった。御者が馬車の扉を開けたので、リサは勇気を出して足を踏みだした。

ベットを待ちながら、きょろきょろとまわりを見まわす。だれかに見られたらと気が気ではなかったが、そんな心配は無用だった。てっきり長い私道が伸びる屋敷の正面にいるものと思ったら、裏の小路にまわったらしく、裏口と思しいドアが目の前にあった。

「急いで」御者が馬車の扉を乱暴に閉め、裏口を指さした。「モーガン夫人はだれにも見られたくないだろうから」

リサは唇を嚙み、ドアをノックした。

「どうぞ、そのまま」御者はぶっきらぼうにいった。「お待ちかねです」

リサはためらったが、ため息をついてノブに手を伸ばした。なかからドアが開いたのでほっとしたが、腕をつかまれたのには驚いた。

「ほら、早くなかへ。モーガン夫人はあんたが入るとこを見られたくないんだよ」大柄な老女がまくしたてながら、リサを薄暗い厨房《ちゅうぼう》に引っぱりこんだ。なかはむっとするほど暖かい。料理番の老女はドアを閉めようとしたが、そこへベットが慌てて飛びこんできた。「なんだい、あんたは」

「わたしの侍女です」リサは穏やかに答えた。なんだかいやな予感がしてきた。

料理番はベットをじろじろ見て、思いだしたように急いでドアを閉めた。「ふたりとも上玉じゃないか。ギリーにモーガン夫人を呼びにいかせるよ。すぐに来るだろうから、客間で待ってな」振り向いてもう一度ふたりを眺め、湯気のたつ厨房の奥を指さした。「そこを出て、廊下の突きあたりの右側のドアだよ」

リサはさっぱり事情が呑みこめなかったが、不安そうなベットを見て自分がしっかりしなければといいきかせた。これまでお茶会でこんな扱いを受けたことはなかった。だが、上流階級ではないモーガン夫人はそれなりの額しか支払えないだろうから、まともな召使を雇えないのも仕方ないのだろう。おそらくリサが厄介な問題に巻きこまれないようにと配慮してくれた結果、こんな不思議な出迎えになったに決まっている。モーガン夫人に初めて会ったときも頭が切れることに驚いたことを思いだした。リサの家族が彼女を訪ねるのに難色を示したかたじゃないですよね？　旦那さまに馬車を村まで移動するよういわれた従僕たちが、やけにじろじろ見ていたあのご婦人ですか？」

「そうよ」あからさまにいやな顔をしたベットに、リサは顎を上げた。

「本当に訪ねるつもりですか？　シムズ夫人は、淑女がおつきあいする相手じゃないといってましたよ。手紙のやりとりだけならともかく――」

「シムズ夫人の噂話《うわさ》に興味はないわ」リサは顔をしかめた。モーガン夫人から発禁本をもらったことなど知らない女中頭が、どうしてそんなことをいうのだろう。馬車が故障したモーガン夫人がマディソン館に立ち寄ったときに、ちらりと見ただけのはずなのに。

「でも――」ベットは食いさがった。

「しぃっ、ほら、馬車が」角を曲がると、窓に黒いカーテンのかかった黒馬車が待っていた。

「さあ、行きましょう」

リサは先に立って馬車へ急いだ。

「レディ・マディソン？」御者が馬車の扉を開けた。

リサは笑顔でうなずき、急いで馬車に乗りこんだ。

「ご婦人ひとりだけといわれてるんですが」ベットも続いて乗りこもうとすると、御者が遮った。

「わたしのお供よ」リサは座りかけた腰を浮かした。「淑女が侍女も連れずにひとりで外出はできないもの」

御者はためらっていたが、諦めたようにベットを通した。「わかりました。でも、モーガン夫人がなんというか」

その言葉にリサは眉をひそめたが、正面に座ったベットを安心させようと微笑んだ。「夫人だって、わたしがひとりで来るとは思ってらっしゃらないでしょう」

御者はかぶりを振り、馬車の扉を閉めた。

ふたりが思わず顔を見合わせていると、馬車が揺れた。御者が御者台にあがったのだろう。やがて馬車が動きだし、ふたりは不安を抑えて黙って座っていた。無断でベットを連れていったらモーガン夫人が気を悪くするかもしれないと、急にリサは心配になってきた。でも、侍女を同伴してはいけない理由など見当もつかない。

あのとき、モーガン夫人は馬車の修理が終わるまで、五日間村の宿に滞在していた。たいていはベットを買い物に行かせてひとりで訪ねたが、一度か二度はベットを連れていったのを覚えている。もちろんなにが許されるか、少なくとも黙認されるかは、ロンドンと田舎とではかなりちがってくるだろう。それでもモーガン夫人も、まさかロンドンのような都会でリサがひとりで外出するとは思わないはずだ。たしかに最初はひとりで訪ねるつもりだったが、淑女にあるまじきふるまいだとベットに反対され、もっともだと考えなおしたのだ。そんな愚かなことをしたと噂されたら、リサの人生はもうおしまいだ。これまでマディソン家は一度ならず醜聞の嵐に巻きこまれそうになったが、いつもあやういところでことなきを得てきたのだ。

目的地であるモーガン夫人の屋敷までの道のりは長かった。少なくとも、不安を隠そうともしないベットとふたりきりで、やきもきしながら座っているしかないリサにはとてつもなく長く感じられた。カーテンが閉まっているので、外を眺めて気を紛らせることもできない。どのみちカーテンを開け、だれかに姿を見られる危険を冒すわけにはいかなかった。この外出がリチャードやクリスティアナの耳に入ったら大騒ぎになるのは確実だ。

そこまで考えたところでリサは顔をしかめ、用意したささやかな贈り物をぎゅっと握りしめた。モーガン夫人なら喜んでくれるだろうと選んだ本だ。もっとも、おとなしい内容で、田舎の宿でモーガン夫人にもらった本とはおおちがいだったが。あの本には本当にびっくりした。読んでいるとなんだかぞくぞくしたのをいまでもよく覚えている。売春婦ファニーの冒険に胸をときめかせ、ファニーの恋人とおなじようなことをロバートにされたらどんな感じだろうと、つい想像したものだ。

ロバート・メイトランド・ラングリー卿のことを思いだしてリサは憂鬱になった。ラングリー家はマディソン館の隣にあり、ロバートとは幼なじみだった。少女のリサはロバートに恋をして、その気持ちをずっと大切に胸に秘めてきた。ハンサムで、たくましくて、聡明なロバート——だが、彼にとって、リサはいくつになってもかわいい妹のままだった。クリスティアナとリチャード、シュゼットとダニエルの仲睦まじい様子を見ていると、リサも幸せな家庭を築きたいと憧れる。だからこそ、もう子供ではなく、恋人にふさわしい淑女になったとロバートに気づいてほしかった。この二年間精一杯がんばったけれど、ロバートは信じがたいほど鈍感で、手のかかるかわいい妹扱いをやめようとしない。もううんざりだった。ロバートのことは諦めて、今夜の舞踏会ですてきな相手を見つけよう。いや、見つかるかどうかはわからないが、探すことならできる。もしかしたら、ロバートなんか色褪《いろあ》せて見えるほど、魅力的な男性と巡りあえるかもしれない。

舞踏会にはきっとフィンドリー卿も来ているはず。リサは二年前に初めてロンドンに来たときに踊った相手を思いだした。あのときは、仕事の用でロンドンに向かったきり音信不通になった父マディソン卿が心配で、シュゼットと一緒にロンドンに駆けつけたのだが、急いでシュゼットの結婚相手を見つける必要に迫られ、到着した晩に三姉妹揃《そろ》って舞踏会に出席したのだ。シュゼットはあの晩、舞踏会に来ていた独身の殿方全員とダンスを踊ったような気がする。いや、正確には全員じゃない。チャールズ・フィンドリー卿だけはシュゼットではなく、リサにダンスを申しこんだのだ。

フィンドリー卿のことを思いだすと、自然と笑みが浮かんだ。長身で細面、プラチナブロンドの髪のフィンドリー卿はとてもすてきだった。残念ながら、あのときはロバートのことしか目に入らず、魅力的な殿方という漠然とした印象しか残っていない。だが、今夜もたぶ

すことも夫人には想像がついたのだろう。

リサはなんとか笑みを浮かべ、ベットの腕をとって、料理番が指さした奥のドアに向かった。

「こんなの、おかしいです」ベットはドアを閉めるなり低い声でまくしたてた。ふたりは長く薄暗い廊下を進んだ。「まともなかたのお屋敷なら、淑女が裏口からこそこそ入るなんてありえません。そのうえ、汚い格好の太ったおばあさんに、あんな口をきかれるなんて――」

「しぃっ」リサは注意したが、ひと言も反論はできなかった。たしかにベットのいうとおりなのだ。あの料理番は信じられないほど感じが悪かったし、服も汚れていた。どう見ても清潔にはほど遠い。お茶と一緒に焼き菓子を出されても、口に入れるのは遠慮したほうがよさそうだ。ふと見ると、ベットが不満そうに頬をふくらませている。「きっと、モーガン夫人はわたしのことを守るために裏口から入らせたのよ」

「夫人がきちんとした女性なら、お嬢さまを守る必要などありません」ベットが噛みついた。

たしかにそのとおりだ。ちくりと不安が胸を刺し、ため息をついた。「でも、もうここまで来てしまったし。お茶を一杯いただいたら、すぐに失礼しましょう。さすがに――」

「あら、ここにいたのね。ギリーから到着したと聞いたから。厨房でお迎えするつもりだったけど、ちょっと手が離せなくて」

驚いて見上げると、優美な曲線を描く階段を黒髪の女性が降りてきた。モーガン夫人だ。リサは田舎での楽しい想い出がよみがえり、ひそかに抱いていた不安が吹き飛んだ。ふたりに向かって廊下を歩いてくる夫人を、リサは満面の笑みで迎えた。

「屋敷を出てこられないかもしれないと、心配していたのよ」モーガン夫人は微笑んだが、ベットの姿を見ると表情を曇らせた。「お友だちを連れてきたの?」

「侍女のベットです」慌てて言い訳をする。「一緒のほうがいいと思ったので。淑女はひとりで出歩いたりしないものですよね」

「ええ、もちろんよ」モーガン夫人はなにもなかったかのような笑顔に戻っていた。「さあ、ふたりともいらっしゃい。お茶を飲みながら、楽しくおしゃべりしましょう。最後に会ったのは、ずいぶん前のことのような気がするわ」

「ええ、またお会いできて嬉《うれ》しいです」リサは笑顔でうなずいた。なにも心配する必要はなかった。

2

「おまえを愛しているのには気づいているんだろう？」

ダニエルの遠慮ないひと言に、ロバートは仏頂面でウィスキーを飲みほした。ほとんど味もわからず、ため息をついてグラスを置く。ダニエルからリチャードへ視線を移し、素知らぬ顔で尋ねた。「だれの話だ？」

「だれ？」リチャードは苦々しい声でつぶやいた。「社交界デビューのためにロンドン滞在中のリサだよ。まさか、忘れたわけじゃないだろう、クリスティアナとシュゼットの一番下の妹。幼なじみのきみは一緒に育ったようなものだって話じゃないか。姉ふたりはきみを兄のように慕っているが、リサだけは本気で愛しているようだ」

ロバートは倶楽部《くらぶ》の給仕を探すふりをして、ふたりの視線を避けた。おなじ学校に通った仲間だが、ロバートは一年ほど後輩なので、ふたりがクリスティアナとシュゼットと関わりができるまでは、あまりつきあいはなかった。

しかし、あれを関わりというのは控えめすぎる表現かもしれない。クリスティアナはリ

チャードになりすました双子の弟ジョージと、それと知らずに結婚していたのだ。ジョージはリチャードを暗殺して兄のすべてを我がものとしようと、ごろつきにリチャードを襲わせたのだった。さいわいリチャードは命からがら逃げだすことに成功し、苦労して自分の人生をとりもどした。その騒ぎのなかクリスティアナと恋に落ち、彼女との結婚はそのまま続けることにしたのだ。

そしてダニエルは学生時代からのリチャードの無二の親友だったが、ロバートとともにジョージが引き起こした騒動の解決に奔走した。なんとジョージたちは、三姉妹が祖父から莫大《ばくだい》な遺産を相続したことをかぎつけ、それぞれが姉妹と結婚したのちに事故に見せかけて殺してしまう計画を立てていたのだ。ジョージたちの計画を阻止するためにみなで協力するうち、クリスティアナは本物のリチャード・フェアグレイブ・ラドノー伯爵と、シュゼットはダニエル・ウッドロー伯爵と結婚したわけだった。

リチャードとダニエルはいまも変わらず妻に夢中で、それぞれの夫婦は仲睦まじく暮らしている。ロバートは幼なじみの姉妹の幸せが我がことのように嬉しかったし、この二年でダニエルやリチャードと親しくつきあうようになったことも喜ばしく思っている。ただ、たまにうんざりすることもあった。

たとえば、いまのように。「少女特有の思いこみだよ。すぐに勘違いだと気づくさ」

ダニエルは大声で笑った。「少女の思いこみだって？　リサはもう二十一歳だぞ。少女と

はいえないだろう」

「二十一歳?」ロバートは耳を疑った。髪をお下げにしたリサが、物語の主人公を見つめるように瞳を輝かせ、スカートをひるがえして自分のあとをついてまわっていたのは、つい昨日のことのように思える。いつのまにか大人になっていたということか。

「リサはもう二十一歳で、社交界にデビューすることも決まった」リチャードが続けた。

「このままではだれかにリサをとられるぞ。長年の片思いに見切りをつけて、ロンドンで結婚相手を探すつもりじゃないかと思うんだ」

「ふーん」ロバートは思わず顔をしかめた。長年、親に近い気持ちで見守ってきたつもりだったが、リサをほかの男にとられると指摘されたとたん、これほど狼狽するとは自分でも驚いた。一種のうぬぼれだろうか。憧れのまなざしで見つめられるのが、自分で思っている以上に心地よかったのだろう。それを失うのが寂しくて、感傷的になっているだけだ。そうに決まっている。「いい相手が見つかるといいな。リサにも幸せになってほしいと思っているんだ。ぼく自身は身をかためる気はないし、いまの愛人にも満足してるよ」

「そうだろうな」ダニエルはにやりと笑った。「おれたちが結婚で苦労しているのに、なにひとりで楽をしているんだ。水くさいじゃないか」

ロバートは思わず噴きだした。「結婚で苦労? 冗談も休み休みにしろ。結婚して二年になるが、いまだにシュゼットとちょっと離れていることすらできないんだろう。先週のハン

ドリーのお茶会では、ふたりして掃除用具入れに消えたのを知ってるんだぞ」大笑いするリチャードに顔を向ける。「きみとクリスティアナだってたいして変わらない。先日のウィザースプーン家の晩餐会で揃って庭に消えたのは、べつに星を眺めていたわけじゃないだろう」

にやにや笑うだけのふたりに、あきれてかぶりを振った。「どうしてそこまで一緒にいたいのか、理解に苦しむね。しょっちゅう暗がりやだれもいない部屋に消えているが、結局はおなじことをしてるわけだろう？　よく飽きないもんだ」

「その言葉の裏には、ねたみが混じっているな」とダニエル。

「ふん」ロバートはあえて否定しなかった。「好きに解釈してくれ。我が家の男たちは結婚運がなくてね。父、祖父、曾祖父、みな信頼できない妻に泣かされた。父が一番ひどいな。母は不実だっただけじゃなく、父を死に追いやった疑いまであるんだ。それも恋人のガウアー卿とおおっぴらに遊び歩くために」かぶりを振った。「だから、結婚なんて死んでもごめんだと思っている。公爵家の跡取りが必要だなんて、ぼくの知ったことじゃない。愛人と楽しく好き勝手にやって、老人になったらひとりで寂しく墓に入るさ」

ロバートはおかわりを頼もうと給仕を探したが、姿が見あたらない。視線を戻すと、リチャードとダニエルが渋面で黙りこんでいた。

「どうした」ロバートは訊《き》いた。「さすがに噂くらいは耳にしてるだろう」

ふたりは顔を見合わせ、ダニエルが浮かない顔で口を開いた。「まあな。だがおまえが知っているかがわからなかったから」

「心配ご無用。母は慎重を期すタイプじゃないからな。喪に服すふりすらしなかった。父が亡くなったあとは、ロンドンで楽しそうにガウアー卿と遊び歩いているよ」

リチャードは真面目な顔で尋ねた。「お母上がお父上の死に関係しているかもしれないと、本気で疑っているのか?」

ロバートはため息をつき、もう一度給仕を探した。だが見つからないので、肩をすくめて答えた。「まあな。父は日に日に衰弱し、死を待つばかりという状態だった。だが……あと一日か二日は大丈夫だろうと思っていた。ところがぼくが朝の遠乗りから帰宅したら、めったに田舎には帰ってこない母が待っていた」唇を嚙んだ。「ハンカチを握りしめてむせび泣いていて、父が死んだと教えてくれた」

ロバートは顔を背けてつぶやいた。「母がなにかをしたとしても、父を楽にしてやりたかっただけかもしれない。見ているのがつらいほど、苦しんでいたからな」沈黙が流れ、いたたまれずに座りなおした。「すまない。気が滅入る話をしてしまった」ふたりは気の毒そうに首を振るばかりだった。ロバートは立ちあがった。「ぼくは失礼するとしよう。自宅なら、好きなときに酒が飲めるからな。また、会おう」

「ベットは処女なのかしら？」

　リサは慌てて目をしばたたいた。お茶の途中で居眠りしそうになるなんて、礼儀知らずの自分が信じられない。だが、モーガン夫人の非常識な質問にも耳を疑った。わたしの侍女にあんなことを訊くなんて――いや、相手がだれだろうと、尋ねることではないだろう。だらしなく椅子に座っているのに気づいて、リサは慌てて背筋を伸ばした。なんだかふらふらする。いったいどうしちゃったのかしら。頭をはっきりさせようと、首を振った。

　ベットがなにかつぶやいているが、よく聞こえない。ベットは訴えるような目でこちらを見ていた。おそらくリサとおなじ状態なのだろう。

「心配いらないわ」モーガン夫人はほがらかに告げた。「たぶんベットはそうだろうと思うけど、きちんとお医者さまに調べてもらうから。競売には必要なのよ。証明書なしじゃ、だれも値をつけてくれないでしょうし。大枚をはたいてもらうには、口先だけというわけにはいかないの」

　なんの話か理解できないながら、本能が危険だと叫んでいた。

「あ、あの……」口を開いたが、声がまともに出てこない。

「ようやく効いてきたのね」モーガン夫人はにっこり微笑み、テーブルの小さな鐘を二度鳴らした。「さあ、おやすみの時間よ。おとなしく待っていてくれるなら、そのほうが面倒がなくていいものね」

「待つ？」ぼうっとしてきた頭で必死で考える……ベットと一緒にここから逃げださないと……いますぐに。

「お医者さまに診察してもらうのをね。競売で高値がつくように」モーガン夫人が説明した。「リサはご指名の殿方を待っていてちょうだい。来ていると連絡しておいたから。でも、昼間はほとんど寝ているから、おいでになるのは夕食後でしょうね。その前にお風呂できれいにして、すてきな衣装に着替えさせてあげるから安心して。そのかたのお好みは心得ているから。こまかいところまでうるさいのよ」モーガン夫人は表情を曇らせた。「あら、ちょうどいいわ。料理番とギリーにふたりをベッドまで運んでもらいましょう。わたしはこれで失礼するけど、彼らに任せておけばちゃんと面倒をみてくれるわ」

リサはドアに向かうモーガン夫人の背中を呆然《ぼうぜん》と見送った。ふたりが部屋に入ってくる気配がしたが、顔を動かせない。お友だちだと思っていたのに……お茶になにか入れられたみたい……変な薬かしら……ベットはどこに……ご指名の殿方というのはどういう意味……。

それきり、意識を失ってしまった。

3

リサはすさまじいいびきで目を覚ました。どうしてこんなにうるさいのかと寝返りをうつと、なにかかたいものにぶつかった。目を開けると、ベットの肘だ。どうしてベットが隣にいるのだろう。召使の階に自分の部屋があるのに。

一気に記憶がよみがえった。勢いよく起きあがり、あたりを見まわす。粗末な寝台よりもすこし大きいだけの狭くてみすぼらしい部屋だった。家具は寝台しかない。黒いカーテンのかかった窓の正面に大きながっしりしたドアがあった。

おそるおそる立ちあがると、部屋がぐるぐるとまわりはじめた。なんとか眩暈《めまい》がおさまるのを待ち、大きく息を吐く。知らないうちに呼吸を止めていたようだ。ゆっくりと寝台をまわって、ドアに近づいた。ドアノブをまわしてみたが、ドアはびくともしない。やっぱり、そう甘くはなかった。鍵がかかっている。

今度は窓に向かい、重いカーテンを開けた。陽射しに照らされて部屋が明るくなると、ベットの大きないびきも止まった。なにかもごもごいっているが、いまはそれどころではな

い。窓の外をじっくりと観察した。ここはモーガン夫人のテラスハウスの二階で、あそこに見えるのは裏手の小路だろう。窓を上に押しあげてみる。きしみながらちゃんと開いたのでほっとした。

窓に鍵がかかっていないのはいい知らせにちがいない。リサはそっと窓を閉めた。ここが二階だから油断したのだろう。なんとかして窓から逃げだすことはできないだろうか。どちらかが、ことによってはふたりともひどい怪我をするかもしれない。だが、モーガン夫人がなにをたくらんでいるにしろ、このままここにいて、むざむざと思いどおりになるわけにはいかない。

リサは惨めな気持ちでため息をついた。モーガン夫人を大好きだったたし、お友だちだと思っていた。あんな姿を見るまでは。あれが本性だったのだ。お茶になにかを混ぜて、こんなところに閉じこめるなんて。なにをたくらんでいるんだろう。ご指名の殿方がどうとかいっていた記憶がある。医者にベットを診察させて、高値でどうするとか。だが、はっきり覚えていないのでは、なにひとつ事情がわからなかった。

「なにがあったんですか?」

振り向くとベットが起きあがって、途方にくれたようにあたりを見まわしていた。すぐに記憶がよみがえったのか、怖い顔をこちらに向けた。

「だから、あんな怪しげな性悪女、信用できないと申しあげたじゃないですか。こんなとこ

ろに閉じこめられるなんて」

ベットの言葉遣いは聞きながすことにした。悪い言葉を口にするなんて初めてのことだが、こんなおそろしい状況では無理もないだろう。「ねえ、文句ならあとでゆっくり聞くわ。いまはどうやってここを脱出するかを考えましょうよ」

ベットは不満顔だったが、寝台から飛びおりた。「ドアしかないでしょう。窓から逃げるなんて無理ですから」

「ドアには鍵がかかっているの」リサは静かに答えた。

「そんな……」ベットは隣に来て窓の外をのぞいた。状況がわかってくるにつれ、ベットはみるみる意気消沈していった。「ここから逃げるなんてできるわけありません。壁は煉瓦《れんが》でつかまるところもないし、真っ逆さまに落ちちゃいます」

リサは顔をしかめた。ベットの言葉を聞いていると、どんどん不安になってきたのだ。気をとりなおし、部屋を見まわした。「ロープを作ればいいのよ」

「どうやって？」ベットはにべもない。

しばらく考えていたら、ぱっと名案がひらめいた。「ねえ、前に読んであげたお話を覚えてる？　ハロウェイ卿がレディ・ラティシアを誘拐して、卑劣のかぎりを尽くす話」

「ええ、おもしろかったので、よく覚えています」ベットはようやく微笑んだ。「本当にひどい悪党で、徹底的に彼女をいじめるんですよね」

「そうそう。でもラティシアは窓から逃げだすのよ。ロープを——」

「シーツで作って」ベットは嬉しそうにあとを引きとり、寝台へ急いだ。手早く重い上掛けを下ろし、シーツをはぐ。リサも慌てて手を貸した。「うわっ、すごく汚いですね」

「でも汚れているほうが丈夫かもしれないし」リサはぞっとしながらも、手だけはせっせと動かした。

「信じられません！　こんなものの上に寝ていたなんて」ベットは大騒ぎしている。「絶対にノミに食われていますよ……それだけじゃすまないかも」

「そうね」リサはため息をつき、シーツを細長く裂きはじめた。

「お嬢さまがこっそり冒険しようとしたせいで、大変なことになっちゃいましたね」ベットもシーツを引き裂いた。

「そんなに責めないで」リサは負けじといいかえした。「ベットだって、一緒に連れていけと脅したじゃない。あんなことをしなければ、いまごろは屋敷でのんびりしていられたのに」

「でも、あたしがいなかったら、どうなっていたと思います？」ベットは手を動かしながら、ずけずけと指摘した。「ひとりで売春宿に放りこまれてたんですよ」

「そうね、ひとりよりは心強いわ。たとえ売春宿——えっ？　ここは売春宿なの!?」リサは言葉の意味を理解すると、思わず大声をあげた。

「モーガン夫人が、ご指名がいるとか、医者に診察させるとかいってたのは、どういう意味だと思ったんです?」ベットは淡々と説明した。「お嬢さまが読んでくださった物語みたいですよ。男爵家の末娘が悪い女に誘拐されて、無理やり――」言葉が途切れ、ベットは目を丸くした。「いやだ! 本当にそっくり。さらわれて、部屋に閉じこめられて、野蛮な男に弄《もてあそ》ばれるのを待つばかりなんて。ああ、神さま、あたしたちをお助けください」はっと息を呑《の》む。「まさか、モーガン夫人もおなじ本を読んでいたりして」

「たぶん、そうだわ。モーガン夫人からもらった本だから」リサは返事をするのもやっとだった。弄ばれるという言葉が頭にこびりついて離れない。男爵の末娘が辱《はずかし》めを受ける――作家はこれから起こることを予言していたかのようだ。ベットの真っ青な顔を見て、自分の恐怖は頭から追いはらった。ぴしりと背中を伸ばす。「大丈夫。無事に逃げられるから」

「はい」ベットは消えいりそうな声で答えた。ふたりは裂いたシーツを縒《よ》りあわせ、しっかり結んで、一本の長いロープをこしらえた。

「窓へ運びましょう」リサはできあがったロープの片方の端を持った。だが、意気揚々と一歩踏みだしたとたん、落ちていた上掛けにつまずき、あやうく顔から着地するところだった。声に出さずにぼやきながら、重い上掛けを寝台へ投げ返し、またロープを手に窓へ急ぐ。ベットももういっぽうの端を持ってあとをついてきた。

「どこにロープを結べばいいんでしょうか?」ベットが途方に暮れた顔で尋ねた。

どうしようかと、リサは部屋を見まわした。使えそうなものは寝台しかない。ひざまずいて寝台の下をのぞきこみ、なんとか寝台の足にロープを結びつけた。

「大丈夫ですか?」ベットは不安そうだ。

「ええ」リサは表情を引きしめ、慎重に窓まで伸ばしたロープをベットに渡した。「ウエストにしっかりと結びつけて」

ベットがうなずくのを見て、急いで窓を押しあげる。窓はスムーズに動いてちゃんと止まったので、リサはほっとした。振り向くと、ベットがロープを巻き終えていた。

リサは優しく微笑んだ。「窓枠に外向きに座って、ゆっくりロープを伝って降りればいいのよ。地面に着いたらロープをほどいてね。それを引っぱりあげて、今度はわたしが降りるから」

ベットはおとなしく窓枠に腰かけたが、おずおずといった。「お嬢さまが先に逃げるべきです――」

「わたしのせいでこんなことになっちゃったんだもの。さあ、急いで」ベットの腕をそっと押した。

ベットは困ったような顔で、脚を窓の外へ出して窓枠からぶら下がった。下の地面をちらりと見てつぶやいた。「長さは足りるでしょうか」

内心の不安を抑えこみ、リサは無言でロープの残りを窓の外へ出した。励ますように微笑

み、身振りで降りるよう促す。

ベットはため息をつき、慎重に片手ずつロープをつかんだ。両手に体重をかけたとたん、床をこする大きな音が聞こえた。リサが驚いて振り向くと、寝台が床を滑っている。リサは慌ててロープをつかんだ。なんとか声を絞りだす。「早く降りて」

「でも、お嬢さまは？　どうやって――」

「助けを呼んできて。ここで待ってるから」ベットを無事に逃がしたい一心で、途中で遮った。だれかが寝台が動く音に気づいて、様子を見にきたら――。「急いで」

「でも、だれにお願いすればいいんでしょう」ベットは必死の形相で尋ねた。「クリスティアナさまとシュゼットさまはお茶会ですし――」

「ロバートを連れてきて。早く」腕が痙攣《けいれん》している。「お願い、ベット。もう限界なの」

ベットはまだ話を続けたそうだったが、事情を理解して降りていった。すぐに姿が見えなくなる。リサは目を閉じ、腕が痛いのを考えまいとした。永遠に続くような気がしてきたところで、急にロープにかかる重みが消えた。上体を後ろに倒してロープを引っぱっていたリサは、反動で後ろにひっくり返りそうになる。それでもなんとか立ちあがった。

ほっとしながら急ごしらえのロープを放し、窓から身を乗りだして外を見ると、小道を急ぐベットが見えた。手早くロープを部屋のなかに戻し、窓を閉める。

寝台の足の結び目も解き、とりあえずロープを上掛けの下に押しこんだ。だがすぐに考え

なおして、結び目だらけでかさばるロープを広げ、その上に上掛けをふわりとかけた。これでベッドが寝ているように見えるだろう。できることはすべてやった。さて、肝心のベッドはどうしただろうと、リサは部屋のなかをうろうろしながら考えた。無事にロバートのところまでたどりつけるだろうか。

ここからはどれだけ離れているのだろう。貸し馬車の代金を渡してあげればよかったが、そこまで考える余裕はなかった。ロバートの屋敷に着いたらかならず支払うからと、馬車に乗っていますように。徒歩で向かっていたら、ロバートが助けに来てくれてもまにあわないかもしれない。そう考えるといてもたってもいられずに、リサは窓に近づいた。もう一度寝台の足にロープを結びつけ、自力で脱出するべきだろうか。

寝台が動いても窓側の壁にぶつかるだけで、無事降りられるかもしれない。だが、その音でだれかが調べに来て、見つかってしまう可能性も高い。ロープを腰に結び、窓から飛びおりる手もある。また寝台が動いたとしても、半分は降りられるだろう。音に気がついてだれかが駆けつける前に、なんとか地面まで降りてしまえば大丈夫だ。やはり――。

だれかが歩いてくる足音に、リサははっとしてドアを見つめた。恐怖で動けずにいたが、鍵がさしこまれる音が聞こえると、自分の身体を盾にして寝台を隠そうと、ドアへ近づいた。ちょうどそのときドアが開き、慌てて飛びのいたところにモーガン夫人が現れた。

「あら、目が覚めたのね。ちょうどよかったわ」

その言葉にリサは警戒心を募らせた。緊張で口がからからだ。「なにがちょうどいいんですか？」

モーガン夫人は首を傾げて寝台のほうをのぞきこんだ。「ベットはまだ寝ているのね」

「ええ」それ以上は探らせまいと、リサはその場を動かなかった。

モーガン夫人は肩をすくめた。「そうでしょうね。お茶を何杯もおかわりしていたもの。彼女を診察するお医者さまはまだだから、かまわないわ。さあ、いらっしゃい。用意をしましょう」

「なんの用意ですか？」モーガン夫人に腕をつかまれて、リサは慌てて尋ねた。

「お待ちかねの殿方のためにね」モーガン夫人はにっこり笑った。ようやく気づいたが、品がないどころか、残忍さが透けて見える笑顔だった。

「絶対にいやで……」抗議するつもりが、声にならなかった。廊下に出ると、夢に見そうなほど醜悪な顔をした禿《は》げ頭の大男が立っていたのだ。

「ギリーよ」モーガン夫人が部屋のドアを閉め、また鍵をかけた。「騒いだりしたら、ギリーに湯浴みと着替えを手伝ってもらうわね」

「そんな……」リサは絶句したが、抗議の言葉を呑みこみ、おとなしく廊下を進んだ。ギリーがすぐ後ろからついてくる気配を感じた。

「旦那さま」

椅子の背に頭を載せて目を閉じていたロバートは、執務室の戸口に目を向けた。執事のモーズビーだった。ロバートはなにごとだと眉を上げた。「どうした?」

「お目にかかりたいという淑女と紳士がいらしております」どこから見ても淑女でも紳士でもないので、面会は断ることを勧めると言外にほのめかしているような口調だった。「正面の階段でお待ちでございます。窓からご覧になって、お会いになるかを判断なさるのがよろしいかと」

ロバートは執事の風変わりな提案に好奇心をそそられ、窓の外を眺めた。執務室は屋敷の正面にあり、出窓から通りが見下ろせる。紗《しゃ》のカーテンの隙間から階段にいるふたりを見て、ロバートは眉をひそめた。太った大男の素性はわからないが、女のほうはどことなく見覚えがあった。リサ・マディソンの侍女のベットのようだ。確認しようとカーテンを開ける。

なんだか様子がおかしかった。侍女はここからでもそばかすがくっきり見えるほど顔面蒼《がんめんそう》白《はく》だった。そのうえ、どうやら男に腕をつかまれているようだが、いてもたってもいられないとばかりに、手を揉《も》み絞り、その場で足踏みをしている。

「通してくれ」ロバートはカーテンをもとに戻した。

「かしこまりました」モーズビーは穏やかに応じたが、その声にはどうしてそのような愚行をという響きがあった。本拠をロンドンに移して以来、モーズビーはロバートの行動に異を

唱えることが増えた。どうやらラングリー家安泰のため、ロバートの結婚相手を見つけるのは自分の義務と心得ているらしい。周囲のだれもかれもが結婚を勧めるが、ロバート本人にその気はなかった。それがますますまわりの騒ぎを助長しているのだろう。

ロバートはため息をつき、机に戻って来客を待った。どうしてリサの侍女がひとりで訪ねてきたのだろう。リサとクリスティアナの伝言を届けに来たにしては、腕をしっかりつかんで放さない男の存在が不可解だった。

「ああ、ロバートさま!」

顔を上げると、ベットがこちらに駆けよろうとして、腕をつかんでいる男に乱暴に引きずりもどされていた。爪が食いこんで痛いとベットの顔に書いてある。手荒な扱いに顔をしかめ、思わずロバートは立ちあがった。「腕を放してやれ」

「約束の金をもらったら、すぐに放してやりますよ」男は不満顔で応じたが、多少は力を緩めたようだ。

「金だって?」ロバートはベットに顔を向けた。

「お願いします」ベットは早口でまくしたてた。「ロバートさまに救出をお願いするよう、お嬢さまから託《ことづ》かりました。でも、自分がどこにいるのかもわからなくて、馬車を借りるお金もありませんでした。それで、ここまで乗せてくれたら、ロバートさまが払ってくださると約束したんです」

「ぼくに救出を頼むよう、リサから託かった？」ロバートは驚いて聞きかえした。

「そうです。あたしたち――」ベットはいいよどんだ。腕をつかんでいる男を心配そうにちらりと見やり、またロバートに顔を向ける。

御者の前では説明したくないらしいと察し、ロバートは執事にうなずいた。「御者に金を支払ってやれ」

「かしこまりました」モーズビーは穏やかに答え、御者に眉を吊りあげた。一瞬ためらってから御者はベットの腕を放し、ロバートへ会釈すると、執事のあとについて姿を消した。

モーズビーがドアを開けたままにしたのは、話の続きが洩れ聞こえるのを期待してのことだろう。ロバートは足早に机をまわり、ドアを閉めに行った。

戻ってくると、ベットの顔をのぞきこんだ。「どうしてリサはきみをここへ寄こしたのかな？」

「ですから、お嬢さまを救うためです。のんびりしている余裕はありません。いまこのときも、お嬢さまはどんな目に遭われているか」ベットの声は真に迫っていた。

ロバートは渋面を作った。「具体的にはなにから救うんだ、ベット？」

「ああ」ベットは悲痛なうめき声をあげた。「ひどい話なんです、ロバートさま。お茶に変な薬が入っていて、あたしたちは閉じこめられてしまいました。あたしは窓から逃げたんですが、寝台の重さが足りなくて、お嬢さまはあとに残られたんです。いますぐお嬢さまを救

出に向かわなければ、大変なことになります！」

ベットのまくしたてる勢いには圧倒されたが、話はまったく理解できなかった。寝台の重さが足りないから、リサはあとに残った？　なにに足りなかったんだ？　よくわからないながらも、リサが大好きなロマンス小説顔負けの事件に巻きこまれたのはまちがいないようだ。とはいえ、本当にそうなのかと疑問も湧く。リサはロバートのことをきれいさっぱり諦めたわけではなく、自分の関心を惹《ひ》くための最後の賭けとして、こんな突拍子もないことをはじめたのかもしれない。

「お願いします！」ベットはロバートの腕をつかんで、ドアへ引っぱっていった。「お嬢さまが弄ばれたり、二度と立ちなおれないような目に遭ったりしたら、あたし、一生自分が許せません。お嬢さまはあたしを先に逃がしてくださって。お譲りするべきでしたのに――」

「弄ばれたり、二度と立ちなおれないような目に遭う？」ロバートは大笑いしてしまった。それはまた、想像以上に派手な展開だ。おとなしくて優しいリサは驚くほどロマンティストで、現実の世界に生きているのか、物語の世界にふわふわと漂っているのか、どちらなのかとロバートはたまに疑問に思うことがある。最近はとんでもない陰謀が進行する小説に夢中らしく、その世界にのめりこむあまり――。

「笑いごとではありません」ベットの顔は恐怖に引きつっている。「このままでは、大変なことになります。ご指名の殿方が到着してしまったら、とりかえしのつかないことに――」

「ご指名の殿方？」ロバートはやっと真剣に聞く気になった。

「モーガン夫人がそういったんです。お嬢さまをご指名の殿方がいると」

「モーガン夫人？」たしかに笑いごとではなさそうだ。ロバートは急に心配になってきた。「どうしてそこにモーガン夫人が出てくるんだ？」

「モーガン夫人を訪ねて、お茶を飲んでいた――」

「モーガン夫人を訪ねた？」つい大声が出た。ベットは殴られでもしたように身をすくませ、怯《おび》えた表情を浮かべた。落ち着けと自分にいいきかせ、穏やかに尋ねる。「どういったいきさつでリサはモーガン夫人を訪ねたんだ？　そもそも、どこで知りあったんだろう」

「二年ほど前、モーガン夫人の馬車がマディソン館の近くで動かなくなったことがあって、マディソン卿が夫人をお茶にご招待したんです。車輪をとりかえるだけですむか確認してるというお話でした。そのとき、お嬢さまとシュゼットさまがお相手したんです。結局、本格的な修理が必要とわかり、モーガン夫人は一週間近く村に滞在なさることになりました。そのあいだ、お嬢さまは毎日のように宿を訪ね、仲良くなられたようです。ご本もいただいたようですし。それ以来、文通なさっておいででした」

「信じられん」自分の耳を疑った。「どういう女性なのかを知らないのか――」ロバートはかぶりを振った。もちろん、リサが知るはずはない。ロンドンに出てくることはほとんどなく、赤ん坊のように世間知らずなのだ。「リチャードは知っているのか？　リサがモーガン夫人を訪ねる予定だと」

「いいえ」ベットはため息をついた。「お嬢さまが秘密になさっていたんです。あたしも知りませんでした。お嬢さまはひとりで屋敷を抜けだそうとなさって。でも、朝からご様子がおかしかったので、たまたまそれに気づいて、お供することになりました。でも、モーガン夫人の迎えの馬車は、屋敷の裏であたしたちを降ろしたんです。信じられません。しかも厨房に通されるなんて」ベットの声は怒りで震えた。「なにかおかしいと思いましたが、お嬢さまがお茶だけいただいて失礼するとおっしゃるので。でもお茶に変な薬を入れられていたみたいです。それに、モーガン夫人におかしなことを訊かれました。あ、あたしは処女かと」ベットの顔はそばかすが見えないくらい真っ赤に染まった。「本当にそうか、お医者さまに診察してもらうともいわれました」

ベットはそのときのことを思いだしたのか、身震いした。「眠っているうちにお医者さまとご指名の殿方が到着すると聞いたのを覚えています。そのあとは薬入りのお茶のせいで意識がなくなってしまって」ベットは唇を噛んだ。「目が覚めたら、二階の部屋に閉じこめられていました。だからシーツでロープを作って――これは、ハロウェイ卿がレディ・ラティシアを誘拐するお話のおかげで思いついたんです。お嬢さまはあたしに先を譲ってくださいました。ところが窓から降りようとしたら、ロープの先を結んでおいた寝台が軽くて動きだしてしまったんです。お嬢さまが寝台を押さえていてくださったので、あたしは降りられましたけど。お嬢さまはおひとりでは脱出できないので、ロバートさまにお願いするよう託かりました」

ロバートはベットが早口にまくしたてるのを感心して眺めていたが、長い説明を最後まで聞いてようやく事情を理解した。かぶりを振ってドアへ向かう。「ここで待っていなさい。リサを助けに行ってくる」

「でも――」

「ここにいなさい」有無をいわせぬ口調で命じた。

「でも、どこの窓かわかりませんよね」ベットは半分泣きそうだった。

ロバートは足を止め、苦笑いしながら振り向いた。「どの窓か教えてくれ」

「一緒に行きます。あたしなら――」

「やめてくれ、ベット。これ以上心配事を増やさないでほしいんだ。窓の位置だけ教えてくれないか」


「はい、できあがり」モーガン夫人は一歩下がって、満足そうにリサの姿を眺めた。「とってもきれいよ。お待ちかねの彼も喜ぶのはまちがいないわ」

「だれのこと?」リサは自分のたどたどしい口調に眉をひそめた。リサが入浴し、化粧をして着替えるあいだ、そばにいたモーガン夫人に飲み物を勧められ――それにしても、着せられたガウンのすてきなこと。羽根のように軽く、ちょっと身じろぎしただけで柔らかな布が肌をくすぐる。まるでなにも身につけていないようだ。こんなガウンは初めてで、リサはなんだか不思議な気分になった。

「それはあとのお楽しみ」モーガン夫人は笑顔でリサをベッドへ連れていった。「リサのためにこんなに面倒なことをするなんて驚いたわ。どんな女性でも思いのままでしょうに。うちの女の子たちの話では、ちょっと乱暴なところがあるみたいだけど、それも好き好きだから。すこしくらい乱暴なくらいのほうが楽しみになることもあるもの」

リサは返事のかわりにうなり声をあげた。モーガン夫人がなんの話をしているのか理解できない。最初のうちはぼんやりした頭で楽しく聞いていたが、乱暴という言葉が引っかかり

――警戒しなくてはと思いながら、どういうわけか、くすくす笑いたくなったのだ。

勧められるままに飲んでいたあれは、いったいなんだったのだろう。

「ここに座って待っていてね。もうすぐすてきな殿方がやって来て、リサの新しい人生が始まるわよ」

「どうしてこんなことをするんですか？　お友だちだと思っていたのに」リサはモーガン夫人に悲しい思いをぶつけた。いや、そのつもりだったが、どういうわけかちゃんと話すことができなかった。まるで口いっぱいに小石が詰まっているようなのだ。だが、モーガン夫人は理解できた様子だった。

「あら、あら」小さなため息をつくと、隣に腰かけてリサの手を軽く叩《たた》いた。「なんだかひどいことをしているように見えるのはわかるわ。でも、大丈夫。心配しないで。リサと結婚するつもりだそうよ。大金を払って、プロポーズするお膳立てをわたしにさせただけなの」

モーガン夫人は言葉を切り、でも、このまま一生侍女で終わるなんて幸せだと思う? ちょっとそばかすが目立つけれど、あんなにきれいなのに、女ならだれでもいいような厩舎番《きゅうしゃばん》の少年の相手をするなんてもったいないわ。美しいシルクのドレスを着て、美味しい葡萄酒《ぶどうしゅ》を飲んで、たくさんの立派な殿方たちと楽しむほうがずっといいでしょう。ふたりによかれと思ってこうしているだけなのよ。もちろん役得は期待しているけど。あの子が処女なら、最高値で売れるわ」モーガン夫人は立ちあがり、ドアへ向かった。「お医者さまは遅いわね。使いをやって確認したほうがよさそうだわ。今夜は新しい女の子が競《せ》りにかけられると、興味がありそうな殿方全員に知らせてあるんだから、ベットが処女だという証明はどうしても必要なの」

モーガン夫人が姿を消し、続いて料理番と大男のギリーがバスタブを運びだした。リサはひとりになると立ちあがったが、部屋がぐるぐるまわっていた。ベッドに手をつき、深呼吸をする。そのうち眩暈もおさまり、ひっくり返りそうな胃も落ち着いてきた。ゆっくりと上体を起こし、部屋を見まわす。

こうしていてはいけないことはわかっていた。だが、頭がぼんやりして、きちんと考えることができない。なにかを思いついても、形にならずにするすると逃げてしまう。そんなことをしている場合じゃないのに。

4

　ロバートは窓枠に足をかけ、慎重になかをのぞきこんだ。だれもいない。だが目を凝らすと、上掛けがふくらんでいるのが見えた。リサだろう。まさか寝ているとは思わなかった。窓枠に腰を下ろし、そっと窓を叩く。ほかには気づかれないよう小さな音だったが、リサには聞こえるはずだ。だが、ベッドまではそう距離もないのに、リサは身じろぎもしなかった。今度はもうすこし強く叩いてみた。それでも気づかない。仕方なく、ロバートは窓を開けてなかに忍びこんだ。

　ベッドに近づくと、上掛けのふくらみはどこか不自然だった。厚い毛布も一緒に引きはがすと、果たしてシーツで作った結び目だらけのロープが現れた。ロバートは思わず舌打ちした。上掛けをもとに戻し、今度はドアノブをまわしてみたが動かない。そういえば、ベッドが閉じこめられたといっていたのを思いだした。

　毒づきながらまた窓から外に出て、素早く窓を閉めたが、はたと途方に暮れた。どうすればいいのだろう。このまま帰るわけにはいかないのだ。まずはリサを見つけなくては。

べつの部屋を調べてみようと、左右を見まわした。通ってきた左の窓のほうが近い。来るときは菱形《ひしがた》の格子をよじ登って窓枠に飛びうつり、この窓まで移動したのだ。しかし左の部屋には人がいた。

気づかれないようにと素早く移動したので、室内をゆっくり観察する余裕はなかったが、目の端で女性の姿をとらえたのは覚えている。

だが右側の窓は遠くて、どう見ても移動するのは難しかった。地面に落ちて骨でも折ったら、リサを救いだせなくなってしまう。やはり左の部屋に戻って調べるしかないだろう。もう無人かもしれないし、親切な女性で、窓から侵入しても大声を出さないでくれるかもしれない――あるいは、悲鳴をあげる前になんとか黙らせるか。金を握らせればなんとかなるだろう。とにかく臨機応変に対応するしかないと心を決めた。

ロバートは大きく息を吸い、片手で窓枠をしっかりつかむと、もう片方の手足を精一杯伸ばした。なんとか届いたので、そのままひらりと飛びうつる。ほっと安堵《あんど》のため息をついた。

心臓の鼓動がおさまるのを待ち、窓から室内をのぞきこんだ。淡い期待も空しく、まだ女性がいるのを目にしてロバートは顔をしかめた。金髪の小柄で艶めかしい売春婦がベッド脇に立っている。おそらく最初の客を待っているのだろう。

それにしても彼女の衣装ときたら、なにも身につけていないも同然だった。ロバートは苦々しく思いながらも、ガウンから透けて見える柔らかな曲線に目を奪われた。実際、モーガン夫人の館はロンドン一の美姫揃いとの評判だった。ロバート自身も何度も遊びに来たことがあり、美人でスタイル抜群なのはもちろん、それ以外の才能にも恵まれた女性ばかりだと感心したものだ。そういうわけでモーガン夫人の素性を知っていたので、マディソン卿が自宅のお茶に招待したと聞いたときは、耳を疑った。実際、それが原因で、嫁入り前のリサがこのような場所を訪ねるという由々しき事態を招いてしまったのだ。

もちろん、マディソン卿は田舎で過ごすことが多いため、まさかそのような女性とは思わずにマディソン館に招待したのだろう。しかし、マディソン家とモーガン夫人が知り合いになったことが、これまでロバートの耳に入らなかったのは意外だった。

だが、それも当然かもしれない。父親が死んでからはマディソン卿やリサとは疎遠になっていた。事実、シュゼットとダニエルが出逢って結婚するまではひとかたならぬ騒動があったのだが、ふたりとはそのときに顔を合わせたきりだった。リサが自分に対して抱いている幼い恋を忘れてくれるよう、敢えて避けていたのだ。

リサのことは大切に思っているが、シュゼットやクリスティアナに対する気持ちと変わらなかった。それは変えようのない事実だが、できればリサの心を傷つけたくはなかった。そんなことになったら、姉ふたりはもちろん、その夫であるリチャードやダニエルとのあいだにもわだかまりが残るだろう。疎遠になったリサとは対照的に、ロンドンでは姉妹ともかつて以上に親しくつきあい、ここ二年はその四人が一番近しい友人となっていた。

部屋のなかの女性がゆっくりと振り向き、窓に顔を向けた。ロバートははっと我に返った。紗のカーテンのおかげでこちらは見えないはずなので、まずはどんな女性かと観察する。どことなくリサに似ていた。リサがいつものフリルだらけの淡い色合いのドレスをやめ、社交界で流行っている髪型にすれば、まさにこんな感じになるだろう。そう思いながら、さっきは後ろ姿しか見えなかった女性の正面の姿にうっとりと視線を走らせた。

まるで食べごろの桃の化身のようだった。どこもかしこも柔らかな曲線を描いていて、脚はすらりと均整がとれている。絹のようにつややかな髪が黄金の滝のように肩に垂れていた。顔がまた理想的なハート型で、大きな瞳に、口づけしたくなるようなふっくらした唇。

リサを見つけだし、無事に家まで送り届けたら、あとでまたこの娘を訪ねようか。まずは見咎《みとが》められることなく、リサを救出するのが先だ。しかしロバートがリサを逃がしたとばれたら、モーガン夫人が温かく迎えてくれるかは疑問だった。

そのとき、ロバートの頭は真っ白になった。まじまじと娘を見つめる。娘は頭をはっきりさせたいのか首を振り、顔にかかった髪をかきあげた。

「まさか！」ロバートは思わず息を呑んだ。艶めかしいガウンを着た美しい娘は売春婦ではなかった。リサ・マディソンだったのだ！

ロバートは呆然とした。いつもはフリルのドレスに包まれているせいでわからなかった、ほれぼれするような肢体を改めて見つめる。そこでようやくいまどこにいるのかを思いだした。それなのに窓枠にはりついて、リサのほとんど裸同然の姿に抑えきれない欲望を覚えている。かわいい妹のはずだったリサに。

くそっ！　ロバートは屈んで窓を開け、身体を寄せて小さく声をかけた。「リサ」

ほとんどささやき声に近かったが、リサは勢いよく振り向いた。ロバートに気づいて目を瞠り、こちらにやって来た。

リサの乳房がたわわに揺れ、丸いヒップが左右に揺れるのがいやでも目に入る。ドレスの下にあんなに魅惑的な身体を隠していたとは、夢にも思わなかった。リチャードとダニエルは正しかった。リサはどこから見ても大人の女性だ。どうしていままで気づかなかったのだろう。

しかし、すぐにそんな疑問は吹き飛んだ。リサが嬉しそうに飛びついてきて、あやうく窓枠から転げ落ちるところだったのだ。

リサもろとも真っ逆さまだと、慌てて窓枠をつかむ。改めて、片手でリサを抱きしめた。

「ああ、ロバート。来てくれると信じてたわ」リサはロバートの首筋に顔をうずめた。いつになくたどたどしい口調にロバートは眉をひそめた。

「飲んでいるのか？」身体を離して、リサの顔をのぞきこむ。

「すこしだけ」リサは困ったような顔でうなずいた。「モーガン夫人に葡萄酒を勧められたの。葡萄酒の味がしたけど、なにかおかしかった気がする。それを飲めば、リラックスできるって。お茶のときのように変な薬が入っていたんじゃないかしら。でも、今度は睡眠薬じゃないみたい。なんだか身体に力が入らなくて、ふわふわしている感じなの」

「そうか」ロバートは顔をしかめて、リサのガウンを見下ろした。豊かな胸も、つんと立ったピンク色の乳首も丸見えだった。

「なんでこんなものを着ているんだ？」

「モーガン夫人に着せられたの。これを着た姿が見たいという殿方がいるそうよ。似合う？」リサは自分のガウンを見下ろした。「まるで自分の肌みたいに着心地がいいのよ。このままふわふわと飛んでいけそう」

たしかにふわふわ浮いているような状態らしい。足もとはふらついているし、裸と変わらないのにすこしも恥ずかしがる様子を見せない。モーガン夫人が勧めたという飲み物のせいだろう。

「どうかしら」

ロバートははっとして、乳首から顔へと視線を戻した。「どうって？」

「このガウン、わたしに似合う？」リサは不満そうだ。「すてきだと思わない？」

「うーん」改めて見下ろした。形のいい胸に柔らかそうな腹、丸みを帯びたヒップ、そして中央の黄金《きん》色の茂み。よく似合っているどころの話ではない。かぶりを振り、落ち着けと自分にいいきかせる。「リサ、早くここから逃げよう」

「わたしもここはいや。おそろしそうな大男がいる前で、お風呂に入らされたのよ。たしかギリーという名前で、すごく怖かったわ。モーガン夫人に頼んでも、ギリーを下がらせなかったの。いうことをきかないと、ギリーにお風呂を手伝わせるといわれて。それだけは絶対にいやだったから、そこにいないものと思いこんだけど。ものすごく恥ずかしかったし、二度とあんなことはしたくない」

あの野郎を殺してやる。ギリーはモーガン夫人の用心棒で、丸顔で無口な巨漢だった。女の子たちをまとめ、顧客との面倒を一手に引きうけている。そんな男が図々しくもリサの裸体を見物したとは——かわいそうに、どれだけ恥ずかしい思いをしたことか。モーガン夫人はもちろん、あの野郎にも思い知らせてやる。だが、まずはリサを無事救出するのが先だ。

「わかった」ロバートは心持ち身体を離した。「ぼくの背中につかまれ」

「背中？」リサは不安そうな声を出した。

「そうだ。きみをおぶって、壁伝いに降りる」

「どうやって降りるの、ロバート？　蜘蛛《くも》でもなければ無理だわ。さっきみたいに、シーツでロープを作ったらどうかしら。それに——」

「大丈夫だ。実際に登ってきたんだから、降りることもできるさ。さあ、背中につかまって、リサ」ロバートは窓枠の上で横を向き、リサを隣に引っぱりあげた。

リサはなにかいいたげだったが、おとなしくロバートの背後にまわり、背中につかまった。

「ぼくの腰に脚を巻きつけて」

――。

リサはロバートの耳もとでなにかつぶやくと、彼の腰に脚を巻きつけ、腹でしっかりと両足を絡ませた。ふと見ると、リサは裸足だった。愛らしい小さなつま先と足の甲、そして

「どうしたの？」

ロバートはまた首を振った。今度は小声でつぶやいたのはロバートだった。大きくため息をつく。「しっかりつかまって」

リサの返事を待って、ゆっくりと降りはじめた。リサが猿よろしく背中にしがみついているので、なかなかの難業だった。ロバートは歯を食いしばった。降りるのに集中したいのだが、背中のリサが気になって仕方がない。リサが落ちてしまうのではないかと心配だったが、支えてやる余裕はなかった。

「手が滑るようなら、いってくれ」窓枠から格子へ移動しながら、ロバートは小声でいった。

「大丈夫」リサは首筋でささやいた。耳もとをくすぐる吐息に、ロバートの全身に震えが走った。おいおい、なにを勘違いしているんだ。かわいい妹のリサじゃないか。

「あっ」

ロバートは動きを止めた。格子に移ったとき、リサが痛そうな声をあげたのだ。なにがあったのかと振り向いた。「どうした？」

「なんでもないの。足がなにかにあたったみたい」壁や木の枝にぶつからないようにと、リ

サは両足をロバートの腹で絡ませた。ところがロバートが身体を起こしたときにすこし滑りおち、いまでは股間に足を押しつけていた。もちろん本人は自分のしていることの自覚はない。ロバートはうめき声を呑みこんだ。リサの足を守るためにすこし身を屈め、降りる速度を上げる。それでも落下もせずになんとか地面にたどりつき、すぐにリサを背中から下ろした。

リサの足に微妙なところを刺激されなくなったのはほっとしたが、深く考えるのはやめ、リサを抱きあげた。リサの裸身をすこしでも隠したいし、裸足で怪我をしないよう気をつけてやらないといけない。抱きあげたのはそのためだと自分にいいきかせて、足早に小路を出て、待たせてある馬車に急いだ。

とにかく一刻も早くリサを安全な馬車に乗せたかった。モーガン夫人や用心棒と鉢合わせするのは避けたいし、こんな姿のリサを人目にさらすわけにもいかない。リサをここから脱出させるのがなにより最優先だ。万が一にもまたつかまる危険は冒せない。ギリーは腕っぷしに自信がありそうだし、あの大きな拳《こぶし》で殴られたらどうなるかは考えたくもなかった。

「ロバートなら助けに来てくれると信じていたの」リサは吐息を洩らし、ロバートの胸に顔を埋めた。

ロバートはうなり声をあげ、自分の胸にリサの胸がぎゅっと押しつけられていることを頭から追いはらう。

「とても勇敢で、頭はいいし、たくましくて、そのうえハンサムなんだもの」リサは嬉しそうにそっとささやいた。「理想的な赤ちゃんが生まれるわね」

ロバートは目を丸くした。赤ん坊？　結果ではなく、そのための行為が頭に浮かぶ。自分がなにをしでかすか自信がなくて、さらに足を速め、最後は走っていた。

ロバートに気づいた御者が馬車の扉を開けたので、そのままなかに飛びこんだ。御者が扉を閉めると同時にどさりと腰を下ろしたが、リサを向かいの座席に下ろしていいものか迷った。目の前にあの姿で座られるのも落ち着かない。リサを胸にしっかり抱いたままなのはそれだけが理由だと自分にいいきかせる。御者が御者台につくと、馬車が揺れた。

「家に送ってくれるの？」馬車が動きだすと、リサが訊いた。

「まさか！　このまま帰すわけにはいかないだろう」薄い生地のガウンを身につけただけのリサを見下ろした。目にしたとたん股間のものがかたくなるのがわかり、慌てて目をそらす。

「まずはぼくの屋敷に行く。ベットも待っているしな。まともなものに着替えてから、ベットをリチャードのところへやって迎えに来させよう」

「自分のものじゃない服で帰ったら、なにかあったと気づかれてしまうわ」リサは落ち着かないのか、膝の上で尻をもぞもぞと動かした。「いやだ、ロバートの脚は骨みたいにかたいのね。いままで気がつかなかったわ」

「それは脚じゃない」ロバートはつい口を滑らせ、すぐに後悔した。

「じゃあ、これはなに？　ポケットになにか入れているの？」リサは無邪気に尋ね、またもやもぞもぞと動いた。

「うーん」思わずリサの尻をつかんで動きを封じた。気づくと視線はまたリサの身体を追っている。ロバートは慌てて目をそらせ、しっかりしろと自分を叱りつけた。妹も同然のリサじゃないか。優しくて、純粋で、夢見るような瞳をした——いつのまにこんなに艶めかしくなっていたのだろう。

リサは不思議そうにロバートの顔をのぞきこんだ。「ねえ、見せてくれない？」

「なにを？」上の空で答え、今度はリサの顔だけに視線を集中した。

「ポケットがすごくふくらんでるから、なにが入っているのかと思って。見せてくれる？」

思わず絶句して、まじまじとリサを見つめた。それをリサに見せると想像しただけで、ますますかたくなるのがわかる。しかし、かろうじて冷静さをとりもどすと、リサの腰に手をまわし、向かいの座席に移動させた。

「もうすぐうちに着くだろう」ロバートは必死で話題を変えた。「人に見られないように、御者には裏にまわるようにいってある」

「あら、どうもありがとう」リサは一応礼をいったものの、納得がいかないとばかりにまくしたてた。「でも、ロバートの屋敷を訪ねるところなら、人に見られてもかまわないんじゃないかしら。たしかにわたしは結婚前の娘だけれど、家族ぐるみのつきあいだとみなさんご存じだもの。それにまだ昼間だし、ベットもいるわけでしょう」

「リサ、ここにベットがいないんだから、侍女を連れずに外出したのがわかってしまうだろう」ロバートは辛抱強く説明したが、だんだんいらいらしてきた。「正直いって、朝だろうが、昼だろうが、夜だろうが関係ない。そのガウンを見られただけで大騒ぎになるのはまちがいないんだ。さらに、ひとりで男の屋敷に出入りするところまで見られるわけにはいかないだろう」

「どうしてこのガウンだと大騒ぎになるの？」リサはぽかんとしている。

「生地が薄すぎて、透けているんだよ」どうしてそんなこともわからないのかと驚いた。そのくせ、視線はまた魅惑的な肢体に向いてしまう。だが舐《な》めるように見るのはなんとか自制した。

「そうなの？」リサは本当に驚いた顔で、慌ててガウンを眺めている。

ロバートは眉をひそめた。「目がどうかしたのか？」

「ええ、実は。よくわからないんだけど」リサはため息をついた。「モーガン夫人に葡萄酒みたいなものを飲まされてから、かすんで見えるの。なんというか、はっきり焦点が合わなくて。すぐにロバートだとわかったのも、香りのおかげなのよ。窓を開けたとき、風に乗ってきたの」落ち着かないのか、リサは座りなおした。「ロバートはいつもすてきな香りがするから。スパイシーでなんだか森を思わせる男らしい香り。ぞくぞくするような、不思議な気分になるのよ」

「ぞくぞくする……」ロバートは小さな声で繰りかえした。

リサは嬉しそうに微笑んだ。「そうなの。膝に座っているとき、ロバートの香りに全身が包まれたみたいだったのよ。ねえ、またそこに戻ってもいい？」

「駄目だ」ロバートはイエスと答えたい衝動と闘い、リサを押しもどした。「そんなことは許されない」

「そうよね」リサはがっかりした顔で小さなため息をつき、後ろに寄りかかった。「でも、ロバートのことが好きなの。それなら許されるんじゃないかしら」

「ぼくも好きだよ」必死でリサの顔だけをじっと見つめる。「昔から妹みたいに思っている」

リサはロバートを睨みつけた。「わたしは妹じゃないわ」

「ぼくにとってはそうなんだ」ロバートはきっぱりと答えた。また下のほうにいってしまった視線をすぐにはずし、語気を強める。「三人とも大切な妹だよ。ぼくには妹がいないしね」

「大切な妹！」リサは吐き捨てた。「全然嬉しくないわ、ロバート」

「でも、ぼくの目にはそう見える。大好きなかわいい妹さ」だが、心のなかではまったくちがうことをつぶやいていた。いまとなってはとても妹とは思えない。気持ちはもちろん、自分の身体の反応も兄とはほど遠かった。

「とにかく、わたしは妹じゃないの。子供でもない。とっくに大人なのよ。そんなこともわかってくれないのなら、べつの殿方を探したほうがよさそうね」

ロバートはもう一度美しい肢体に目をやり、自分のケープをはずしてリサにかけた。「そうしてくれ」

リサはその返事を聞いてショックだった。モーガン夫人に無理やり葡萄酒もどきを飲まされてから、ずっと頭がぼんやりしたままだったが、そのショックのおかげでようやく頭がはっきりした。怒っているのか、がっかりしているのか、自分でもよくわからない。リサはまだ父親の膝くらいの背だったころからずっとロバートが好きだった。でも、長年大切に胸に抱いていたその思いも、ロバートにとっては履きつぶされた靴程度の価値しかないようだ。

「じゃあ、そうするわ」ケープをかき合わせ、リサは氷のような声で宣言した。馬車が速度を落としたので、窓の外をちらりと見る。「あら、ラドノーの屋敷ね」

「ああ」ロバートはそちらに顔を向けることもしなかった。「まっすぐうちに直行しよう。リサ、カーテンを閉めて。召使にきみが乗っているのを見られてしまう」

リサはうんざりしながら、肩をすくめた。「わざわざロバートの屋敷に寄るより、このまま帰るほうがいいわ。ベットにはひとりで帰るよう伝えてちょうだい」

「駄目だ、リサ！」リサは扉を開け、速度の落ちた馬車から飛びおりた。地面に足を下ろしてから、自分が裸足だと気づく。どうして馬車が停まったのかは気にもしなかった。たまたま隣人のワーシーズ夫妻が帰宅し、その馬車が道をふさいでいたのだ。

「リサ！」ロバートの声が追ってきたが、走って門を抜ける。馬車を降りるロバートの靴音も聞こえたが、振りかえらずにそのまま正面玄関に飛びこんだ。

玄関ホールにはだれもいなかった。まだなんとなくぼんやりしているが、リサはこれでよかったのだと自分にいいきかせた。ドアを閉め、階段を駆けあがって、自分の部屋へ向かう。一刻も早く、ひとりきりになりたかった。

部屋に入ると、ドアにもたれかかって目を閉じた。思いきり泣きながら、手当たり次第にものを投げつけるつもりだったのに、なぜか身体が動かない。ついさっき、頭のもやが晴れるほど激しいショックを受けたのが嘘のようだ。怒りや失望はすでに薄れておぼろげな記憶になっている。なにかを感じることは二度とないのかもしれない。いまは、ただひたすら横になりたかった。

リサはドアから離れると、おぼつかない足どりで部屋を横切り、ベッドに倒れこんだ。


ロバートはリサを追いかけたが、すぐに足を止めた。リサの帰宅をだれかに見られていたら、自分がここにいるとかえって面倒を招くかもしれない。リチャードがすでに帰宅していて、リサの服装を――この場合、なにも着ていないも同然なことをというべきかもしれないが――目にしたら、当然事情を尋ねられるだろうから、説明すればいい。しかし、リサがだれにも見られずに済んだとしたら、ロバートが訪ねること自体やぶ蛇になりかねない。

ロバートはどうしたものかと逡巡《しゆんじゆん》したが、しばらく待ってもだれも呼びに来ないので、馬車に戻って御者に出発するよう合図した。屋敷に帰ったら、ベットをすぐに女主人のもとへ送り返そう。リサはまだすこし様子がおかしかったから、ドレスとは名ばかりのあの代物を着替えるのに侍女が必要だろう。

その後はモーガン夫人を訪ね、このやり場のない怒りをぶつけるのだ。このようなことは二度としないようにと釘を刺し、指名した男の素性も白状させる。正体がわかったら、その男もただじゃおかない。

「お嬢さま」

揺り動かされてリサが片目を開けると、だれかがのぞきこんでいる。ベットだった。ぼうっとしたまま無理やり目を開け、微笑んだ。「ああ、よかった。無事だったのね」

「はい。お嬢さまのおかげです」ベットは苦笑した。「ロバートさまが戻られて、お嬢さまを無事に助けだしたと教えてくださるまで、本当に心配いたしました」

ロバートの名前を耳にして、リサは憂鬱な顔で目を閉じた。「ひどい男」

「ひどい男？」ベットは首を傾げた。「ご指名の殿方に会ったんですか？　ロバートさまはまにあったとおっしゃっていましたけど」

「ちがうの。ロバートのことよ」

「そうですか」しばらくすると、ベットはおずおずと尋ねた。「ロバートさまが紳士にあるまじきふるまいを？」

「ちがうわ。ロバートはいつだっていやになるほど紳士的よ」リサは実感をこめて吐き捨て、寝返りをうって大きなため息をついた。「わたしが愛しているといったのに、妹としか思えないとはっきりいわれちゃったの」

「そんなガウンを着ていたのに？」ベットは目を丸くした。

リサはぼんやりとガウンを見つめた。たしかに大胆すぎるデザインで、こんなものを身につけていたらさぞかし決まり悪いはずなのに、いまはなんとも思わない。心が麻痺《まひ》してしまったようだ。ロバートへの憤りさえどこかひとごとだった。まるで心のなかにあった感情がどこかに姿を消し、手が届かなくなってしまったみたい。こんなことは初めてなのに、動揺もしていない自分が不思議だった。

モーガン夫人になにを飲まされたのだろう。そう疑問に思うのが何度目なのかも覚えていなかった。「ロバートの屋敷から帰ってきたばかりなの、ベット？」

「いいえ、帰宅したのはしばらく前です。ロバートさまはそのガウンを着替えるのに手伝いが必要だろうとおっしゃったのですが、お嬢さまはぐっすりおやすみだったので、お起こししませんでした。でも、今夜の舞踏会に行かれるおつもりなら、そろそろ用意をいたしませんと」そして心配そうに眉をひそめた。「舞踏会はどうなさいます？」

リサはよく考えもせずにやめておくと返事をしそうになった。とにかく眠りたかったのだ。でも、ロバートはわたしに関心がないとはっきりした。長年の愛が報われることはないのだ。わたしはもう二十一歳で、結婚相手を探すには遅すぎるくらいなのに。ロバートがいつか振り向いてくれるかもしれないと淡い期待を捨てられなかったけれど、こんな挑発的な姿を見ても妹としか思えないのなら、なにかを期待するだけ無駄だ。これからはぼんやり待っているのをやめて、自分ですてきな相手を探そう。

そう決心し、リサは上掛けをはねのけて起きあがった。「舞踏会には行くわ。結婚相手を探さなくちゃ。社交シーズンの始まりを告げるランドン公の舞踏会にはみなさん出席なさるはずだもの。理想的な夫候補が勢揃いなのよ」

ベットは心配そうな表情を浮かべたが、リサは微笑んだ。「フィンドリー卿にも会えるかもしれないし。二年前のランドン公の舞踏会でダンスを申しこまれたの。ブロンドのすてきな殿方で、わたしのことを気に入ってくれたみたい。彼がまだ独身だったら、またダンスを申しこまれるかもしれないわね」リサは唇を引きむすんだ。「また会えたら、なんとかして夢中にさせてみせるわ」

「大丈夫ですか？」ベットは困ったような顔で、ゆらゆらしているリサを支えた。「ロバートさまがなにかお酒のようなものを飲まされたようだとおっしゃっていましたが、まだ残っているようですね」

「身支度が終わるころには、きっと抜けるわよ」リサは元気よく答えたが、内心ではそれほど自信はなかった。たしかになんともいえない変な感じが残っていた。もしかしたら、そのせいで大丈夫だと勘違いしているのかしら。

5

「おや、これは驚いた。どういう風の吹きまわしだ？　今年はこうした厄介な場には顔を出さないものと思っていたよ」ロバートが舞踏会場の隅で酒を片手に談笑中のリチャードとダニエルに近づくと、リチャードが声をかけた。

「独身生活を謳歌《おうか》しているからな」とダニエル。「結婚相手を探している娘やその母親に追いかけまわされるのは、まっぴらごめんじゃなかったのか」

「まあな」ロバートは会場に視線を走らせた。「リサはどこにいる？」

「ようやく大人になったことに気づいたわけじゃないだろうな」ダニエルがからかった。

ロバートは渋面でかぶりを振った。たしかに今日初めて気づいたわけだが、リサの居場所を尋ねたのはそれが理由ではない。今日の出来事をふたりにどこまでうちあけるべきかを考え、真面目な顔で切りだした。「折り入って話があるんだ。できれば人のいないところで」

リチャードとダニエルは顔を見合わせ、そのまま会場を出ていった。ロバートはその場に残ってもう一度リサの姿を探し、会場の向こう側で姉ふたりと一緒にご婦人たちにかこまれているのを見つけると、ほっとしてふたりのあとを追った。

「リサ」ダンスを申しこんだ男性が肩を落として遠ざかると、シュゼットが興味津々という顔で尋ねた。「どうしてダンスはすべて約束してるなんて嘘をつくの？　あと三回は残っているでしょう？」

「待ってるの」リサは肩をすくめた。

「ロバートを？」クリスティアナが優しく訊いた。

「まさか」リサはそっけなく答えた。「この世の男性がロバートひとりだとしても、一緒に踊ったりしないわ。時間の無駄だもの」

姉ふたりは目を丸くして顔を見合わせている。案の定、シュゼットがおそるおそるという顔で尋ねた。「ロバートとなにかあったの？」

「ううん、べつに」リサはさらりと受けながした。「ロバートはわたしのことを妹としか思えないみたいだし、わたしも兄だと考えることにしたの。それにあんな頭がかたい人とは結婚できないわ。とんでもない子供が生まれそう。これからは方針を変えることにしたの。じっくりと戦略を練って、これぞという相手を射止めてみせるわ」

「射止める？」シュゼットがぎょっとした顔でクリスティアナの背中を叩いた。パンチを飲んでいたクリスティアナは盛大に咳《せ》きこんでいる。シュゼットは苦笑した。「狩りでも始めるつもりなの？」

「そう、すてきな結婚相手のね」リサは大きくうなずいた。「結婚して、子供を産んで、新しい人生を始めるつもりなの」

「ロバートじゃないなら、だれを待っているの？」とクリスティアナ。

「それは――」近づいてくる男性に気づいて、リサは満面の笑みで迎えた。背の高い金髪の男性が感じのいい笑顔をこちらに向けている。二年前にダンスを申しこまれたチャールズ・フィンドリー卿だった。「あのかたよ」

「フィンドリー卿？」シュゼットは近づいてくる男性を興味津々で見つめた。「この前のランドン公の舞踏会で、彼と踊ったんじゃなかった？」

「そうよ」リサはフィンドリー卿の全身に視線を走らせ、あのころはなにを考えていたのだろうと自分にあきれてしまった。あんな男性に抱かれて踊っているときも、うっとりとロバートのことを思いだしていたなんて。フィンドリー卿は記憶よりも数段すてきな男性だった。プラチナブロンドの髪、たくましい堂々たる体軀《たいく》、広い肩、すらりとした腰。ロバートよりもずっとハンサムだと嬉しくなった。まさにアドニス顔負けの美青年。毎朝、おなじ顔を見るのなら、こんな男性に見下ろされたい。

「お嬢さまがた」フィンドリー卿が三人の前で優雅におじぎをした。「今宵はことのほかお美しいですね」

「あら」シュゼットが笑った。「お上手ですこと」

フィンドリー卿はにっこりと微笑み、リサに顔を向けた。「今夜は思ったより遅くなってしまいましたが、ダンスカードにぼくの名前を書く余地は残っていないでしょうか?」

「偶然ですけど、わたしもすこし遅くなってしまって」リサはさらりと嘘をついて、ダンスカードをとりだした。「たしか、あと二、三回は残っていたはずですわ」内容をまったく覚えていないという顔でカードを見る。「ワルツとカドリーユ、どちらがよろしいかしら?」

「両方とも」フィンドリー卿は即答し、にやりと笑った。「ずうずうしいでしょうか」

姉たちが目を細めたのには気づかぬふりをして、リサはほがらかに答えた。「ワルツにお名前を入れておきますわ。カドリーユになるころには疲れてしまって、休みたくなるかもしれませんし」

「そのときは、飲み物をお持ちしますから、テラスで夜気にあたって涼みましょう」フィンドリー卿はすかさず続けた。「もちろん、お姉上たちもご一緒に」

リサが笑顔でカードに彼の名前を書くと、フィンドリー卿はあいさつして姿を消した。

シュゼットがリサの腕をつかみ、自分たちに顔を向けさせた。「あなたはだれ? リサはどこに行ったの?」

「どういう意味?」リサは困ったふりをして聞きかえしたが、シュゼットのいいたいことはすぐにわかった。リサらしくもない自信に満ちた受け答えに驚いているのだろう。これもモーガン夫人に飲まされたものの影響だろうか。さすがにもう足もとがふらつくことはないが、感情が麻痺した感覚はいくらか残っているような気がする。田舎での舞踏会では、いつも緊張して手に汗をかいたり、そわそわと落ち着かなかった。それが今夜はどんな男性が声をかけてきても、堂々と相手をできるのだ。それはダンスを申しこんでほしいと期待していた、フィンドリー卿のような目を瞠《みは》るほどすてきな男性でもおなじだった。

いつになく冷静にふるまえるおかげで、願ってもない展開になっているのが嬉しかった。今日は散々な目に遭ったけれど、少なくともひとつだけはいいことがあったわけだ。いや、もうひとつあったのを忘れていた。ロバートがリサを女性として見ることができないのなら、待っているのはやめると決心できたのだ。このままぼんやりしていたら、気がついたときには結婚できない歳になっているだろう。それよりも、いま、すっぱりと諦めてしまったほうがいい。

リサは敢然と顎を上げた。わからず屋のロバートなんか、ひとりで寂しい人生を送って、孤独のうちに死んでしまえばいいのだ。欠点も含めたすべてを愛することのできる女性が、すぐ近くにいることにも気づかないなんて。

「ねえ――」シュゼットが口を開いたが、そのまま言葉を呑みこんだ。音楽が始まり、リサの最初のダンスの相手ロサムが現れたのだ。

リサはダンスが得意で、たまにステップを失敗しても、傍からは優雅に踊っているようにしか見えなかった。今夜も相手のリードのままに、ステップを踏んだり、くるくるまわったりしながら、実は目立たぬようにふたりの男性を目で追っていた。フィンドリー卿とロバートだ。フィンドリー卿がだれと踊っているのか、だれがライバルなのかは確認しておく必要がある。そしてロバートは——べつに必要もないのに、いつもの習慣でつい見てしまうだけだった。リサは無理やりいまのパートナーに笑顔を向けた。

ロバートになんてなんの興味もないのだから忘れること。改めてリサは自分にいいきかせた。それに、ロバートは出席しないはずだったのに、どうして来ているのだろう。ラドノー家の馬車で舞踏会に向かう道中、クリスティアナがロバートは今夜来るのかと訊いていた。リチャードは笑いながら、夫探しの娘やその母親が大勢いる場は苦手だから来ないと答えていたのだ。

とにかく、こうしてどうでもいい男性のことを考えているからいけないのだ。とはいえ、心の片隅には、いまの姿をロバートに見せつけてやりたいという思いもあった。なにしろダンスを申しこんでくる殿方は口を揃えて、リサの美しさ、機知、気品に賛美の言葉を浴びせるのだ。ロバートに子供扱いされて揺らいだ自信がみるみる回復するような気がする。いまのリサを子供扱いする男性などひとりもいなかった。

「今度はぼくの番ですね」

いまのパートナーに手をとられてダンスフロアから出たところで、声が聞こえた。フィンドリー卿の姿を見つけ、満面の笑みを浮かべる。「ええ、そうですわ」

ペンブルック卿はリサの手を放して会釈した。「ダンスのお相手をありがとうございました。ミス・マディソンのような愛らしくて優雅な女性と踊ることができるとは、光栄のいたりです」

今度はペンブルック卿に笑顔を向けた。黒髪でフィンドリー卿に負けず劣らず魅力的なペンブルック卿は、一緒にいて楽しい相手だった。残念ながら、最後はリサがくだらないことに気をとられてしまったが。

「わたしも楽しい時間でございました」

「明日の夜のハモンド家の舞踏会にも出席なさるなら、もう一度お相手をお願いできませんか？」ペンブルック卿が誘った。

「ええ、ぜひ。楽しみにしておりますわ」リサはにっこりと微笑んだ。

「ぼくも楽しみにしております」というペンブルック卿の返事を聞きながら、フィンドリー卿に手を引かれてダンスフロアへ出た。

「すっかりあなたに夢中のようですね」フィンドリー卿はリサの肩に手をまわして踊りはじめた。「今宵、あなたに奪われた心は数えきれないでしょう。ダンスのお相手はみな、このうえなく幸せそうで、見ていてうらやましくなりました」

「あら、まるでずっとわたしを見てらしたかのようにおっしゃって」リサはふざけた。

「実はそうなんです」フィンドリー卿はずばりと答えた。「自信に満ちたあなたはたとえようもなく美しくて、目を奪われたまま、なす術もありません」

リサは大げさな言葉に驚いたが、思わず声をあげて笑った。こうして堂々とふるまえるのは、モーガン夫人に飲まされたものの影響もあるが、今夜惜しみなく浴びせられた褒め言葉のおかげも大きかった。これまでロバートに振り向いてもらえないことで、どれほど自分が傷ついていたかにようやく気づいた。もちろん、意地悪をしていたのではないのはわかっている。それでもロバートが気持ちに応えてくれない理由を探し、きれいでもなければ、頭が切れるわけでもなく、うてば響くような会話もできないからだとうちひしがれていたのだ。だが、こうして大勢の男性から賞賛の言葉を浴びていると、そんなに絶望していたことが嘘のようだった。リサに愛されるのをあたりまえと受け流していたロバートが鈍感なだけだと思えてきた。

「ロンドン滞在はいかがですか？」リサは慌ててフィンドリー卿に顔を向けた。

「ええ、すごく興味深いですね」思わず皮肉な口調になったが、不審がられないように慌てて続けた。「実は二日前にこちらに着いたばかりなんです。なかなか会えない姉たちと、ゆっくりおしゃべりできるだけで嬉しいですわ」

「ああ、あまりロンドンには来られないのでしたね」リサは眉を上げた。どうしてフィンドリー卿はそんなことを知っているのだろう。「一昨年、舞踏会で再会もできないうちにロンドンをあとになさったと聞いて、それは落胆したのをよく覚えています。去年はロンドンにいらっしゃらなかったそうで、また悲しい思いをしました」

リサはくすりと笑った。フィンドリー卿はしかめ面をしているが、目は輝き、唇もいまにも笑いだしそうだ。ふざけているだけとわかっていても、悪い気はしない。ロバートの冷たい仕打ちのあとでは、こんなおふざけも楽しくて仕方なかった。

「フィンドリー卿のようにすてきなかたが、お相手に困るなんて信じられませんわ」

「たしかに困っているわけではありません。ただ、こうしてあなたと踊っていると、ほかの女性がどうにも色褪せて見えてしまうのです」

これまでなら、こんな言葉をささやかれたら、真っ赤になって途方に暮れていたのはまちがいない。それがいまはにっこりと微笑んでいるのだから、自分でも驚いてしまった。フィンドリー卿のひと言ひと言は、まるで物語の主人公のセリフのようだった。うきうきと心をくすぐられ、自分がすごく魅力的になったような気がする。

「以前の舞踏会でのすてきなダンスのことは、よく覚えておりますわ」大胆に口にしてみる。

フィンドリー卿は疑問だと片方の眉を上げた。「おや、ダンスのあいだは気もそぞろに見えましたが」

リサは苦笑した。「あのときはちょっと事情がありまして。でも、覚えていたのは本当ですわ」

「どうしてです？　あなたの足を踏みましたっけ？」

リサは笑顔でかぶりを振った。「楽しい時間だったからです」

「ぼくの印象はどうでした？」試すような口調だった。

「とても魅力的な男性だと思いましたわ」リサは言葉遊びをするつもりはなく、あっさりと答えた。フィンドリー卿は自分が魅力的だと意識しているように思える。「フィンドリー卿を忘れてしまう女性はいないでしょう」

「本当に魅力的だと思ってくれたのですか？」

「ええ」リサは笑顔でつけ加えた。「実は、今夜お会いできるかもしれないと、ダンスのお申しこみをお断りしたかたもいるんですよ」

フィンドリー卿は目を丸くした。普通は恥ずかしがって、そんなことをうちあけたりはしないのだろう。あるいは、気がないふりをしてじらせるか。リサはそうした駆け引きには興味がなかった。まともな男性ならばお見通しだろうに、なんのためにしなくてはいけないのかしら。

「あなたのように率直な女性に会ったのは初めてですよ」フィンドリー卿は周囲に眉をひそめられるほど近くにリサを抱き寄せた。

「あら」フィンドリー卿の瞳の色が濃くなったような気がして、リサは内心ときめきながらも、だれに見られても支障のない距離まで身体を離した。「今夜踊った殿方たちによると、美しくて、聡明で、才気もあるそうですわ」

「まったくそのとおりだと思います」フィンドリー卿は悪びれずに同意した。「知的な瞳はふとすると少女のように輝いています。そのうえ唇は……口づけの誘惑に駆られない者はいないでしょう」

「えっ？　フィンドリー卿もそう思っていらっしゃるということですの？」

「もちろん」フィンドリー卿はきっぱりと答えた。からかう調子が影をひそめていたので、リサは思わず笑い声をあげた。はっきりしていて気持ちがよかった。ロバートに相手にされない日々が長かっただけに、突然いろんな男性からちやほやされて、なんだかすごい美人になったような気がする。こんな楽しいことがあったなんて、知らなかった。

「もう終わりだなんて、早すぎますね」音楽が終わると、フィンドリー卿が憂い顔でつぶやいた。

「残念ですわ」リサは口もとをほころばせた。

「本当に」フィンドリー卿は隣に並び、リサの手をとって腕を組んだ。フロアを出ると、リサに顔を寄せる。「お約束したカドリーユはまだでしょうか。なにか冷たいものでも飲むか、できればテラスにお誘いしたいところですが」

「ちょうど始まりましたわ」つぎの曲が聞こえてくると、リサはにっこりと微笑んだ。

「ぼくほど幸運な男はいませんね」フィンドリー卿はにやりとした。「では飲み物をとってきますので、テラスに御一緒しましょうとお姉上を誘ってもらえますか」

「ロバートが戻ったときには、モーガン夫人はいなかったわけか」屋敷の執務室を行ったり来たりしながら話を聞いていたリチャードは、難しい顔で尋ねた。

ロバートはうなずいた。リサの救出から始め、ベットを送った足でモーガン夫人の館へまっすぐ向かったが、すでにもぬけの殻だったことまで、一部始終すべての説明を終えたところだった。

「リサとベットに逃げられたことに気づいて、大陸へ渡るのが安全だと判断したようだ」ロバートは再訪で判明したことを説明した。「料理番の話では、モーガン夫人は大急ぎで荷造りして、ぼくが行く直前に旅立ったそうだ」

「抜け目がないな」ダニエルが苦々しくつぶやいた。

「ああ」リチャードもうなずいた。「モーガン夫人は馬鹿な女ではない。ぼくたち三人が黙っているわけはないことは承知しているだろう。しかし、明るみに出ればリサの評判に傷がつくから、逮捕は望めないな。侍女に薬を飲ませて監禁したほうは、なんとかできるかもしれないが。それも見越しているだろうから、とうぶんは戻ってこないだろう」リチャードは唇を引きむすんだ。「直前に出発したのなら――」

「もちろん馬車であちこち探したし、港まで追いかけたが、見つからなかったんだ」ロバートはむっつりとして答えた。モーガン夫人に逃げられたことにまだ腹を立てていた。

「どこか遠くの港町に行き、そこから船に乗ったのかもしれない」とダニエル。

「ぼくもそれを考えた」ロバートはうなずいた。「だから、自分の手で追うのは断念したんだ。明日の朝、人を雇って探させようと思っている。リサを狙っている男も白状させたいし、このままむざむざと逃がしてなるものか。なんらかの交換条件を目の前にぶら下げれば、だれの依頼でリサを監禁したのか明かすだろう」

「とっくに探させていると思ったが」とリチャード。

「時間が遅くて、手配している暇がなかったんだ。リサが今夜の舞踏会に出席するのは聞いていたし、黒幕がだれなのか判明するまでは、リサをひとりにしないほうがいいと思ってな。そいつが諦めたという保証はないいんだ。いまこのときも、リサが護衛もなしで自由に動きまわっていると思うと気が気じゃないよ。とはいえ、だれが聞いているかもわからない舞踏会でこんな話もできないし。まずはきみたちふたりに状況を説明して、協力してもらおうと思ってな」

「クリスティアナとシュゼットがついていれば大丈夫だろう」とダニエル。「それよりも、その料理番にだれが黒幕なのかを訊いてみなかったのか？」

「知らないそうだ。売春婦たちにも話を聞いてみたが、だれも知らなかった。極秘にしていたようだな」

「あるいはモーガン夫人をかばっているか」リチャードは淡々と指摘した。

ロバートは笑い飛ばした。「いっておくが、ぼくが話を聞いたなかには、そんなことを考えている者はひとりもいないぞ。モーガン夫人はつぎの売春宿を世話することもせず、明日の朝までに出ていけと伝言を残しただけらしい。すさまじい剣幕だった。モーガン夫人はそのうち人を寄こして閉鎖し、売りはらって終わりにするつもりだろう」

「うーん」ダニエルがうめいた。「それじゃ、かばっている可能性は低いな」

ロバートは首を振り、リチャードに顔を向けた。「この件が解決するまで、リサに護衛をつけたほうがいい。まだ――」

「それは難しいな」ダニエルが遮った。

「どうしてだ？」

「実はクリスティアナが妊娠しているそうなんだ。護衛をつけるとなると、彼女に事情を説明しなくてはならないが、いまはできるだけ動揺させたくない。おまえが来る前、おれも聞いたばかりだがな」ダニエルが説明した。

「なんだって？　クリスティアナが妊娠？」

驚いて顔を向けると、リチャードはまじまじとダニエルを見ていた。だがすぐに微笑み、小さくうなずいた。

「よかったな！」ロバートは笑顔でリチャードの肩を叩いた。「いつわかったんだ？　クリスティアナはどうして教えてくれなかったんだろう」

「まだわかったばかりだから、あまり知らせていないんだろう」ダニエルがリチャードのかわりに答えた。「だから護衛をつけるのも難しいし、クリスティアナには一切事情を説明したくないんだ」

「たしかにクリスティアナには知らせたくないな。また流産でもしたら大変だ」クリスティアナが妊娠するのは二度目だった。最初の子供を亡くしたときは、ひどくうちひしがれていた。もう一度おなじことが起こったら、とても立ちなおれないだろう。「それなら、リサはきみの屋敷に滞在することにして、護衛を……」ダニエルが首を振ったので、ロバートは続きを呑みこんだ。

「シュゼットは秘密を胸にしまっておける質じゃない。彼女に事情を説明したりしたら、クリスティアナに筒抜けになるのは確実だ。おまけに、そうなるとリサがうちに移る理由まで考えないといけないだろう。当然クリスティアナは知りたがるはずだ」

ロバートは途方に暮れ、額を撫《な》でた。「それなら、どうしたらいいんだ？　リサをひとりで放っておくわけにはいかない。黒幕がどういう手段でリサを狙ってくるか、まったくわからないんだ」

「ああ」リチャードは渋面で、どういうわけかダニエルを睨《にら》みつけた。

「とにかく、クリスティアナやシュゼットに事情を説明できないとなると、部外者に護衛は頼めない」ダニエルが断言した。

「それはそうだな」ロバートはいった。「だが、黒幕を突きとめ、もう心配ないと確信できるまでは、どうすればいいのか」

「三人で監視するしかないだろう」ダニエルは肩をすくめた。

「どうやって――」ロバートはすかさず反論したが、ダニエルが遮った。

「客が増えたところでかまわないだろう、リチャード」

「客?」リチャードは驚いて聞きかえした。

「ロバート、シュゼット、おれがおまえの屋敷に滞在するんだよ。またおあつらえ向きに、ロバートはロンドンの屋敷を改築中じゃないか。あいにく、うちの夫婦はうまい口実を思いつかないが――考えてみれば、夜のあいだはリチャードとロバートが見張ってくれるなら、ぼくらが泊まる必要はないな。かわりに日中は足繁く訪ねるとしよう。リサは田舎から出てきたばかりだから、そうしたところで不自然ではないだろう。初日は姉妹揃っておしゃべりに花を咲かせたみたいだし、クリスティアナとシュゼットがお茶会に誘われていなければ、今日もおなじように過ごしたはずだ」

「それは名案だな」リチャードが感心した声をあげた。「ロバートは遠慮なくうちに滞在して、できるだけリサのそばにいてやってくれ」

リチャードとダニエルは目配せをしていたが、リサの安全を確保する方法を考えていたロバートは気づかなかった。「たしかに名案だな。ぼくはリサから目を離さないよう気をつけよう。三人ついていれば安心だ」

「これで決まりだ」ダニエルは顔を輝かせ、ロバートの背中を叩いた。「今夜からラドノーの屋敷に泊まったほうがいいだろう」

ロバートはうなずいた。「そういえば、ここに来てずいぶんになるな。早く舞踏会に戻って、リサに異状はないかを確認したほうがよさそうだ。まさか人目のある舞踏会場で拉致するとも思えないが、用心しておくに越したことはない」

「そうだな。しばらくはなるべくリサから離れないほうがいいだろう」ダニエルは表情を引きしめた。「リサになにかあってからじゃ遅いんだ。もちろん、そんなことになったら、クリスティアナやシュゼットも一生許してはくれないだろう」

「ああ」ロバートはうなずき、ドアに向かった。背後でふたりは低い声でなにかを相談していた。


「きれいですこと」リサはため息をついた。テラスの手すりに背中を預け、夜空にまたたく星を眺める。もちろん見慣れた田舎の星空にはかなわないが、それでも美しいことには変わりなかった。

「ふーん」フィンドリー卿は関心がなさそうな声だった。

隣をちらりと見ると、フィンドリー卿はこちらを見下ろしていた。クリスティアナとシュゼットはテラスに出たくないと断ったので、いまはフィンドリー卿とふたりきりだった。社交シーズンの始まりを告げる舞踏会ともなると、テラスでも人がひしめきあっていることが多いが、いまはたまたまふたりのほかには二組しかいなかった。それぞれ距離を置き、暗がりでふたりの世界を作っている。

「あなたがきれいだというなら、そうなんでしょう。だが、ぼくは隣のかたを眺めていれば満足です」

リサは笑顔で首を振った。「こんなにすてきな星空はご覧になるべきですわ」

「あなたの美しさには夜空の星も光を失いそうです」

「まあ」歯が浮きそうな褒め言葉に、くすくす笑いだしそうになるのを我慢した。モーガン夫人の飲み物の影響はまだ残っているようだ。「なにも知らないデビュタントは、フィンドリー卿のような危険なかたには近づかないほうがよさそうですわね」

「チャールズと呼んでください」フィンドリー卿は男らしい声でささやいた。

「チャールズ」リサは笑った。「そんな嬉しい言葉をささやいて、どれだけの令嬢の心を奪ってしまったんですの？」

口から飛びだした自分らしくもない言葉に、リサ本人が一番驚いていた。そもそも、こうした男性との戯れの言葉遊びには興味がなかった。だがおなじことをロバートにいわれたなら、天にも昇る気持ちになるだろうという感傷がふと心をよぎる。

「デビュタントにいつもこんなことをいっているわけではありませんよ」フィンドリー卿はリサのグラスをテラスの手すりにそっと置き、リサの手をとって引き寄せた。「それどころか、こうした舞踏会は追いかけまわされて面倒なので、あまり顔を出さないことにしているんです」

「それでしたら、どうして今夜はここに？」フィンドリー卿が顔を近づけてくるのを見つめた。

「あなたがロンドンにいらしていると聞いたので、またお会いできるかもしれないと」フィンドリー卿の唇が目の前にある。

「それだけのために？」フィンドリー卿の瞳を見つめようと思っても、ついつい視線が唇へいってしまう。キスをされたら、どんな感じなのかしら。

「二年前にこの舞踏会でお会いして以来、あなたのことが忘れられないのです。美しい微笑みが脳裏から離れなくて。あなたをこの腕に抱きしめて、口づけを――」

「こんなところにいたのか！」

驚いて振り向くと、子供の心配をしている親のような顔をしたロバートがこちらに歩いてきた。フィンドリー卿が目立たぬように身体を離したのに気づき、ファーストキスのチャンスを邪魔された苛立ちをこめてロバートを睨みつける。ロバートはそんなリサの心中など一顧だにせず、頭ごなしにリサをしかりつけた。

「ひとりでなにをしているんだ?」ロバートはリサの腕をつかみ、ぐいぐいと室内へ向かった。

「ひとりじゃないわ、ロバート」リサはロバートの手を振りはらった。「フィンドリー卿と一緒だもの」

「クリスティアナやシュゼットがいないじゃないか」ロバートは手を離さなかった。「きちんとした淑女ならば、知らない男と――」

「知らない男じゃないわ」無理やり会場へ連れ戻されながら、リサは口論をまわりに悟られないように声をひそめた。「それに、聞き分けのない子供じゃないんだから、引きずるのはやめて。いまのロバートは、嫉妬に駆られて大騒ぎをしているようにしか見えないわよ」

自然に見えるようにしたつもりなのか、ロバートは手を緩めてゆっくり歩いた。足を止め、まっすぐにリサを見つめる。「嫉妬しているわけじゃない。だが、今日あんな目に遭ったばかりなのに、ふらふらしている場合じゃないだろう。モーガン夫人がだれに依頼されたのかはわからないんだ。フィンドリーかもしれないし、今夜この場にいるだれであってもおかしくはないいんだぞ。もっと自重しないと」

リサは目を丸くした。もちろん、危機一髪の脱出劇を忘れたわけではないが、まだ危険な状態が続いているとは考えてもみなかった。もう終わったと思いこんでいたのだ。考えが甘かったのかもしれない。リサはしぶしぶうなずいた。「そうね、もっと気をつけるわ」

「ああ、そうしてくれ。ぼくも用心するが」ロバートはまた歩きだした。

「ロバートも用心するってどういう意味？」人混みを通りぬけながら、低い声で尋ねる。

「リチャードやダニエルと相談して、黒幕の正体が判明するまで、リサを守る方法を考えたんだ」

「リチャードとダニエルに今日のことを話したの？」恐怖で声が大きくなった。

「リサの安全のためだ。事情を説明しなければ、相談もできない」

「最低」ついきつい言葉が口をついて出た。あの飲み物の影響がやっと消えたようで、まともな感情が戻ってきたのだ。あんな事件を義兄に知られたなんて、恥ずかしくて合わせる顔がない。

「いま、なんといった？」

ロバートが足を止め、驚いた顔で見下ろした。顎を上げ、負けじとロバートを睨みつける。

「どうでもいいでしょう。わたしはもう子供じゃないの。悪い言葉を使うことだってあるのよ。それに、テラスに出るくらい自由にやらせてもらうわ――ところで、守る方法ってなんのこと？」まくしたてているうちに、引っかかったひと言を思いだして問いただした。

「事件が解決するまで、ぼくがラドノーの屋敷に滞在して、昼も夜もリサを見守ることにした」ロバートは穏やかに告げた。

リサはまじまじとロバートを見つめた。午後の馬車での会話の前なら、こんなに嬉しい知らせはなかった。ずっとロバートのそばにいられるなんて、クリスマスと誕生日の贈り物を同時にもらうようなもので、嬉しくてその場で踊りだしたはずだ。だが冷ややかな宣告を聞いたいまとなっては、ただの悪夢としか思えない。女性として見てくれないとわかっていながら、愛するロバートと四六時中一緒にいなくてはならないなんて。

「ミス・マディソン？」

リサはロバートから視線をそらせる口実ができてほっとした。いつにも増して楽しげな笑顔をフィンドリー卿に向ける。「なんでしょう？」

「忘れものですよ」フィンドリー卿は微笑みながら、リサのグラスをさしだした。渋面のロバートは黙殺している。

「ありがとうございます」リサはにこやかにグラスを受けとり、冗談めかして言い訳した。「ラングリー卿の失礼なふるまいをお許しくださいね」

「お気になさらず。あなたのせいではありませんから」ロバートにちらりと目を向けることもせず、フィンドリー卿はのんきに続けた。「明日の晩のハモンド家の舞踏会にはいらっしゃいますか？」

「行きません」ロバートが近づいてきて、リサのかわりに答えた。

「うかがうつもりですわ」フィンドリー卿同様、ロバートは存在しないかのように答えた。

「昨日ロンドンに来てから、姉たちと相談したんです。すでにお返事もさしあげました」

「またぼくとワルツを踊っていただけますか、ミス・マディソン」フィンドリー卿はにっこり微笑んだ。

「ええ、喜んで」リサは約束した。「カドリーユもご一緒したいですわね」

「光栄です」フィンドリー卿はリサの手にキスをした。実際に唇が触れたわけではないのに、ロバートは我慢の限界だったようで、また無理やりリサを人混みへと引きずっていった。

「ねえ、失礼にもほどがあるわ」飲み物をこぼさないよう気をつけながら、リサは抗議した。

「あんな態度をとるからだ。フィンドリー相手にべたべたして、あれじゃ自堕落といわれても――」

リサが勢いよく腕を振りはらうと、ロバートの言葉が途切れた。驚いたように振りかえったその顔へ、リサはグラスの中身をぶちまけた。ロバートは呆然としている。

「いったい――」ロバートはすごい剣幕で口を開いた。

「ミス・マディソン?」

リサは振り向き、声をかけてきた男性をじっと見つめて記憶を探った。たしか、ティバルド卿だ。リサは眉を上げた。「なにか?」

「ぼくたちのダンスが始まりますが」ティバルド卿の言葉に、リサは勢いよくうなずいた。

「ああ、そうでしたわ。うっかりしてましまして。お約束してましたわね」怯んだ様子のティバルド卿になんとか笑顔を浮かべた。無言でロバートに空のグラスを押しつけると、ティバルド卿に手をさしだした。

ティバルド卿は笑顔でリサの手をとり、ダンスフロアに出た。

「大丈夫ですか？」

濡《ぬ》れた服を拭くナプキンを求めて、飲み物のテーブルに向かうロバートを睨みつけていたリサは、慌ててティバルド卿に顔を向けた。「なんでしょう？」

「落ち着かないご様子なので」ティバルド卿は穏やかに提案した。「ダンスよりも、外へ出て気分を変えたほうがいいのではありませんか」

「いいえ」リサはため息をついた。「ラングリー卿になかへ連れ戻されるだけですから」

「ああ、そうですか」しばらくすると、ティバルド卿はおずおずと尋ねた。「ラングリー卿のほうが先に申しこんでいたのですか？　それなら――」

「そんなことではないんです」リサは苦笑した。「ロバートは家族ぐるみのおつきあいをしている古い友人で、うるさい兄のような存在なんです。今夜は特に口やかましくて」

「ああ、ああ、ああ」ティバルド卿が何度も洩らした声の調子が気になり、リサは改めてダンスの相手を観察した。フィンドリー卿に負けず劣らず、ハンサムな好青年だった。冷たさを連想させるフィンドリー卿とは対照的に、華やかな雰囲気を漂わせており、黒い瞳と笑顔が魅力的だった。

「お詫《わ》びいたしますわ」リサはなんとか気を落ち着け、引きつった笑みを浮かべた。「ロバートに不愉快な思いをさせられたからと、あなたにやつあたりしてしまって」

「いやいや、お気になさらず」ティバルド卿は優しく応じた。「ただ悩みがおありになるようで、心ここにあらずですな」

リサは肩をすくめて微笑んだ。「もう大丈夫ですわ。ティバルド卿が悩みを忘れさせてくださったので」

ティバルド卿は小さく声をあげて笑った。「あなたは笑顔になると本当にお美しい」

「あなたも驚くほどすてきですわ。わたしたち、お似合いですわね」にっこりと笑う。

大胆な言葉に、ティバルド卿は笑いながらさらにリサを抱き寄せた。


「連れ去られるどころか、リサは楽しんでいる様子じゃないか」リチャードの声に、ロバートはいらいらと振り向いた。ダニエルと一緒にこちらに歩いてくる。「どうした、不機嫌な顔をして――そのうえ、濡れているし」

「リサは――」ロバートは口を開いたが、リサのほがらかな笑い声が聞こえてそちらに顔を向けた。ふたりはやけに楽しそうに見える。あんなに近づいて――。「なんだかわからないが、素直じゃないんだ」

「リサが？」リチャードは踊っているリサに視線を向けた。「リサはいつだって素直じゃないか。優しいところはクリスティアナにそっくりだ」

「さすがのクリスティアナも、リサの優しさには負けるかもしれないな」とダニエル。「素直じゃないといえばシュゼットだろう」

ダニエルはそういいながらも嬉しそうだった。どうやら素直じゃないところが気に入っているようだ。ロバートはかぶりを振り、リサに視線を戻した。「今夜のリサは素直にはほど遠いよ。ぼくが戻ってきたときはフィンドリーとテラスにいたんだが、フィンドリーのやつ、キスしようとしていた。そのうえ、こともあろうに、リサは拒まなかったんだ」吐き捨てるようにつけ加える。

「それは素直とはべつの問題だろう。リサはフィンドリーが気に入ってるんだな」ダニエルがいった。

それを聞いてロバートはますます気分が悪かった。どうしてこんなに苛立つのか、自分でもわからない。足を踏みかえ、話題をもとに戻した。「急いで引き離して、事件が解決するまでは自重しろといいきかせたんだ。そうしたら、グラスの中身を顔にかけられた」

ふたりは絶句した。ダニエルがひとつ咳払いをして尋ねた。「本当にそういっただけなのか?」

「そう説明したあとなのは事実だ」しぶしぶ認める。「ただ、ちょっといいすぎたかもしれない」

「どんなことを?」リチャードが尋ねた。

またいらいらと足踏みをする。「リサの態度がちょっと……その、フィンドリーに対して笑ったり、しなを作ったりするのが度を越していると感じたから、自堕落だというようなことをいったんだ」

「あらら」ダニエルはおもしろがって語尾を伸ばした。「それで、顔に飲み物をぶちまけられたというわけか」

ロバートはうなずいた。

「その程度で済んでよかったじゃないか」ダニエルはさらりといった。「シュゼットにそんなことをいおうものなら、殴られるのはまちがいないな。それはともかく、たしかにいいすぎだろう。リサは楽しそうに話をしていただけ——」

「だから、キスしようとしていたんだよ。リサも拒む様子はなかった」ロバートは反論した。

「なにを心配しているんだ?」リチャードがなだめた。「べつにリサと結婚しようというわけじゃないんだろう」

「それとも、気が変わったとか?」ダニエルが続けた。

「ま、まさか。そんなこと、あるはずがない」ロバートはまたリサに視線を泳がせた。リサと結婚したいと思ったことはない。妻は望んでいないし、結婚など災いのもとだという持論も変わらない。だが、べつの意味でリサが欲しかった。考えるのも許されないと承知しているし、とうてい実現するはずもないのだが。

なにも身につけていないも同然のガウンを思いだした。薄衣の下のリサの裸身が頭から離れない。どこもかしこも柔らかそうな曲線に、ふたつの小さな薔薇《ばら》の花のような乳首。くそっ。これまではなんの不満もなく、幸せに暮らしていたのだ。ところが、かわいい妹だったはずのリサの存在がどんどん大きくなり、自分でもわけがわからなくなっていた。

人を使って、一日も早く事件を解決しよう。そしてできるだけ早く愛人のジゼルと会うんだ。ジゼルと夜を過ごせば、リサの艶めかしい姿を思いだすこともなくなるだろう。リサのことは、昔とおなじ夢見がちなかわいい妹として見ていたかった。

6

リサはばたんというドアの音で起こされた。目を開けると、ベットがすごい勢いで飛びこんできた。

「信じられないお知らせがあるんです」ベットは興奮で顔を赤くしている。「なんと、ロバートさまがいらしているんです。料理番の話では、しばらく滞在なさるようですよ。お屋敷が改装中で騒音やにおいがひどいだろうからと、リチャードさまがお誘いになったそうです」

リサはうんざりして、枕を顔に載せた。ところがベットは遠慮なく引きはがす。

「聞こえませんでした？　ロバートさまがいらしているんですよ」ベットはゆっくりと大きな声で繰りかえした。

「ちゃんと聞こえているわよ」リサは顔をしかめた。「ロバートが来るのは知っているの。それに屋敷の改装なんてただの口実よ。黒幕がだれかわかるまで、ずっとわたしを見張るらしいわ。その男がまたわたしをさらおうとするかもしれないって」

ベットは目を丸くして、顔を曇らせた。「ええっ？　そんなこと、考えてもみませんでした。ロバートさまがお嬢さまを無事救いだしてくださって、一件落着だとばっかり」唇を噛んだ。「用心なさらないといけませんね」

リサはため息をつき、ベットから枕を奪いかえして頭の下に置いた。「わかっているわ。でも、いまはもうしばらく寝かせて」

「朝食に行かれたほうがいいですよ。ちょうどリチャードさまとロバートさまが降りていかれました。急げばご一緒できます」

「ロバートはわたしになんてまったく興味がないんだから、無理して一緒に食事しなくてもいいの」リサはそっぽを向いて目を閉じた。

「本当にそうでしょうか？　お嬢さまを見ているとき、ロバートさまの目には愛情が感じられます。お嬢さまもいつもそうおっしゃって――」

「わたしの勘違いだったの」リサはいらいらと遮った。「ロバートにはっきりいわれたのよ。妹としか思えないって」

「そうでしたか。お嬢さまはどうなさるおつもりですか？」

「ロバートのことは忘れるわ。そして今年の社交シーズンが終わるまでに、すてきな結婚相手を見つけるつもり」リサはきっぱりと宣言した。「そのためにも休養が必要なのよ」

「わかりました」ベットは納得した様子だった。「どうぞ、そのままおやすみください」

「ありがとう」ベットが部屋を出ていく音を聞きながら、もう一度眠ろうと目を閉じた。しかし、なかなか思ったように眠りはやってこない。すっかり目が冴《さ》えてしまった。

何度も寝返りをうち、仰向けになって天井を見上げていたら、そのうちお腹が鳴った。空腹には逆らえず、諦めてベッドから出る。食事に降りるのならば、ベットを下がらせなければよかった。

リサは仕方がないと肩をすくめた。ひとりで着替えるしかないだろう。髪も下ろしたままでいいとしよう。どのみちリチャードとロバートしかいないなら、お洒落する必要もない。

衣装箱の前にひざまずき、ドレスを選びはじめた。だが、しばらくするとうんざりして手を止めた。フリルやひだ飾りがいっぱいのかわいらしいドレスばかりなのだ。これまではそういうデザインが大好きだったが、昨夜の舞踏会では、似たようなドレスを着た女性たちがやけに子供っぽく見えた。ロバートがかわいい妹としか思えないのも無理はないのかもしれない。いまは、フリルがついていないシンプルなドレスが着たい気分だった。

しばらく迷っていたが、淡いピンクのドレスを手にとってフリルを眺めた。気に入らないならとってしまおうと決め、リサはフリルに手を伸ばした。

「それで、ボウ街警備隊《ボウ・ストリート・ランナー》とは外で会う予定なのか？　それとも呼んであるのか？」

ロバートは口に入れたソーセージを呑みこんだ。「朝食前に、訪ねてくるよう使いをやった。リチャードの予定がわからなかったから、念のため、リサから離れないほうが安心だと思ってな」

リチャードはうなずいた。「今日は外出する予定だったから、ちょうどよかった。おや、おはよう、リサ」

ロバートはそれを聞いて顔を上げ、齧《かじ》りかけたトーストをあやうく喉に詰まらせそうになった。リサは肌に映える淡いピンク色のドレスを着ていたが、一瞬、なにも身につけていないのかと思ったのだ。それほどリサの肌の色に溶けこんでいた。しかも、襟ぐりがかなり深く、見慣れぬ胸の谷間が丸見えだ。いつものドレスよりもフリルが少ないような気がした。さらに髪を無造作に下ろしていて、豊かな巻き毛が肩や背中で揺れている。昨日、モーガン夫人のところで見たリサの姿がよみがえり、気づくと身体が勝手に反応していた。

「おはよう、リチャード。気持ちのいい朝ね」リサはにこやかにあいさつし、サイドボードに料理をとりに行った。

「おはよう。よく眠れたのか？」リチャードが答えた。

「ええ、おかげさまで」リサはほがらかに答え、せっせと料理を選んでいる。「舞踏会で疲れたせいか、ぐっすり眠れたわ」

「昨夜は遅かったのに、早くに起きてきたので驚いたよ」

「早起きするつもりはなかったのよ」リサは笑顔でテーブルに歩いてくる。「ベットに起こされちゃったの。ロバートが来ているから、一緒に朝食をとりたがるんじゃないかって。早合点もいいところなんだけど、もう眠れそうになかったから……」リサは肩をすくめ、リチャードの左側、ロバートの正面の席に座った。

「そうか」リチャードは反応をうかがうようにちらりとこちらを見た。しかし、ロバートはリサ以外に意識を向ける余裕がなかった。リサはロバートに顔も向けず、まるで彼がいないかのようにふるまっている。だが、そのおかげで別人のようなリサを心ゆくまで眺めることができた。実は髪を下ろした姿を見るのも昨日が初めてだった。幼いころはお下げ髪で、そのあとはポニーテールにしていたが、最近は社交界デビューが近い令嬢らしく、きちんと結いあげていた。だが、ロバートはいまのような無造作な髪のほうが好きだった。まるでいまベッドから抜けだしたみたいで、いらぬ妄想をそそられる。

「それで、今日の予定は?」リチャードが沈黙を破った。

「なにもないはずだったんだけど」リサは苦笑いした。「さっき降りてくるときにのぞいたら、トレイに訪問カードがたくさん載っていたの。今日、訪ねたいというかたが何人もいらっしゃるみたい」

ロバートは眉をひそめた。玄関ホールに置かれたトレイに訪問カードが載っているのには気づいたが、だれのものかは確認しなかった。

「ああ、ぼくも見たよ」リチャードは微笑んだ。「リサは人気者だな。今日訪ねたいという男性が少なくとも六人いたぞ」

「うふふ」リサは卵を食べた。「昨夜の舞踏会はすごく楽しかったの。また会ってみたいと思った殿方のカードばかりだったから、承諾の返事を送ってみるわ」

「どうかしたのか、ロバート？」リチャードの声に、リサを睨みつけていたロバートは口を開いた。

「黒幕が判明するまで、来客は自重したほうがいいだろう」大勢の男がリサを訪ねてくると想像しただけで、なぜか妨害してやりたくなった。

「さすがにこの屋敷で拉致される心配はないだろう」リチャードは冷静だった。「とはいえ、六人とも今日呼ぶのはやめておいたほうが無難だな。客間で決闘騒ぎは遠慮願いたい」

リサはほがらかに笑った。「そんな心配はいらないわよ、リチャード。みなさん、紳士だもの」

「モーガン夫人に依頼した男はべつだがな。リサに変な薬を飲ませ、裸にするくらいは平気らしいぞ」ロバートの冷淡な口調に、初めてリサはこちらに顔を向けた。

リサは触れたらやけどしそうな目でこちらを睨みつけたが、その声は凍りつきそうなほど冷ややかだった。「裸になんかされていないわ。ロバートの目のほうがよっぽど信用できないじゃない。ちゃんとすてきなガウンを着ていたでしょう。初夜にもあんなガウンを着てみたいわ」

「初夜?」思わず聞きかえす。

「そうよ」リサは肩をすくめ、食事を再開した。「今年結婚するつもりなの。その幸運な殿方がだれになるかはまだわからないけど」

ロバートは呆然とリサを見つめた。自分の世界がぐらぐらと音をたててくずれおちそうだった。リサに慕われるのはあたりまえと思いあがり、その愛を失う可能性など考えたこともなかった。長年かわいらしいリサに憧れのまなざしで追いかけられ、優しい言葉だけを耳にするうち、それを当然とみなすようになっていたようだ。リチャードとダニエルは正しかった。リサはロバートに見切りをつけ、本気で結婚相手を探すつもりのようだ。知らない男があのまなざしを一身に受けるようになるのか。

「なにをたくらんでいるかわからない男がいると知っていながら、男たちを集めて喜ぶとは無謀にもほどがある。論外だ」勢いで口にしたものの、内心ではいいすぎたと後悔していた。リサは身体をこわばらせ、氷の女王を思わせる顔ではたと睨みつけてきた。

「どういう意味?」リサはすさまじい勢いでまくしたてた。「ねえ、わたしのことを妹だと思っているのかもしれないけれど、ロバートは兄でもなんでもないんだから、邪魔する権利なんてないのよ。だいたい、昼間きちんと訪ねてきたのに、そのままさらったりする人がいるわけないでしょう」

「たしかにぼくには男たちが訪ねてくるのをどうこういう権利はないかもしれないが、リチャードにはあるだろう」当然、リチャードならば助太刀してくれるものと思っていた。

ところがリチャードはいいにくそうな顔でこう答えた。「リサのいうとおりだと思うよ、ロバート。今日の訪問者のなかに黒幕がいたとしても、まさか、家族の目の前で拉致するような真似はしないだろう。モーガン夫人を利用したように、もっと目立たない形でしかけてくるはずだ。この屋敷に訪ねてくるぶんには心配ないさ。それに、おまえが目を光らせているんだから安心だよ」

残念ながら反論の余地はなかった。だが、ロバートは理屈ではなく、我慢ならなかったのだ。リサを狙っている男たちが屋敷のなかをうろうろするなんて、考えたくもなかった。そのなかに黒幕が潜んでいて、リサを拉致しようと画策している可能性も気がかりだったが、まかりまちがって――顔の見えない男が、薄衣をまとったリサの裸身をまさぐっている場面が頭に浮かぶ。気づくとその男はロバートにかわっていた。リサに激しいキスをして、薄衣の上から胸を吸う。唇が腹へと下りていき、そのままベッドに押し倒して――。

「まずはお風呂に入って、髪を結うことにするわ。お返事を送るのはそのあとね」リサは皿を押しやって立ちあがった。

ロバートは目の前の空の皿を眺めた。どれだけの時間、不埒《ふらち》な妄想にふけっていたのだろう。二十年近くものあいだ、ずっと妹のように思ってきたかわいいリサ。なにを血迷っているのか。そのくせ、気づくと部屋を出ていくリサの身体を舐めるように見つめていた。

「大丈夫か?」

リチャードの声に、ロバートははっと我に返って友に顔を向けた。

「なんだか顔が赤いぞ」リチャードは穏やかにいった。「リサの味方をしたような形になって、悪かったたな。ただ、男たちが訪ねてくるのを反対する理由がなかった。正直、そのなかに黒幕がいてなにかをたくらんでいるなんて、まず考えられないだろう、ロバート」

「ああ、わかっている。もっともだと思う」慌ててつけ加える。「ただ、心配なんだよ」

「そうだな」どういうわけか、そう答えたリチャードの目がきらりと光った。いま、リチャードはまったくちがうことを考えているような気がした。

「すべてのドレスですか?」ベットは目を丸くした。

「そうよ」リサは朝食に着た淡いピンクのドレスを脱ぎ、バスタブに足を入れた。「ひとつ残らずね」

「でも、フリルがついているほうがいいと思いますけど。みんなとても——」

「若くてかわいく見えるんでしょう」リサは不機嫌な声で遮った。「そういうのはもういいの。結婚相手を見つけたいんだもの。一人前の女性として見てもらわないと」

ベットは黙っていたが、二着のドレスを手にとった。「でも、お嫁入り前の淑女はこういうドレスを着るものですよ」

「じゃあ、目立ってちょうどいいわね」リサは肩をすくめ、温かい湯に身体を沈めた。気持ちよさに小さく吐息を洩らし、石鹸をとりあげる。「それに、もっとシンプルな髪型にしたいの。クリスティアナみたいに」

しばらくすると、ベットはかぶりを振った。「わかりました。お嬢さまがお湯を浴びているあいだにドレスにとりかかります。髪を洗うときはお声をかけてください」

リサはうなずいた。石鹸を泡立てていると、自然と微笑みが浮かんだ。今朝の朝食室でのロバートを思いだす。熱を帯びた目でリサを舐めるように見つめていた。もうロバートのことは諦めるつもりだったが、あの様子からすると、まったく脈がないわけでもなさそうだ。そうとわかれば、戦略を変えたほうがいいだろう。ロバートがまちがっても子供扱いできないよう、別人のように変身してみせる。

もちろん、それだけでロバートが自分を追いかけるようになると期待しているわけではない。だが本で読んだレディ・シルヴィアとジェームズ卿をお手本に、ほかの男性にちやほやされる姿を見せつけたら、さすがのロバートも嫉妬に駆られるだろう。それでも平気な顔をしていたら、今度こそ本当に諦めるつもりだった。最後にもう一度だけやってみよう。自分でも往生際が悪いとあきれてしまうし、傍から見れば、自尊心のかけらもないと思われるだろう。それに自堕落だといわれたときには、その程度の男性だったのかと百年の恋も冷める思いだった。けれど、ロバートとは長いつきあいになるが、あんなふうに男としての顔をむきだしにした姿を見るのは初めてなのだ。ロバートのなかでなにかが変化しているのかもしれない。その可能性に賭けてみよう。

「わかりました。すぐに人を集めましょう。まずはロンドンの港から始めて、海岸沿いの町も調べさせます。遠からず出航した場所や行き先が判明するでしょう。そうなればあとは追いかけるだけです」

「よし、頼んだぞ」ロバートはうなずいた。ボウ街警備隊のスミスは仕事ができると評判の男で、当然、報酬も高額だったが、この事件を無事解決し、屋敷に帰って平和な生活をとりもどすためなら安いものだった。襟ぐりの深いドレスを着たリサが、男たちにちやほやされているラドノーの屋敷からは一日も早く出ていきたい。

玄関ホールのほうからけたたましい笑い声が聞こえてきて、ロバートは執務室のドアに目をやった。またべつの男がやって来たらしい。スミスが約束の時間に来る前に、すでに五人も集まっていた。そのうえ、つぎの訪問者が現れても、だれひとり帰ろうとはしないのだ。

「つねに報告を入れてくれ」ロバートは無理やりスミスに視線を戻した。「そして、できるだけ早くモーガン夫人の行き先を突きとめてほしい」

「全力を尽くします」茶色の髪に白いものが交じったスミスは首を傾げた。「この件の片がつくまで、そのご婦人を護衛しましょうか？」

ロバートはため息をついた。ぜひとも頼みたかったが、妊娠しているクリスティアナに心配をかけるわけにはいかない。「いや、それは必要ない。モーガン夫人を見つけ、だれが黒幕なのかを調べてくれれば充分だ」

「わかりました」スミスはうなずいて、立ちあがった。「それにしても、ひどい話ですな。くれぐれもご用心怠《おこた》りなく」

「わかっている」ロバートも机から立ちあがった。「事件が解決するまでは、どんなときでも彼女をひとりにはしないつもりだ」

「それなら安心ですな。では、すぐに調査を始めます」玄関に向かいながらスミスがいった。

ロバートはうなずき、リサと客人たちがお茶を飲んでいる客間のドアを見つめた。さきほどの笑い声のあとは静かだった。いったいなにをしているのだろう。スミスに視線を戻して、さらにいくつか指示を与えると、外へ送りだした。

玄関扉を閉めて小さくため息をつき、疲れたように顔をこすった。客間に戻りたくなかった。男たちがリサをちやほやし、リサも嬉しそうに応えている——それを見ているのは拷問に近かった。正直、吐き気さえもよおす。しかし、リサから目を離すわけにはいかないのだから、ロバートに選択の余地はなかった。

背筋を伸ばし、無理やり社交用の笑顔を貼りつけて客間に向かった。ところが、ドアを開けたとたん、頭が真っ白になった。部屋にはだれもいなかったのだ。すぐに我に返り、執事を大声で呼んだ。

ハンダーズが厨房のドアから現れた。英国の執事たるもの、なにがあろうとけっして走ったりはしないものだが、それでもぎりぎり許される速さでこちらに歩いてくる。待つのももどかしく、ロバートもそちらに向かった。「どこに行った？」

「リサさまとお客さまでしたら、公園にお出かけになりました。どちらが速く二頭馬車を走らせることができるか、フィンドリー卿とペンブルック卿が競走なさるとお話が決まったように存じます」執事は穏やかに答えた。

ロバートは自分の耳を疑ったが、すぐに玄関へ向かった。内心、大声で叫びたかった。なんの馬鹿騒ぎだ。リサを守るためにラドノー家に滞在しているというのに、肝心のリサがなにをしているんだ。男を引きつれて公園へ遊びに行った？　そのなかのだれかが、リサを拉致しようと虎視眈々《こしたんたん》と狙っているかもしれないのに。

リサはなにを考えているのだろうか。少女のころから知っているが、けっして思慮の足りない女性ではないはずだ。拉致されて、どんな目に遭ってもかまわないとでもいうのだろうか。ロバートが妹としか思えないとはっきり宣言したせいで、自暴自棄になってこんな無茶をしているのだろうか。とにかく見つけたら、首に縄をつけてでも連れ帰ってやる。

「ブラボー！」リサは跳びあがり、手を叩いた。乗っている二頭立て馬車がゴールに先着したのだ。競走に勝った。いや、正確には勝ったのはチャールズ・フィンドリー卿で、たまたまリサはその馬車に乗せてもらっていた。リサは手綱をとっているフィンドリー卿に笑顔を向けた。

フィンドリー卿はリサがはしゃいでいるのが嬉しそうだった。片手で手綱を握り、もう片方の手でリサの腕をしっかりつかむ。「楽しんでくれたようで、なによりです、ミス・マディソン。速度を落としたときに、馬車から振りおとされないよう、気をつけてくださいね」

「リサと呼んでくださいな」リサは素直に腰を下ろし、お祝いのハグをした。「おめでとうございます。ペンブルック卿にすごい差をつけて、みごとな大勝利ですね、フィンドリー卿」

「チャールズと呼んでください」フィンドリー卿はリサの耳もとでささやいた。腰に腕をまわされて、すぐに離れるつもりがそうはいかなくなった。

気づくとあたりには人気《ひとけ》がなかった。その先は森しかないはずだ。気持ちを落ち着け、なんとか笑みを浮かべる。「チャールズ、そろそろ戻りましょうか。みなさんがどこへ行ったのかと心配なさるかも」

ペンブルック卿の馬車はどこかと、フィンドリー卿の肩越しに探した。フィンドリー卿がゴールを走りぬけたとき、たしか馬車三台分ほど後ろにいたはずだ。それなのに、いまはどこに消えてしまったのだろう。あたりには人っ子ひとり見あたらない。フィンドリー卿が馬車の速度を落とした。

「Uターンできるところで引き返そう」フィンドリー卿が腕を離したので、リサはきちんと座りなおした。「この先の右手に方向転換できるところがあるんだ」

リサはうなずき、不安になっているのを悟られまいとした。おそらくフィンドリー卿は黒幕ではないだろう。こんなに洗練された美青年ならば、女性を拉致する必要などないはずだ。たとえそうだとしても、このまま連れ去るような馬鹿な真似はしないだろう。ベット、ペンブルック卿、ティバルド卿、そしてあとふたりの紳士が、リサはだれと一緒だか知っているのだ。少なくとも、フィンドリー卿の馬車に乗ったことは承知している。

「ここで引き返そう」フィンドリー卿の声に、リサはまわりを見わたした。狭い空き地で馬車は方向を変えていた。

「まあ、きれい」空き地の脇に紫の花が群生しているのを見て、リサは声をあげた。

「ああ」フィンドリー卿は馬車を停めた。

「なんという花かしら」リサはもっとよく見ようと横に身を乗りだした。

「残念ながら、花には詳しくなくてね」フィンドリー卿もリサの背後からのぞきこんだ。リサの頬に息がかかるくらい、顔が近くにあった。「美しい花だな。きみのドレスによく似合いそうだ。摘んでこようか？」

湯浴みのあとで着た藤色のドレスを見下ろして、リサは思わず微笑んだ。「そっくりおなじ色合いね」

「勝利の記念にプレゼントしよう」

リサはにっこりとうなずいた。「本当に？　部屋の花瓶に活けて、見るたびにチャールズのことを思いだすわね」

「それは嬉しいな」フィンドリー卿は手綱を脇に置き、馬車から降りた。あとに続こうと立ちあがると、フィンドリー卿が手を振った。「そこで待っていて。地面がぬかるんでいるから、靴が汚れてしまう。すぐに戻ってくるよ」

リサは気遣いに感謝して座りなおした。今日はすばらしい一日だった。珍しくよく晴れて、馬車競走も楽しかった。午後いっぱい、訪ねてきた男性たちにちやほやされて、ロバートはそれを見て苛立ちを隠しきれない様子だったが、途中で来客に邪魔されたのが残念だった。あれはボウ街警備隊じゃないかしら。執事のハンダーズが長身で白髪交じりの男を執務室に案内し、ロバートがあとから入っていくのだけがちらりと見えたけれど。それからすぐに、馬車を一番速く走らせるのはだれかという話題になり、ちょっとした悪戯《いたずら》心で競走してみようと提案したら、あれよあれよと全員で出かけることになったのだ。

もちろん、ロバートが激怒するのはわかっていたが、それを見てみたいという気持ちもあった。昨夜の舞踏会であれほど怒ったのも、嫉妬が原因じゃないかという気がする。ロバートは兄のような気持ちで忠告したつもりかもしれないが、落ち着いて考えれば、ロバートがあんなひどい言葉を口にするなんて信じられない。幼いころですら、そんなことは一度もなかったのだ。嫉妬のせいならば、期待が持てるかもしれない。ちがったら――ちやほやしてくれるハンサムで優しそうな紳士がこんなにいるのだから、ゆっくり考えればいい。未来を決めるのは自分だと思うと、なんともいい気分だった。

「どうぞ」

声に顔を上げると、フィンドリー卿が美しい紫の花束を差しだしていた。花を受けとろうと身を乗りだすと、フィンドリー卿は手渡すかわりに、真剣な表情でリサの口もとをじっと見ている。フィンドリー卿の顔が近づいてきた。とうとうキスされるのね。

どこかからリズミカルな馬の蹄《ひづめ》の音が聞こえてきた。ふたりの唇が触れあう直前、すぐ近くに人の気配を感じて、ふたりは慌てて身体を離した。

馬に乗って現れたのは血相を変えたロバートだった。リサは自分が笑いたいのか、泣きたいのかもわからなかった。初めてのキスはどんなものか興味津々だったし、ようやくそのチャンスが到来したかと思えば、またロバートに邪魔されてしまった。とはいえ、最初のキスの相手はロバートがいいという気持ちもある。どちらが本心なのか、自分でもよくわからなくなってしまった。

「リサ、なにを考えて――きみは――」かける言葉も思いつかないようで、ロバートは馬上からリサを睨みつけた。

その苦虫を噛みつぶしたような顔を見ていると笑いたくなったが、唇を噛んで我慢する。

フィンドリー卿に顔を向けた。「そろそろみなさんのところへ戻らないといけないわね」

「まっすぐ家に帰るんだ」ロバートはぴしゃりと訂正した。

「でも――」

「もう遅いんだぞ。ハモンド家の舞踏会に行く準備をしなくてはならないだろう」

「ああ、ハモンド家の舞踏会か」フィンドリー卿がつぶやいた。「ワルツとカドリーユを約束したのを忘れないで」

リサは微笑んだ。「ええ、もちろん」

フィンドリー卿も笑顔で応えると、リサに花を渡して馬車をUターンさせた。振りかえると、ロバートが馬車のすぐ後ろをついてくる。背筋をしゃんと伸ばし、いかめしい顔をしているが、その目はいまにも炎を噴きそうだった。

「ラングリー卿はきみのことが心配で仕方ないようだな」

リサはフィンドリー卿に顔をしかめてみせた。「保護者のつもりなの。一緒に育ったようなものだから、わたしのことを妹だと思っているのね」

「妹？」フィンドリー卿はフリルをとった藤色のドレスを眺めた。「こんな魅力的な女性を妹と思えるとは、とても信じられないな」

「ありがとう」リサは笑った。

「だが、家族ぐるみのつきあいにしても、ちょっとやりすぎと思えなくもないが」フィンドリー卿は言葉を慎重に選んでいるようだった。

リサは宙を見つめて考えた。これでは心配性の域を超えていると思われると、ロバートに釘を刺しておいたほうがいいだろう。「義兄のラドノー卿が、ロンドンにいるあいだ気をつけてくれと頼んだみたい。田舎育ちで都会の危険に疎いから、なにかあってはと心配しているのね」

「ふーん」フィンドリー卿はリサの大きく開いた襟ぐりに一瞬視線を走らせた。「ぼくも喜んで騎士のお役目を引きうけよう」

「あら、チャールズが都会の危険かもしれなくてよ」リサが笑うと、フィンドリー卿は表情を曇らせた。

「ずいぶん意地悪だな。これでも紳士のつもりなんだが」

「これまでのところはね」リサはからかった。

「これまでのところか。では、これからも紳士でいると約束しよう。まあ、たいていの場合は」フィンドリーは苦笑した。「キスだけはなんとしても実現したいと思っているがね」

リサは微笑むだけにしておいた。楽しみにしていると口にするのはやはりはしたないだろう。初めてのキス。少女のころからその相手はロバートと決めていたが、どうやらそれは実現しそうになかった。かわりに好青年のフィンドリー卿とキスすることになったら、さぞかしがっかりするだろうと思っていたが、どうやらそんな心配はいらなかったようだ。たしかにいまもロバートが好きだけれど、最近は会うたびに喧嘩《けんか》しているような気がする。対するフィンドリー卿はいつも優しかった。賞賛の言葉を惜しまず、ダンスも上手で、花もプレゼントしてくれる。そして、リサとキスをしたいと望んでいる。ロバートから妹としか思えないと聞かされつづけるよりも、いまのほうがずっと楽しかった。

7

「屋敷の外へ出かけるとは聞いていなかった」

「出かけないともいわなかったはずよ」リサは穏やかに答え、ベットを従えて階段を上がった。あのあとみんなのところに戻って別れのあいさつをし、フィンドリー卿はベットも乗せて屋敷まで送ってくれたのだ。ロバートは不機嫌な親のような顔をして、ずっと馬車の後ろに貼りついていた。

「わざととぼけたふりをしているのか」ロバートも階段を上がりながら、仏頂面でいいつのった。「リサを守るためにここにいるんだぞ。勝手に出かけられたら、どうすればいいんだ」

「ちゃんとそばについていてくれたら、ロバートなしで出かけたりはしなかったはずよ。それに、こうしてなにもなかったんだし」

「ボウ街警備隊と約束してたんだ。モーガン夫人をつかまえるためにな」召使に話を聞かれないように、ロバートはリサに近づいた。「だからどうしても必要なことだったたし、席をはずしたのはごく短いあいだだけだ。ついでにいえば、なにもなかったかどうかはわからないだろう。あのときフィンドリーはそのまま拉致するつもりだったかもしれないんだぞ」

「まさか、いくらなんでもそんなことを考えていたとは思えないわ」リサは二階の廊下を歩きはじめた。

「まあ、キスをするのに忙しかったからな」

「キスしようとしただけよ。またロバートに邪魔されたけど。もうやめてほしいわ」

「なんだと？　キスをしてもらいたいのか？」ロバートは憤然と尋ねた。

自分の部屋のドアまで来ると、まっすぐにロバートを見つめた。ベットは先に部屋へ入った。「もちろんよ。望んでいないわけがないでしょう？　フィンドリー卿はハンサムで、理想的な結婚相手だもの。それにわたしはキスをしたことがないの。どんなものなのか、知りたいのよ。それにキスが楽しくなかったら、結婚はやめておいたほうがいいだろうし」

「やっと結婚するのか？」ロバートは驚くほど大きな声で叫んだ。

「結婚相手を見つけるためにロンドンに来たのよ、ロバート。これまでのところ、候補者のなかではフィンドリー卿が一番ハンサムなの。だから、キスをしてみて、どんな感じかを確かめたいのよ。どうしてもいやだったら、すてきなキスをしてくれるかもしれないほかの候補者を探さないと」

「フィンドリーにキスを許すつもりなのか？　そのうえ、あいつのキスが気に入らなかったら、ほかの男ともつぎつぎとキスすると、本気でいっているのか？」ロバートは聞きまちがいに決まっているという顔をしていた。

「とっても現実的な方法だと思わない？　外見がすてきだと思ったら、話をしてみて人柄も気に入るかを確かめるの。それも合格なら、キスがいいかどうかを試してみるのよ」

「いったいなんの話なんだ」ロバートは本気で恐怖を感じているようだった。

もどかしくてぐるりと目をまわす。「結婚というのは、毎朝テーブルで向かいあって話をするだけじゃないでしょう。結婚する相手がわたしの情熱を揺さぶってくれるかどうかも確かめてみないと。クリスティアナやシュゼットみたいに、愛する相手と情熱的な結婚をしたいのよ」

「いいかげんにしろ、リサ」ロバートはかぶりを振った。「理想の相手が見つかるまで、ロンドン中の男とかたっぱしからキスしてまわるわけにはいかないんだぞ」

「あら、どうして？　キスくらいかまわないでしょう。でも、ソフィーによると、キスしてみれば、その相手がどんな恋人かがよくわかるそうよ。だけど、夫婦の営みだけが目的で結婚したがっているなんて思わないでね」

ロバートは口をぱくぱくさせたが、言葉が見つからないようだった。ようやく質問を絞りだした。「その、ソフィーっていうのはだれなんだ？」

「うーん、その、夜の蝶《ちょう》みたいな感じかしら」リサは廊下を見まわし、召使が聞いていないのを確認した。

「夜の蝶だ？」ロバートは声を荒らげた。「どういうことなんだ、リサ。売春宿の女主人や夜の蝶とつきあっているのか？」

大声をあげたロバートを睨みつける。「もちろんちがうわよ、ロバート。ソフィーの回顧録を読んだだけ。それに、モーガン夫人が売春宿の女主人だったなんて知らなかったもの」

「夜の蝶の回顧録……」ロバートはうんざりした顔で髪をかきあげた。「どうしてそんなものを読んだんだ。マディソン卿はご存じなのか？」

リサはあきれてぐるりと目をまわし、そのまま部屋に入ろうとしたが、ロバートに腕をつかまれた。

「リサ、知らない男とキスをするのはぼくが許さない」有無をいわさぬ口調だった。「それは——」

「わたしの勝手でしょう」リサはぴしゃりといい、すこし口調をやわらげて続けた。「たしかにロバートのことは兄のように大切に思っているわ。だけど本当の兄じゃないんだから、なにかをするのに許可をもらうつもりはないの。そうしたいと思ったら、だれとでもキスするつもりよ。どうしてロバートがそんなに大騒ぎするのかがわからない。嫉妬しているんじゃあるまいし」腕を振りほどき、かぶりを振って部屋に入った。

ドアが閉まり、ひとりとり残されたロバートは呆然とドアを見つめた。頭のなかではリサの言葉がぐるぐるまわっていた。兄のように大切に思っている？　いつのまにそんなことになったんだ？　リサが愛しているのは自分だったはずだ。フィンドリーやペンブルック、ティバルドに数日ちやほやされただけで、あんなにも変わってしまったのだろうか。まさか。

それとも本気なのだろうか？　召使はべつにして、大人に成長するマディソン姉妹のそばにいた男はロバートだけだった。だからリサが自分を慕うようになったのは自然の流れだったといえる。しかしいま、男たちはハチミツに群がるハチのように、リサのまわりに集まっていた。そのためにロバートへの長年の思慕が冷め、妹のような愛情に変わったのだろうか。

本当ならそうなってくれて安心するはずだった。だが、どういうわけか、裏切られ、見捨てられたような気分なのだ。それだけではない。嫉妬らしきものまで覚える。リサがほかの男と何度もキスをすると考えただけで、歯ぎしりしたくなった。それは長年リサに愛されることに慣れたせいなのか、それとも本心からリサを欲しているせいなのか、自分でも判断がつかなかった。

自分への思慕は微笑ましいときもあれば、煩わしいときもあったが、リサのことはずっと妹のように思ってきた。だがあの日、売春宿で悩ましいガウン姿のリサを見てしまってからは――しかも、ほかの男との初夜にもあのガウンを着たいといっていた。

それだけではない。リサは急速に変わりつつある。男たちから注目されることで、自分に自信がついたのだろう。昔は恥ずかしそうにほとんど聞こえないような笑い声しかあげなかったが、いまは楽しくて仕方がないとばかりに、思わずまわりもつられそうな笑い声をあげるようになった。背筋をしゃんと伸ばし、顎を上げて堂々と歩き、瞳は眩《まぶ》しいほどに輝いている。まさにいまを盛りと咲き誇る大輪の薔薇だった。おとなしくて引っ込み思案な少女が、美しく魅力的な女性に変身したのだ。男ならみな恋に落ち、追いかけるにちがいない。

「くそっ」ロバートは悪態をつき、のろのろとドアから離れた。どうしたものか途方に暮れた。リサに対して、こんな複雑な思いを抱きたくなかった。これまで結婚したいと思ったことはない。あんなものは妻に裏切られ、笑いものになって苦しむだけだろう。妻は信用できないというのはロバートにとっては強迫観念に近く、よく知っているリサですら結婚したらそうなるかもしれないと思っていた。いまやロンドン中の男たちとキスしたいと公言したのだから、その可能性は高まったともいえる。ラングリー家の当主は呪われているかのように代々不実な妻に苦しんできた。そういう運命ならば、だれが妻になってもおなじで、妻になった女性の責任ではないのかもしれない。

あらゆる事情を鑑みると、自分の気持ちの変化には目をつぶり、リサと距離を置くのが一番だと思えてきた。早く黒幕の正体を突きとめて事件を解決し、その後はそれぞれの人生を歩む。リサが幸せになり、ロバートもこれ以上いやな思いをしないためには、それが最善の策だろう。

「それで、ロバートとなにがあったの？」

リサは驚いてシュゼットに顔を向けた。「どういう意味？　なにもないわよ」

「ふーん、そう。ロバートは根でも生えたように会場のおなじ場所から動かないで、ずっとリサを見つめていたけど」

「リサのほうは、一度もロバートに目を向けようとしないしね」クリスティアナもおもしろがっているようだった。

「べつにロバートを見る必要がないんだもの。だけど彼が見ているのは、わたしにはどうしようもないでしょう？」リサは肩をすくめたが、本当にそのとおりだと内心ため息をついた。会場に到着してからというもの、ずっとロバートの視線に追いかけられていて、そちらに目を向けなくても彼がどこにいるかわかるほどだった。見つめられているところが燃えあがりそうな気がする。だんだん苦しくなってきた。

好意的な視線であれば、それほど気にならなかったかもしれない。だがそうではなく、ロバートが一歩引いているのが感じられた。雇われただけの護衛のように、護衛対象としての関心しか抱いていないのが伝わってくるのだ。なにが原因なのかはわからないが、ロバートはふたりのあいだに壁を築いていた。

リサにはどうしようもないことだと、考えるのはやめた。それよりも、約束した紳士たちと笑顔でダンスをして、相性がよさそうかどうかを覚えておくのだ。たとえロバートだろうと、なにもせずにただ待っているつもりはなかった。

「ミス・マディソン」

リサは目の前に立った男性を見て、にっこりした。「ペンブルック卿、あなたの番かしら?」

「ええ」ペンブルック卿は微笑んだ。どんな女性でも心を躍らせるような笑顔だった。リサの心を奪ってしまうほどではなかったが、それでも魅力的な好青年だ。リサは満面の笑みを浮かべ、ペンブルック卿の腕に手をかけてダンスフロアに進みでた。

「今日は馬車の競走に負けてしまいましたが、ぼくのことを見限らないでくださいね」ペンブルック卿はリサを腕のなかに抱き寄せた。

目を丸くしてペンブルック卿を見上げる。「まさか、そんなこと考えてもいませんわ。ただのお遊びですもの。場を盛りあげるために、わざと勝ちを譲ってあげたんですわよね」ふと思いついてそういうと、ペンブルック卿は得意げに胸をふくらませた。

「その趣向を楽しんでくれたようですね」ペンブルック卿はこれさいわいと応じた。リサはただの見栄だと確信しながらそのまま受けながした。ペンブルック卿はさっきとは別人のように、堂々と笑顔を浮かべている。

「ええ、とても楽しかったですわ。わくわくしましたもの」

「そんなに喜んでもらえたなら、苦労の甲斐がありました」

リサはくすくす笑った。「まあ、お優しいのね」

「どんなことがお好きですか、ミス・マディソン?」ペンブルック卿はリサをくるりとまわした。「明日の午後、ぜひご一緒しましょう。もちろん、みなさんもお誘いして」最後のひと言はにやりと笑ってつけ加えた。

その懸命の姿勢に好感を覚え、訊かれたことを考えてみた。「乗馬かしら。田舎で遠乗りするのは大好きです。田舎の屋敷のそばの川で、よくボート遊びもしますわ」肩をすくめる。

「残念ながら、都会での遊びをあまり知らなくて」

「芝居はお好きですか?」ペンブルック卿が訊いた。

「ええ。数えるほどしか観たことはありませんけど、とてもおもしろいと思いました」

「花はいかがです?」

「ええ、もちろん。美しいし、元気が出ますもの」

「お好きなお菓子はありますか?」

「好きなお菓子ですか?」ちょっとふざけてみた。「作ってくださるの?」

ペンブルック卿は笑った。「残念ながら、ぼくではありませんが。うちの料理番はペストリーを焼かせたらロンドン一との評判なんですよ。あなたのお好きなものを作らせましょう。よろしければ、明日お持ちします」

リサはそれほど迷わずに返事した。「まあ、ご親切に。明日もご一緒できますのね。どんなお菓子を用意してくださるのかは、おっしゃらないでくださいな。明日の楽しみにいたしますわ。料理番の得意なものでも、あなたのお好きなものでも」

「わかりました。きっと気に入っていただけるはずです」

「楽しみですわ」リサは微笑んだ。

「ぼくもです」ペンブルック卿は音楽が終わったのに気づき、怪訝《けげん》そうにあたりを見まわした。「これで終わりのようですね」

「あら」リサも驚いて、まわりを見まわした。話がはずんでいるうちに、曲が終わってしまったようだ。ペンブルック卿に笑顔を向けた。「ダンスのお相手をありがとうございました」

「こちらこそ、ミス・マディソン。あなたといると楽しくて、時間がたつのがあっという間です」

「意見が合いますね」

声に驚いてそちらを向くと、フィンドリー卿が近づいてきた。

「つぎはぼくとのワルツですよ」フィンドリー卿は笑顔でペンブルック卿に会釈した。「やあ、ペンブルック」

「フィンドリーか」ペンブルック卿はリサをフィンドリー卿に引き渡し、最後に念を押した。

「それでは、明日」

リサは笑顔で応じた。

「明日？」ワルツが始まると、フィンドリー卿が尋ねた。「ペンブルックは明日も訪ねる予定なのか？」

「ええ。お菓子を持ってきてくださるの。料理番はロンドン一の腕前という評判だとか」

「噂は聞いたことがある。そうと知ったら、それよりもすばらしい贈り物を持参しなくては」

リサはくすくす笑った。「ロンドン一のお菓子をしのぐだなんて、きっと特別なものなのね」

「もちろん」フィンドリー卿はにやりとした。「これからじっくり考えるよ」

「楽しみだわ」群を抜いてハンサムで、条件も申し分ないふたりが自分のために競いあっているのは、なんともわくわくするものだった。

「ところで」フィンドリー卿は巧みにリードしながら、ささやいた。「リサにキスしたいとずっと狙ってるが、なかなか実現しないな」

「あら」リサはぎょっとした。「まさか、ここでするつもりじゃないわよね。そんなことをしたら、大騒ぎになるわ」

「リサの評判に傷がつくようなことはしないよ」

「ありがとう」

「またカドリーユのあいだに外に散歩に出ても、うるさいラングリー卿が黙ってはいないだろう。この腕に抱きしめる前に、引き離されてしまうに決まっている」

「そうね」

「そこで提案があるんだ」

「どんな提案なの？」リサは興味を惹かれた。

「いま、ぼくの友人がラングリー卿に話しかけていて、ぼくたちの姿は見えないはずなんだ。もちろん、たまたまだがね」

「もちろん、そうよね」思わずリサは笑い、あいかわらず動かないロバートに目をやった。たしかに三人の男性にかこまれている。

「そして、テラスのドアはすぐそこだ」

反対側に視線を向けると、ドアまでは本当にすぐだった。

「あとは外に出て夜気で涼み、キスをするお許しをもらえれば」フィンドリー卿はささやいた。「いいかな」

リサは真面目くさった顔のフィンドリー卿を見上げ、どう答えようかと迷った。キスをしたいという男性に許可を与えるのはかなり勇気がいることだった。気づくとキスをされていたのと、きちんと許可を与えるのでは、まったく重みがちがう。ここでうなずくのはなんだかすごく大胆な気がした。受け身でいるのではなく、自分が決めるからだろう。でも、こんなことで悩むなんて馬鹿みたいという声も聞こえる。ファーストキスに興味津々だったんじゃないの？　ロバートに二度も邪魔されて、あんなにがっかりしていたくせに。キスがどんなものなのか、本当にうっとりするものなのか、知りたいんじゃなかったの？

勇気を振りしぼって返事をしようとしたが、どうしてもイエスという言葉が出てこなかった。諦めて口を閉じ、小さくうなずいた。

それで充分だった。フィンドリー卿はひらりと身をひるがえし、気づくとふたりはテラスにいた。あまりの早業に、だれも気づかなかったようだ。外気は肌寒いくらいで、フィンドリー卿はダンスをやめて隅の暗がりに誘いこんだ。されるがままになっていたが、不安で顔を上げられない。とうとうフィンドリー卿にキスされるのだ。記念すべきファーストキスの相手は、やっぱりロバートではなかった。

そんなことはどうでもいいと自分を叱りつける。それよりも——ちゃんとキスができるかどうかが心配だった。どうすればいいのか、まったくわからないのだ。ただ目をつぶって、唇を突きだせばいいのだろうか。ただされるままではいけないのかもしれない。それなら、なにをすればいいのだろう。姉夫婦たちのキスなら何度も見たことがあるが、たいていはさっと唇を合わせる程度だった。でも、本で読んだから知っているが、本物のキスは唇が触れるだけじゃないはずだ。そっと甘噛みしたり、舌を突きだしたり、吸ったりしなければいけないようだ。なんだか騙《だま》されているような気もするが、そうするとうっとりするらしい。とはいえ、こんなところで本物のキスはしないのかもしれない。今日のところは、唇に軽く触れるだけで――。

「心の声が聞こえるようだよ」

声に驚いてリサは顔を上げた。あれこれ考えているうちに、気づくとフィンドリー卿と手すりのあいだに挟まれていた。

「不安そうだね」フィンドリー卿は低い声でささやいた。片手でリサを抱き寄せると、もう片方の手で顎を上げ、そのまま指を喉に滑らせる。「初めて?」

リサはうなずいた。なんだか触られたところがぞくぞくする。

「そうか」フィンドリー卿は初めてと知って笑顔を浮かべたが、すぐに表情を引きしめた。「怖がらないで。ダンスとおなじだよ。男のリードに任せればいいんだ。ぼくが教えてあげるから」

リサはなんとかうなずいた。フィンドリー卿の唇が近づいてくると、思わず息を止めた。心のどこかで、ロバートが大声でリサの名前を呼びながら駆けつけるのを待っている。予想に反してなにも起こらず、彼の唇はそのまま下りてきた。唇を強く押しつけられたかと思うと、今度はじらすように唇を軽く噛んで弄ぶ。

いつのまにかリサは自分から唇を押しつけていた。本で読んだとおり、温かな感覚が身体を駆けぬけ、もっと味わいたいという衝動が湧き起こる。真似をして自分もすこし口を開き、軽く噛みかえすと、彼の背中に両腕をまわした。抱きしめられている腕に力がこめられたので、リサの胸はさらに高まった。もっと身体を密着させたくなる。

フィンドリー卿が手を後ろにまわし、リサの顔を傾けた。淡い歓びが身体を走る。フィンドリー卿はキスに慣れているようだった。リサは顔を傾けることすら思いつかなかった。無我夢中で応えていると、不意に彼がキスをやめて身を引いた。目を開いてじっと見上げる。

「これで終わり？」

フィンドリー卿は驚いたような顔で笑いだした。かぶりを振り、真面目な顔でささやいた。

「いや、たしかにこれで終わりじゃないよ。でも、ぼくは紳士のつもりだからね。きみのような淑女に許されるのはここまでだろう」

リサは苦笑し、身体を離した。もっと続けてほしいと思えてほっとした。結婚に向かって一歩前進したような気がする。だが、いくらかもどかしさを感じたのも事実だった。極上の味らしいという片鱗は見えたものの、あとすこしなのにそこに手が届かない感じなのだ。

「そろそろなかに戻ったほうがいいな」フィンドリー卿は隣に並んだ。「友人たちがラングリー卿を足止めするのも限界かもしれない」

「ええ」リサはうなずいた。リサが先になり、テラスを横切ってドアに近づいた。目の端でなにかが動いたのでそちらに顔を向けると、男がこちらを見ている。ロバートだった。驚きでリサの足がふらついた。暗がりのなかにたたずんでいるので、その表情まではわからない。どうやらフィンドリー卿の友人はロバートを引きとめるのに失敗したようだ。いつからそこにいたのだろう。どうして今夜だけは邪魔をしなかったのか。ダンスフロアに戻るふたりを見ながら、いまなにを考えているのだろう。

8

「モーガン夫人は馬車で北へ向かい、ドーヴァーからカレー行きの船に乗ったようです」スミスは報告し、お茶をひと口飲んだ。「明日の朝、部下をふたり連れておなじ船でカレーに向かいます。まずはまだカレーにいるのかを調べ、どこかに移動している場合はそのままあとを追います」

「ご苦労だった」ロバートはねぎらった。モーガン夫人がまだカレーにいるなら、この件はほぼ解決と考えていいだろう。すぐに黒幕も判明するだろうから、なんらかの手を講じれば、それで一件落着だ。とりまき連中とふざけているリサに目を光らせる毎日も終わり、ロバートはもとの生活に戻ることができる。

昨夜はロンドン中の男と踊っているのかと思うほど、延々とダンスをするリサの姿を見せつけられたうえ、テラスでフィンドリー卿とキスをする場面まで目撃する羽目になった。もう限界だった。今日くらいはダニエルかリチャードに役目を交替してもらって、愛人を訪ねて気分転換をしたい。自分でももてあましている不満やもやもやを発散したいのだ。

しかし、昨日と同様、それは夢と終わった。リチャードとダニエルには先約があり、今日も警護の任につけるのはロバートしかいなかったのだ。今日はクリスティアナとシュゼットも、以前から手伝っているチャリティのお茶会に出かけるそうだった。もちろん女性陣だけに見張りを任せるわけにはいかないが、彼女たちが客間にいてくれれば、ロバートが同席する必要はなくなる。執務室のドアを開けておいて、また連中が馬車競走だなんだと出かけないよう、気をつけるだけですんだのだが。

「おそらくモーガン夫人はもうカレーにはいないでしょう。パリへ向かった可能性が高いと思います。あの商売を始めるならパリが一番ですからね」スミスが意見を述べた。「カレーへ向かったのは、我々の目を欺《あざむ》くためでしょう」

ロバートは深々と椅子に座りなおし、ため息をついた。パリは大都市だ。女ひとり身を潜めるくらいは造作もないだろう。居場所を突きとめるのに、何日もかかるかもしれない。つまり、まだまだリサを見張る日々は続くわけだ。

「しかし、できるだけ早く戻ってきます。ミス・マディソンの監禁を命じた黒幕の正体なり、モーガン夫人本人なりを手みやげに」スミスが約束した。

「ああ、よろしく頼む。助かるよ」ロバートは渋面で答えた。とうぶんは仕方ないと覚悟を決める。どうしようもないことをあれこれ思い悩むのは時間の無駄だ。

「感謝していただくのはすこし早いですね。成果を出したあとに、そのお気持ちを報酬で示していただけるとありがたいです」
ロバートはなんとか笑みを浮かべた。「もちろんだ。捜査にもなにかと入り用だろ？」スミス
「そうですな」スミスは妥当な金額を口にした。ロバートはその場で小切手を切り、スミス
を玄関ホールまで見送った。
客間のドアを開けると、今日はリサもとりまき連中も揃っていた。ロバートは背筋を伸ば
し、口もとには社交用の笑みを貼りつけ、目立たぬよう大きな花籠のそばに立つ。ペスト
リーを持参したペンブルック卿以外、全員が花を持ってきたので、室内には色とりどりの花
が溢《あふ》れていた。
だが、部屋のなかでいちばん美しいのはリサだった。場の中心となり、頬を薔薇色に染め
て笑いさざめいている。これほど生き生きとしている姿を見るのは初めてだった。男たちの
賞賛を一身に浴び、眩いほどにきらきらと輝いている。
「乗馬がお好きだとうかがったので、川まで遠乗りに行きたかったのですが、急だったので
手配がまにあいませんでした」ペンブルック卿の声が聞こえてきて、ロバートは会話に注意
を向けた。「でも、明後日の午後でしたら船を用意できました。海辺でピクニック・パー
ティはいかがですか」
「まあ、すてき」リサが嬉しそうに手を叩いた。「どなたがいらっしゃるのかしら？」
「招待状を準備しているところです。もちろん、ここにいるみなさんは全員ご招待します

よ」ペンブルック卿は一同に向かって会釈したが、少なくともロバートの目には気が進まないように見えた。「お姉上ご夫婦やラングリー卿も」気づかれずに部屋に入っていったつもりだったロバートにも会釈する。「それに、大勢のほうが楽しいと思い、今年のデビュタントも何人か招待しました」

うまくすると男たちの視線がほかの女性に分散するかもしれないが、ロバートには望み薄のように思えた。リサと並んだら、どんな魅力的な女性でもただの引き立て役で終わってしまうだろう。しかし、試してみたところで害はないので、ペンブルック卿にはあとで念を押しておこう。

「楽しそうね」リサの声に、一同も口々に同意の声をあげた。みなおもしろくない顔をしているのは、自分が発案者になりたかったのだろう。

さいわい、今日はすぐにお開きとなった。フィンドリー卿が、今夜の舞踏会の前にリサには休養が必要だと提案したのだ。内心はともかくとして、表だってそれに反対する者はおらず、銘々が帰り支度を始めた。

リサがそれぞれに笑顔で礼を告げるあいだ、ロバートは黙って立っていた。不満そうなペンブルック卿がのろのろとドアの外へ出ても、最初に提案したはずのフィンドリー卿はぐずぐずと帰ろうとしなかった。

結局、チャールズ・フィンドリー卿は一番最後まで残っていた。当然、リサのみならず、ロバートの視線も浴びることになる。おそらくリサとふたりきりになりたいのだろうが、昨夜あんな場面を目にしてしまっては、断固として許すわけにはいかなかった。フィンドリー卿は期待しているかのようにちらりとこちらを見たが、ロバートは眉を上げて応えた。

ふたりきりにはなれそうにないと悟ったらしく、フィンドリー卿は残念そうに苦笑しながら、上着のポケットからとりだした三冊の薄い本をリサに手渡した。

「みんなの前で渡したくなかったんだ」

「まあ、チャールズ」リサは高価な宝石を贈られたかのような声をあげた。

リサがファーストネームで呼んだのですかさず睨みつけたが、ふたりとも気づかなかった。

「きみの好みもわからなかったし、実はぼくも未読なんだが、きみなら気に入るはずだと友人に勧められてね」フィンドリー卿は自信のなさそうな口調だった。「まだ読んでいないといいが」

「まだだわ」リサはすぐに書名を確認した。そして顔をほころばせ、フィンドリー卿をぎゅっと抱きしめた。「どうしてそんなにわたしのことがわかるのかしら。こんなに嬉しい贈り物は初めて」

「それはよかった」フィンドリー卿は安心したように微笑み、しっかりとリサを抱きしめた。

しかし、そこでようやくロバートの存在を思いだしたようで、ちらりとこちらを見ると慌てたように身体を離した。「そろそろお暇《いとま》するよ。今夜の舞踏会の前に、すこしでも休んだほうがいい」

「ありがとう」リサは本を胸に抱きしめて、玄関ホールまで送っていった。「すぐに読んでみるわ。今夜、感想をお話しするわね」

「楽しみにしているよ。今週、ピクニックに行けたらいいね。そこで朗読してもらえたら最高だな。もちろん、ぼくがしてもいいし、交互に朗読するのもいいかもしれない」

「すてき」リサはうっとりとした表情で賛成した。

冗談じゃないとロバートは心のなかで毒づいた。リサが幼いころ、よく一緒にピクニックに行ったものだった。サンドウィッチと毛布を持って、屋敷のあいだを流れる川辺でランチを楽しみ、順番に本を朗読する。大切な子供時代の想い出だった。フィンドリーごときにかわりが務まるわけがない。

「予定を確認して、今夜都合のいい日を教えてもらえるかな。料理番に美味しいものを詰めた籠を用意させるよ」フィンドリー卿は玄関扉を開けた。

「わかったわ」リサは真面目な顔で答えた。どういうわけか、嬉しそうな笑顔よりも心をかき乱される。ロバートの耳にはそのひと言が誓いのように聞こえ、ただのピクニックではなく、なにか大事なことを約束したような気がしたのだ。どうやらリサの夫候補のなかでは、フィンドリー卿が一歩リードしている様子だった。それを考えると、自分で認める以上に心がざわざわする。リサと結婚したい男は大勢いるようだが、だれがリサの心を勝ちとるのかにはこれまで興味がなかった。だが――。

フィンドリー卿が別れ際にリサの頬に軽く触れたとき、思わずロバートは彼を睨みつけていた。リサは歩み去るフィンドリー卿の背中をしばらく眺めていたが、幸せそうなため息をついて玄関扉を閉め、本を宝物のように胸に抱えてまっすぐ二階へ上がっていった。

ロバートはだれもいない廊下にしばらく呆然と立ち尽くしていた。リサはこちらを見もせずに二階へ上がった。まるでロバートがそこにいるのを忘れてしまったかのように。だが、それこそが自分の望みだったはずだ。リサは未来を向いているだけなのだ。ロバートはだれとも結婚する気はない。たしかに結婚するならば一番にリサが頭に浮かぶだろうが、結婚はしないとかたく決めているのだ。ラングリー一族は呪われているのを忘れるな、と自分にいいきかせる。リサにはだれかと結婚し、幸せになってほしい。だから、こうなったことを喜ぶべきなのだ。


「やっぱりキトリッチ家の舞踏会はお断りしようかしら」

リサは屈みこんでいた洗面器から顔を上げて、力なく首を振った。「わたしは大丈夫。心配せずに行ってちょうだい。シュゼットとダニエルも待っているし。それにクリスティアナに残ってもらっても、なにかをお願いできるわけじゃないんだもの。こうしてひたすら――」また吐き気が襲ってきて、洗面器の上に身を乗りだした。まさに続けようと思った言葉を実践している。何時間もこうしているので、、脇腹が痛くなってきた。もう胃のなかにはなにも残っていないはずなのに、執拗《しつよう》に吐き気がこみあげてくる。

「かわいそうに」クリスティアナがリサの背中をそっとさすった。「今日はペンブルック卿が持ってらしたペストリーしか食べていないのよね」

リサはなんとかうなずいた。とりあえず吐き気はいったんおさまったようで、ひと息ついた。

「じゃあ、朝食はとらなかったの？」クリスティアナは眉をひそめた。

「寝坊しちゃったの。ペンブルック卿がいらっしゃるのにはぎりぎりまにあったけど」リサは白状した。「だからお腹がぺこぺこで、つい食べすぎちゃったみたい」

「でも食べすぎたぐらいで、こんなになるなんておかしいわ」クリスティアナはまた屈みこんだリサの背中をさすった。

「ねえ、もう行って大丈夫よ」いったんおさまった隙に、リサはなんとか声を絞りだした。「すこし落ち着いたら、横になって休むから」

「でも、こんな状態のリサをひとり残していくのは心配だわ」

「ひとりじゃないさ」ロバートが戸口から声をかけた。

ロバートがこちらに歩いてくるのをちらりと見て、リサは憂鬱になった。ベッド脇の床にひざまずいて、ベットが用意した洗面器を抱えこんでいるところを見られるなんて。だが、いまは苦しすぎて、それ以上考える気になれなかった。

「リサが眠るまでそばについているよ。また具合が悪くならないかも注意する」ロバートはクリスティアナと交替し、リサのそばにひざまずいた。「クリスティアナは行っておいで。リチャードは階下《した》で待っているし、馬車も屋敷の前で待機している。楽しんでくるんだよ。リサのことはぼくに任せて」

「大丈夫かしら」クリスティアナは不安そうだった。

「大丈夫だ」ロバートはきっぱり答え、クリスティアナの真似をしてリサの背中をさすった。だが、ロバートにそんなことをされても、落ち着かないだけだった。「リサの具合がさらに悪くなったりしたら、きちんと知らせるから」

「じゃあ、お願いするわね」クリスティアナは小さくため息をついた。「リサの具合が悪くなったら、かならず知らせてね。それと、できるだけ水分をとらせるのを忘れないで。まあ、なにかを飲めるような状態になったらの話だけど」それを想像しただけで、またリサの胃が波打ちはじめた。

こんな状態でも、クリスティアナの大きなため息や、部屋を出て廊下を歩み去る足音は聞こえた。

「出てって」クリスティアナが行ってしまうと、リサは低い声でつぶやいた。

「駄目だ」ロバートは短く答え、また戻しはじめたリサの額を支えた。そのうち激しい吐き気もひとまず落ち着いたようだった。「今日はペンブルックのペストリーしか食べていないんだな？」

「聞いていたの？」なんだか不愉快だった。

「ああ」ロバートはリサの頬に落ちた髪を戻し、しげしげと顔をのぞきこんだ。リサはため息をついた。ひどい顔をしているにちがいない。でも、あまりにも疲れきっていて、もうどうでもよかった。ロバートはリサの目もとを見て眉をひそめたが、どうしたのかと訊く元気も残っていなかった。

「ペンブルックは今夜の舞踏会に来る予定なのか？」ロバートが静かに尋ねた。

リサはかぶりを振った。「来ないはずよ。みんなにダンスの枠をとっておいてほしいといわれたとき、残念だけど先約があるから出席しないといっていたから」

「先約か」ロバートが苦い顔をした。

「ふぅ」気づくとロバートの肩にもたれかかっていた。とにかく眠りたかったが、ベッドに横になったら、また吐き気に襲われるかもしれないと怖かった。胃も肋骨《ろっこつ》も痛みに悲鳴をあげている。

「かわいそうに」ロバートが優しくリサの髪を撫でた。「つらそうだな」

リサは目を閉じたままうなずいた。ロバートが頭のてっぺんにキスをしたが、それに愛情を感じて喜ぶ元気も残っていなかった。どうせ兄としての愛情の表れなのだろうと考えているうちに、いつのまにかうとうとしていたようだ。ロバートに抱きあげられたときになにかいったような気がするが、柔らかなベッドにそっと寝かされたのを覚えている。また意識が遠のく前に、眠ってしまえばこれ以上吐き気に苦しまないですむと、ぼんやりと考えていた。

ロバートはリサをベッドに横たえて上掛けをかけてやり、黙ってその顔をのぞきこんだ。こんなに具合が悪いときでも、目のくまと顔色の悪さが目立つくらいで美しさは変わらない。魅力的に見せるよりも着心地を優先したような、ゆったりした白い寝衣を着ていても、モーガン夫人の薄衣を身につけたときに目にした曲線美はいやでも感じられた。

「お嬢さまはすこし落ち着かれましたか？」

ささやき声に振り向くと、ベットが隣に来てリサをのぞきこんだ。ロバートも小声で答えた。「このままおさまってくれるといいんだが」

「はい」ベットはため息をついた。「何時間も続いて、本当に大変なご様子でした。部屋に戻るなり、始まったんです」

「男たちが帰ってすぐか」

「みなさまが帰られたあとだったことだけが救いでございました」

「ああ」ロバートはドアへ顔を向けた。「ぼくは執務室にいるから。リサになにかあったら、すぐに呼んでくれ」

「かしこまりました」ベットはベッド脇の椅子に腰を下ろした。

ロバートはベットの声がよく聞こえるようにとドアを開けたままにした、最初は階下へ降りるつもりだったが、途中で気が変わってまず自分の部屋へ向かった。昨夜、寝る前に読んでいた本を、ベッド脇に置いたままなのを思いだしたのだ。しかし自分の部屋に入ると、執務室もここもおなじだと気づいた。むしろ近いので声もよく聞こえるだろうと、ドアを開けたまま自分の部屋を動かないことにした。

リサがふと目を覚まして寝返りをうつと、ベッド脇の椅子でだれかが居眠りをしていた。ベットだった。部屋には蠟燭《ろうそく》もオイルランプもなかったが、ドアが開いたままなので、廊下の明かりに照らされてぼんやりとなら見える。リサはその姿を目にして思わず微笑んだ。ベット以上の侍女などこの世にいない。一緒に育ったも同然のベットは、だれよりも大切な友人だった。

なにかをひっかくような音が聞こえ、リサは窓に顔を向けた。木の枝が窓ガラスにあたったようだ。また目を閉じようとしたが、上下に揺れているその枝がなぜか気にかかる。しばらく考えていると、その理由がわかった。風にそよいでいるのなら、枝は上下ではなく、左右に揺れるはずだ。

一瞬ためらったが、リサはゆっくりと身体を起こした。胃が抗議の声をあげなかったことにほっとしながら、ふらふらと立ちあがる。どうやら吐き気はおさまったようだが、何時間も嘔吐《おうと》しつづけたせいで腹筋が痛いし、身体に力が入らない。なにより喉がからからだった。

とりあえず、どうして枝が奇妙な動きをしているのかを突きとめることにした。ゆっくりと窓へ近づく途中で、ぱたりと枝が動かなくなった。ますます気になって眠るどころではない。窓辺に立って外を見たが、廊下からの明かりがガラスに反射してなにも見えなかった。すこし怖いが掛け金をはずし、窓を開けた。

穏やかな風のない夜だった。窓のすぐ外にある木に目を凝らしたが、特に不審な様子はなかった。フクロウかなにかがいたのだろう。夜空を見上げると、星のない漆黒の闇が広がっている。リサはひんやりした夜気を吸いこんだ。

部屋にいやなにおいがこもっているような気がしたので、新鮮な空気を入れることにした。窓を開けたままベッドに戻り、化粧ガウンをはおってなにか食べるものを探しに行こうかと考える。もう吐き気に襲われる心配はなさそうだとわかったとたん、無性にお腹が空いてきたのだ。胃にはなにも残っていないのだからあたりまえだった。

胃になにも残っていない理由——何時間も嘔吐したことを思いだし、リサは顔をしかめた。化粧ガウンに手を伸ばしたとき、背後で足を引きずるような小さな音が聞こえた。驚いて振り向こうとしたら、後ろからなにかが腰に巻きついた。そのまま後ろに引き倒され、手で口をふさがれる。息をするのがやっとだった。

なにが起こったのか理解できない。気づくとリサは大男に抱えあげられていた。そのまま賊が窓へと向かったので、必死でばたばたと足を動かして抵抗する。このまま連れ去られるわけにはいかない。リサお気に入りの読書テーブルと椅子のそばを通るとき、暴れた足が椅子にあたった。

足の痛さに思わずうめき声をあげる。椅子が倒れる派手な音に、ベットが目を覚ました。ベットは声をかぎりに悲鳴をあげ、リサを助けようと駆けよった。

ベットに追いつかれそうになったせいなのか、ベットの金切り声で人びとが集まってくると予想したせいなのか、はっきりしたことはわからない。なんにせよリサはその場に放りだされ、寝室のかたい木の床にしたたかに膝をぶつけた。「大丈夫ですか、お嬢さま？」ベットがリサのそばにひざまずき、逃げる男に目をやった。

「ええ」リサも必死で振りかえると、賊は窓枠に足をかけていた。

「どうした？」

ロバートが部屋に飛びこんできた。説明しようとしたら、ロバートは窓から逃げる男に気づいたらしく、そのままあとを追いかけた。リサは邪魔にならないようにと床を転がる。賊はロバートが窓に着くより早く姿を消したが、ロバートは諦めず、おなじ窓を乗りこえてあとを追った。

「ロバート！」ベットに支えてもらいながら、リサはふらふらと窓に駆けよった。膝も、むこうずねも、腹筋も、どこも動くたびに涙が出るほど痛いが、いまは考えないことにした。窓から身を乗りだすと、賊が木から飛びおり、庭を走って逃げるのが見えた。地面まではかなりの距離があったが、ロバートも続いて飛びおりる。着地と同時にうめき声をあげたが、ロバートはそのまま追いかけた。だが賊は悪魔のように逃げ足が早く、とても追いつけそうにない。そのうえロバートは怪我をしたようで、よく見ると足を引きずっていた。

「つかまえるのは難しそうですね」ベットは残念そうにつぶやいた。

「ええ」リサはため息をつき、ロバートの姿が見えなくなると窓を閉めた。

「窓を閉めてしまっては、ロバートさまがお戻りになれないんじゃありませんか」

「ロバートなら、木をよじ登らないで、玄関から入ってくるでしょう」

「ああ、そうですよね」ベットは急いでカーテンを閉めた。リサは足を引きずってベッドに戻り、襲われる前にはおろうと思っていた化粧ガウンに手を伸ばした。「ご気分はいかがですか?」ベットが心配そうに尋ねた。

「胃が痛いし、膝とむこうずねがずきずきするの。それにお腹が空いたわ」声が震えていたが、落ち着いてと自分にいいきかせる。「なにより、いますぐにお茶が飲みたい」

「飲んでも大丈夫でしょうか?」ベットが訊いた。「またさっきのようになっては」

「もう大丈夫だと思う」リサは化粧ガウンをはおり、飾り帯を締めた。「たぶん、お茶くらいは。それに、気持ちを落ち着けるのに、どうしてもお茶が必要なの」

「わかりました」ベットはもっともだとうなずいた。「座ってお待ちください。すぐにご用意いたします」リサお気に入りの椅子が倒れているのに気づき、ベットは慌ててもとに戻した。

リサは素直に腰を下ろした。さっき目覚めたときよりも、身体の震えがひどくなっているような気がする。ベットが膝に丁寧に毛布を広げるのにも、されるがままになっていた。ベットがお茶と軽食を用意するために姿を消すと、リサはほっとため息をついた。

ひとりになると目を閉じてぐったりと椅子にもたれ、いま起きたことを思いかえした。賊はどうやって入りこんだのだろうか。窓から見たとき、あの木にだれもいなかったのはまちがいない。だが真っ暗だったたし、枝や葉に紛れて隠れていたので気づかなかったのかもしれない。そのうえ、入ってくださいとばかりに、窓を開けたままにしておいたなんて。リサはつくづく自分がいやになった。

「リサ?」

はっとして目を開けると、ロバートが火をつけた蠟燭を手に入ってきた。ベッド脇のテーブルに蠟燭立てを置き、リサの前に立った。

「大丈夫か?」ロバートは心配そうに訊いた。

「ええ」リサは背筋を伸ばし、椅子に座りなおした。「あなたこそ大丈夫なの? 賊を追いかけているとき、足を引きずっていたみたいだけど」

ロバートは悔しそうに顔をしかめた。「着地に失敗して、足首をひねったんだ。そのせいでやつをとり逃がしてしまった」

「大変。どうぞ座って」リサは目の前のベッドを示した。

ロバートは足を引きずりながらベッドが居眠りしていた椅子を運んできて、そこに腰を下ろした。大きく息を吐き、片手で髪をかきあげる。「なにがあったんだ？」

目覚めると窓の外の枝が揺れていたこと、窓を開けて調べてみたが、その直後に襲われたことを早口で説明した。話し終えると、待つ間もなくロバートが尋ねた。

「やつの顔を見たか？」

「目のところに穴のあいた、覆面のようなものをかぶっていたの。でも、出ていたはずの目だって、きちんと見た記憶はないわ。ごめんなさい」リサが謝ると、ロバートはかぶりを振った。

「リサのせいじゃない。顔を見られないように用心していたんだ」ロバートは思案顔で窓を眺めた。

「例の黒幕だと思っているのね。顔が見えたらだれかわかったのに残念だわ」

「あるいはリサの知っている男が、黒幕のためにこんなことをしたのかもしれない」ロバートは肩をすくめた。

リサはうなずいた。その可能性もある。

「今後は、ペンブルックとは距離を置いたほうがいい」ロバートはぼそりと意外なことをいった。

「ペンブルック卿？　どうして？」夫として一番有望なのはフィンドリー卿だが、ペンブルック卿はそのつぎだと思っている。ハンサムだし、思いやりがあるし、リサを喜ばせようとピクニックを計画してくれた。

「具合が悪くなったのはペストリーのせいだろう？　あんなものを食べなければ、今夜の舞踏会にも行けたはずだ」

「焼いたのは料理番だもの。ペンブルック卿の責任じゃないわ」

「ペストリーになにかを加えたのかもしれない」ロバートに指摘され、リサは青ざめた。

「まさか、ペンブルック卿がそんな危険なものをわざと入れるなんて」

「それ以外の男たちは、今夜リサが舞踏会に来ると思っているはずだろう。さすがにいまごろは、きみが来ていないことに気づいているかもしれないが。しかし、ついさっきリサを襲ったやつは、きみは屋敷にいると承知していたことになる。人を使って襲わせたにしてもおなじことだ」

「たしかに、なにもなければこんな時間まで残っているはずは——」

「リサはたっぷり一時間は眠っていた。いっぽう、クリスティアナとリチャードは、ようやく舞踏会の会場に着いたくらいだろう。場合によっては、まだ馬車の行列に並んでいるかもしれない」

「ああ」ロバートのいいたいことはわかった。人気の舞踏会会場にたどり着くのは、本当にひと苦労なのだ。舞踏会へ向かう馬車が狭い通りに集中して大渋滞しているし、会場の手前には降車を待つ人びとの馬車が長蛇の列を作っている。そのうえ、会場の入り口で到着を場内に告げてもらうため、招待客はここでも延々と待たされるのだ。帰路はそれほどひどくないとはいえ、仮に全員が一斉に家路についたりしたら、やはり行列ができるのはまちがいない。

「とにかく、いまはペンブルックには近づかないことだ」ロバートは繰りかえした。今度はリサも素直にうなずいたが、すこし残念だった。ペンブルック卿はいつも優しかったし、明後日の海辺でのピクニックも楽しみにしていたのだ。さいわい、体調をくずしたのも一時的なもののようだから、参加できそうなのに。だが、よく考えてみたら、おなじ料理番がピクニックの料理を用意するなら、どのみちお断りしたほうがいいかもしれない。明後日の晩に、今日の二の舞になるのはごめんだった。

「お待たせいたしました」ベットの明るい声が聞こえた。トレイを手に部屋に入ってくる。「ロバートさまにもご用意いたしました。ご活躍なさったので、ご所望かと思いまして」

「それは嬉しいね」ロバートは立ちあがり、トレイを置けるようにテーブルをふたりのあいだに移動した。「お茶が飲みたいと思っていたところだよ」

「喜んでいただけてなによりです」ベットは頬を染め、テーブルにトレイを置いた。なにかを迷っている様子だった。「料理番にエプロンを繕《つくろ》うのを手伝ってほしいといわれたので、様子を見てきます。ご用がありましたら、呼んでください」とドアに向かった。

「ありがとう、ベット」リサはトレイを眺めた。冷製ローストチキン、キュウリのサンドウィッチ、ブルーベリーのタルトを載せた皿がふたつに、温かいお茶のポットとカップ。とたんに強く空腹を感じ、さっそくチキンを手にとった。しかし、ロバートが自分でお茶を注いでいるのを見て、チキンを持ったまま動けなくなってしまった。

「ごめんなさい」慌ててチキンを皿に戻した。「わたしがやるわ」

お茶を注ぐのは女性の役目だが、ロバートはくすくす笑って首を振った。「かまわないよ。かなり空腹のようだから、先にどうぞ。お茶はぼくが淹《い》れよう」

「ありがとう」リサは素直にチキンを口に入れた。ローストチキンの味が口いっぱいに広がり、小さくため息を洩らす。こんなに美味しいローストチキンを食べたのは初めてだった。でも、いまなら苦手なオートミールでも美味しく感じられそうな気がする。

「ゆっくり食べなさい」リサがチキンを頬張るのを見て、ロバートが注意した。「まだ本調子じゃないんだ。また、あんな目に遭うのはいやだろう」

「そうね」しぶしぶチキンを皿に置き、ロバートが淹《い》れてくれたお茶を飲んだ。しばらくふたりは無言で料理とお茶を賞味した。食事が終わると、リサは小さな声でいった。「ありがとう、ロバート」

「なにが？　料理を持ってきたのはベットだよ」

リサはロバートの勘違いに微笑んだ。「そうじゃないの。ほら、いろいろあったから。モーガン夫人のところから助けだしてくれて、そのあとはずっと警護してくれたでしょう？今夜も賊を追いかけてくれたし。迷惑ばかりかけているけど、本当に感謝しているのよ。このあいだ馬車ではっきりといわれたときには、さすがに傷ついたけど、たしかにロバートのいうとおりよね」ロバートが口を挟めないように早口で続ける。「少女のころはあなたに夢中だったけれど、長年兄妹同然だったんだから、そのままでいるのが一番自然だわ。いまとなっては、ロバートが昨夜のチャールズみたいにキスをするところなんて、なんだか想像もできないし。そんなことになったら、笑っちゃうかもしれない」

リサは立ちあがり、テーブルをまわってロバートの頬にキスをした。化粧ガウンを脱ぎ捨てながらベッドへ向かう。

「おやすみなさい、ロバート」リサはあくびをした。「あなたもよく眠れますように。そばにいてくれると思うと、安心してぐっすり眠れそうだわ」

ベッドに潜りこんで上掛けを顎まで上げると、目を閉じた。

ロバートは呆然とベッドを見つめた。リサの言葉が頭のなかをぐるぐるまわっている。

フィンドリーのようなキスが想像できない？　そのくらい、お安いご用だ。昨夜、目撃したフィンドリーのへたくそなキスよりも、ずっと上手なキスをしてやる。

そんなことよりも、いまは頬にキスしてきたリサの姿が頭から離れなかった。リサは気づかなかったようだが、屈んだときに化粧ガウンの前が開いて、あろうことかへそまで丸見えだったのだ。そのあと、化粧ガウンを脱いだ拍子に寝衣の襟ぐりがずれて、白い滑らかな肩がちらりと見えた。そしていま、薄い寝衣以外はほとんど裸同然の姿で目の前に横になっている。人並みの欲望を持つ男がすぐそばにいることを忘れているのだろう。たしかに自分もただの男だった。熱い血の奔流が全身を駆けめぐっている。

だが、リサはまったく気にもしていない。ロバートのいうとおり兄妹でいるのが一番だと信じ、知りあったばかりのとりまき連中のだれかと結婚するつもりなのだ。

くそっ、早いところ事件を解決しよう。こんな生活にはとても耐えられない。ロバートは苦々しい思いで立ちあがり、トレイを持った。

「おやすみなさい、ロバート」戸口のところで、リサがつぶやく声が聞こえた。なんとも甘いセクシーな声だった。眠そうな声を聞きながら、裸でリサの隣に滑りこむところがつい頭に浮かぶ。

我慢の限界だ。ロバートは返事をせず、これ以上ないほど不機嫌な顔で静かに廊下へ出た。

9

「ミス・マディソン、お加減はいかがですか?」

シュゼットと話していたリサは振りかえり、今後、距離を置くつもりのペンブルック卿だと知って内心ぎょっとした。今夜の舞踏会に来ていることくらい予想しておくべきだった。

「ええ、おかげさ——わたしの具合が悪かったことを、どうしてご存じなんですの?」リサの胸に疑惑がむくむくと湧きあがった。

咎《とが》めるような口調にペンブルック卿は怪訝そうな顔をしたが、すぐに穏やかに続けた。

「昼間、訪問カードを届けたところ、今日は体調がすぐれないので夜の舞踏会に備えて休息をとるつもりだと、お姉上から返事をいただきました。あとでティバルドから、あなたは昨晩ひどく具合が悪くなり、夜の舞踏会にもいらっしゃらなかったと聞いたもので」

「ええ、そうなんです」リサはため息をついた。ほんの一瞬でも、彼を疑った自分を責めた。冷静になって考えれば、昨夜の体調の急変にペンブルック卿が絡んでいるとは思えない。こんなに優しくてハンサムなのだから、若い女性を無理やり拉致する必要などないはずだ。それどころか、女性のほうから喜んで寄ってくるだろう。そこで、モーガン夫人も黒幕についておなじようなことをいっていたのを思いだし、過信は禁物と自分にいいきかせる。

「それで、具合はよくなられたのですか？」ペンブルック卿の声に、リサははっと我に返った。

「ええ、おかげさまで」なんとか笑みを浮かべる。「だいぶよくなりましたわ」

「そううかがって安心しました。ところで、ぼくとのダンスの枠はとっておいてくださいますよね」

「あの……それは……」ダンスカードを探すふりをして腰に下げたバッグをごそごそやりながら、リサは断る口実を必死で考えた。

ロバートにいわれたとおり、ペンブルック卿を避けるつもりだったが、シュゼットのひと言であっさり失敗に終わった。「ダンスカードならここにあるわよ。ほら、ダニエルがリサにダンスを申しこんだとき、わたしがかわりに書きこんだじゃない」

「そうだったわね」リサは小声でつぶやき、姉に顔を向けた。

「まだ一、二曲残っていたはずよ」なにも知らないシュゼットは続けた。「ほら、カドリールとワルツが一曲ずつ。ワルツは今夜最初の曲だから、もうすぐ始まるわね」

シュゼットがほらとばかりに鼻先にカードを突きだし、リサは返事のしようもなかった。

「すばらしい。では、ワルツのお相手をお願いします」ペンブルック卿はすっかり上機嫌だった。

「え、ええ、喜んで」リサは消えいりそうな声で答え、カードに彼の名前を書きこんだ。ほかにどうすればいいのだろう？

リサは思わずロバートの姿を探した。このことを知ったら腹を立てるにちがいないが、なにもいい手を思いつかなかったのだから仕方ない。そのときロバートがダニエルとリチャードの先頭に立って会場を出て行くのが見え、ほっと胸を撫でおろした。おそらく昨夜の事件を人の耳のないところで話すつもりなのだろう。いままで話す機会がなかったことは聞いていた。昨夜、クリスティアナとリチャードが舞踏会から戻ったのはかなり遅い時刻だったので、ロバートは待っていられずに眠ってしまったらしい。そして今朝、ロバートが起きたときにはリチャードはとっくに出かけており、帰宅後も舞踏会用の服に着替えるため、そそくさと二階へ上がってしまったそうだ。

そういうわけで、ようやくリチャードとダニエルに昨夜の事件のことを報告しているのだろう。

「曲が始まります。行きましょうか」

リサはなんとか笑みを浮かべ、ペンブルック卿の腕に手を重ねた。大丈夫だと自分にいいきかせる。いくらなんでも、暴れるわたしをこの場から拉致するような真似はしないだろう。それに、運がよければ曲が終わるまでロバートが戻ってこないかもしれない。

「ミス・マディソン、本当に大丈夫ですか？」

ペンブルック卿を見上げ、無理やり微笑む。「ええ——いえ、本当は気分がすぐれなくて」これを口実にすればいいのだとひらめいた。「申し訳ありませんが、今回のダンスはご遠慮させていただいてもよろしいかしら」

「かまいませんとも」ペンブルック卿は心配そうに答えた。「病みあがりのお身体では、無理もありません。今夜の舞踏会も欠席されたほうがよかったのではありませんか」

「そうすべきでしたわ」リードされるままにダンスフロアの外へ出たとき、いまさらながら自分の大失敗に気がついた。リサのダンスカードはびっしりと埋まっている。気分がすぐれないのを口実にペンブルック卿とのダンスを断っておきながら、ほかの男性とつぎつぎに踊ったりしたら、どう思われるだろう？　みずから窮地に飛びこんでしまった。気づくと、冷たい風が頬を撫でている。いつのまにかテラスへ出ていて、これならフロアで踊っているほうがずっと安心だった。ロバートの怒る顔が目に浮かぶ。

「夜気にあたれば、気分がよくなるかと思いまして」リサの動揺を察したように、ペンブルック卿が優しくいった。「今夜はダンスの予定がびっしり詰まっているのでしょう。全員がぼくのように物わかりがいいとはかぎりませんからね。なかにはダンスを無理強いする男もいるかもしれません。新鮮な空気を吸って、すこし休みましょう」

「え、ええ、そうですわね。本当に」リサは上の空で答え、こっそりあたりをうかがった。

テラスにはほかにもちらほらと人影があってほっとしたが、ペンブルック卿は階段へ向かっている。どうやら下の庭へ行くつもりのようだ。

「あまり遠くへは行きたくありませんの。姉たちが心配するものですから」勇気を出してその場で立ち止まった。

「大丈夫ですよ」ペンブルック卿はなだめるようにリサの手を引いた。「すぐそこにベンチがあるのです。そこでしばらくゆっくりしましょう。そのうち気分もよくなりますよ」

「ええ」リサは唇を噛み、彼が示すベンチへと視線を移した。たしかにここからでも見える場所にあるが、暗がりに沈んでいるのが気にかかる。意識を失わせるか、昨夜の賊のように力ずくなら、リサを連れ去ることもできそうだ。ただし、それには広い庭をかこむ塀を越える必要がある。だが昨夜の賊だってリサを抱えて窓から逃げ、木を伝って降りるつもりだったようだ。

そもそも、昨夜の賊はどうしてそんな計画がうまくいくと考えたのだろう？　初めて頭に浮かんだ疑問に首をひねっていると、気づけばかなりベンチに近づいていた。慌てて目の前の問題に集中したが、できることはほとんどなかった。引き返そうにも、不自然ではない口実など思いつかない。ペンブルック卿がなにもたくらんでおらず、無事会場に戻ることができるよう願うばかりだ。できればリチャードとダニエルと話をしているロバートが戻る前に。

運を天に任せるしかないと覚悟を決めると、もうベンチは目の前だった。

「さあ、お座りください」ペンブルック卿が低い声で勧めた。「気持ちのいい夜風を楽しみましょう。ここならゆっくりおしゃべりできます。もっとも、あなたをこの腕に抱くせっかくの機会を、おしゃべりでふいにするのも馬鹿げていますが」苦笑しながら、隣に腰を下ろした。「いや、両方楽しむのも悪くないかもしれませんね」

「その……」リサはもごもごとつぶやいた言葉を途中で呑みこんだ。ペンブルック卿がいきなりリサを抱き寄せたのだ。

「緊張しないで」ペンブルック卿はささやいた。「こうしているだけです。踊るのとたいしたちがいはないでしょう?」

リサは目を見開き、押しつけられた肩を睨みつけた。とんでもない。ダンスフロアでこんなにきつく抱きしめられたことはないし、こんなふうに背中を大胆にまさぐられたこともなかった。

「あの」リサは両腕で力いっぱい彼の胸を押した。「本当に困りますわ」

「わかっています。だが、もう自分を抑えきれないのです」ペンブルック卿は抵抗するリサをさらに強く引き寄せた。「あなたの前では、理性もなにもかもが吹き飛んでしまいます。リサと呼んでもかまいませんか?」返事を待たずに続けた。「あなたのように愛らしい女性に出逢ったのは、生まれて初めてです。ずっと、こうするのを夢見ていました」大きなため息を洩らし、彼はさらに言葉を続ける。「あなたが妻になってくれたら、こんなに嬉しいことはありません」

「それは……」リサは必死でもがいた。激しく身体を締めつけられ、息をするのもやっとだった。もしかしたら、それが狙いなのかもしれない。意識を失わせてどこかへ連れ去り、力ずくでわたしを妻にするつもりなのだ。黒幕はわたしとの結婚を望んでいるとモーガン夫人がいっていた。

どうしてこんなところまでついてきたのかと、リサは自分の馬鹿さ加減がいやになった。そう思うと自分でも思いがけない力が湧いてきて、ペンブルック卿を思いきり突きとばした。ペンブルック卿はあやうく地面に倒れそうになりながら、なんとか踏みとどまったようだ。リサはいま来た道を駆けだした。

「ミス・マディソン！」

「ミス・マディソン」

背後からペンブルック卿の声が追いかけてくる。それと同時に前方からも声が聞こえた。そちらへ顔を向け、リサは安堵の笑みを浮かべた。ティバルド卿が階段を下り、こちらに歩いてくる。

「ティバルド卿」リサは息を切らせ、彼の前で立ち止まった。不安でちらりと振りかえると、ペンブルック卿が足早にこちらへやってくるのが見える。そのままティバルド卿の横をすり抜け、階段へ向かうつもりのようだ。

「先にお戻りなさい」ティバルド卿がそっとリサの背中を押した。「彼のことはぼくに任せて。舞踏会の前からかなり飲んでいましたからね。あいつは酒癖が悪いので有名なんですよ」

「ありがとう」リサはほっとして、急いで階段を上がるとテラスを横切った。だが舞踏会場に通じるドアの手前で、暗闇からぬっと黒い人影が現れた。リサの腕をつかんで明かりのついていない部屋へと引きずっていく。驚きのあまり叫ぶこともできず、気づくと暗い部屋に押しこめられていた。

「いったいどういうつもりなんだ？　ペンブルックには近づくなといっておいたのに、シュゼットに訊いたら、やつとワルツを踊っているというじゃないか。ところがダンスフロアをいくら探しても見つからない。まさかふたりで外に出ているとはな」

「ロバート」声ですぐにわかり、リサはほっと胸を撫でおろした。ロバートがテラスに通じるドアを閉めたので、部屋は暗闇に包まれた。

「いいか、リサ。ぼくはきみを守ろうとしているんだ」ロバートはマッチを擦り、テーブルの蠟燭に火をともした。「だが、もうすこし自分で注意することはできるだろう。ことあるごとに自分から危険に首を突っこむのは勘弁してくれ」

「自分から危険に首を突っこむ？」リサが驚きの声をあげると、ロバートはじろりと睨みつけた。

「ちがうか?」ロバートはぴしゃりと返した。「こっそり屋敷を抜けだして売春宿へお茶を飲みにいったり、賊のためにわざわざ部屋の窓を開けたり、すべての黒幕かもしれない男とふたりきりで庭に出たり。いったいなにを考えているんだ?」

「モーガン夫人が売春宿の女主人だなんて知らなかったもの」リサは憤然といいかえした。「それに、賊のために窓を開けたわけじゃなくて、部屋の空気を入れ替えたかっただけよ。それから――ああ、もう! わたしだって庭になんて行きたくなかったわよ。まさかペンブルック卿がいきなりあんなことをするなんて。必死で逃げてきたんだから」

「ペンブルックの腕に抱かれているときは、いやがっているようには見えなかったがね。うっとりと――」

ロバートの言葉が途切れた。リサの平手が頰に飛び、静かな室内に鋭い音が響く。

リサは思わずはっとした。ロバートを叩くつもりなどなかったし、自分でも信じられないくらいだった。ロバートは打たれた頰を片手でさすり、眉を上げた。

「そうか。やつではなく、ぼくを叩くわけか。いやだというのはますます怪しいものだな」

リサはふたたび手を上げたが、今度はロバートがその手をつかんだ。

「叩かれるのは一度でたくさんだ」ロバートはリサの手首をつかんだ手に力をこめた。「もう一度やってみろ。今度はお仕置きだぞ」

リサは反射的にもう片方の手を振りあげた。ロバートを殴り、平手で打ち、爪で引っかき、髪を思いきり引っぱってやりたい。だが、いまの言葉への怒りだけではないのは自分でも気づいていた。ロバートが自分の思いに応えてくれないことが、そしてペンブルック卿の腕に抱かれていた無力な自分が腹立たしいのだ。友人だと思っていた女性が怪しげな薬を飲ませてリサを監禁し、あられもない格好をさせて見知らぬ男に引き渡そうとしたことも、どこのだれともわからぬその男が、リサの意思などおかまいなしに力ずくで妻にできると思っていることも、考えるだけで耐えがたかった。とにかくなにもかもに腹が立ち、たまたま目の前にいるロバートに怒りの矛先を向けているだけなのだ。

だが、今度も途中でロバートに手をつかまれてしまった。つかのま、ふたりはぐっと睨みあった。激しい感情を吐きだすかのように、互いの重い息づかいが洩れる。ロバートが不意につかんでいた手首をリサの背中へまわし、上体を自分の胸に引き寄せて唇を重ねた。

これがお仕置き……そうね……悪くないわ。ロバートの唇がリサの唇を這《は》い、開こうとする。フィンドリー卿にされたキスとはまるでちがっていた。ロバートの唇はすこしも優しくはなく、甘嚙みをしたり、じらしたりすることもなかった。それなのに、もどかしい気持ちはまったくなく、まさに求めていたものに手が届いた思いだった——ロバートの舌がリサの舌に絡みついたかと思うと離れ、また舌にまとわりつく。フィンドリー卿のキスではなかったことだ。リサは気づくと自分から身体を押しつけ、舌のダンスに酔いしれていた。

「くそっ」ロバートが低くつぶやいた。唇を離し、リサの頰にキスの雨を降らせる。やがてロバートの唇が首へ下りていき、舌先と唇で攻めたてた。

リサは思わずうめき声を洩らし、つかまれている手を振りほどいてロバートに触れようとした。

「リサといると、頭がおかしくなりそうだ」ロバートはリサの両手を片手で持ちなおし、空いた手をウエストの上へと這わせていった。

リサは胸もとへ上がってくる手を避けようと爪先立ちしたが、無意識のうちに身体をのけぞらせ、ドレスに包まれた胸を突きだしていた。ロバートの唇が鎖骨をなぞり、リサはうめき声を洩らした。やがて彼の唇が襟ぐりへと向かうと、それは彼の名を呼ぶつぶやきに変わった。ロバートがドレスの襟を押し下げ、胸もとから舌をじわじわと這わせながら乳房をあらわにしようとする。

ロバートがつかんでいた手首を放し、リサは手を彼の背中にまわした。ロバートは片手できついドレスの襟ぐりを引っぱり、ようやく片方の乳房をあらわにした。柔らかな丸みを荒々しく揉みしだきながら、乳首を口に含む。

「ロバート」激しい歓びが全身を駆けまわり、リサは喘《あえ》ぎ声を洩らした。本のなかでファニーとソフィーがいっていた、熱いようなぞくぞくする感覚というのはこのことだったにちがいない。だが、想像していた以上だった。ロバートの肩にしがみつき、堪えきれずに彼の髪をつかんでふたたび唇を求めた。

ロバートは応えてくれた。今度のキスはお仕置きというより、有無をいわせぬ激しさが感じられた。両手の動きを止めることはなく、片手であらわになった乳房を弄び、もう片方の手はリサの背中にまわしてリサの腰を自分の腰へと押しつける。そのあいだも舌はうごめいていた。

リサはじりじりと後ろへ押しやられていくのをぼんやりと感じながらも、なんのためにそうされているのか、かたいものが尻にあたるまで気がつかなかった。ロバートが愛撫を中断し、彼女の腰を両手でつかんでひょいと持ちあげると、かたいものの上に座らせた。机、それともテーブルだろうか。周囲を見まわす余裕はなかった。ロバートの手が乳房に戻ってきた。もういっぽうの手はスカートをたくしあげ、するりとなかへ滑りこんだかと思うと、膝から太ももの外側へと這いあがってくる。

リサは思わずうめき声を洩らし、身をよじりながら、かたい木の上で尻をそわそわと動かした。唇がいっそう激しくロバートを求める。焦れたように彼の髪を引っぱりながら、両手で頭を引き寄せた。ロバートの手が太ももの外側を下りてきて、今度は太ももの内側をじりじりと進んだ。リサは身もだえし、唇のあいだから小さな喘ぎ声を洩らす。彼の指先が脚のあいだの茂みをかすめた。リサは思わず跳びあがり、手を挟んだまま両脚をかたく閉じた。

リサは愛撫に夢中でまったく気づかなかったが、ふたり分の体重がかかっているうえにリサが動いたせいだろう。小さなテーブルがいきなり後ろに倒れた。ロバートはとっさにリサを抱きあげようとしたが、バランスをくずしてひっくり返ってしまった。リサは背中から床に落ち、あろうことか上からロバートが降ってきた。おまけにテーブルの角に膝の裏側をぶつけ、リサは痛みの三重奏にうめき声をあげた。

「大丈夫か?」ロバートは慌ててリサの上からどいた。

リサはなんとか目を開け、引きつった笑いを浮かべた。「たぶんね。小さなかすり傷はあるだろうけど」

「すまない」ロバートはリサを抱きおこした。

リサはおそるおそる立ちあがり、背中と脚に走った痛みに顔をしかめた。

リサがどこにも怪我をしていないことを確かめると、ロバートは倒れたテーブルを起こし、まわりに散らばったものをもとに戻した。リサは片方の胸が出たままなのに気づき、慌ててドレスのなかにしまいこむ。それから髪に手をやったが、どのくらいくずれたかがわからなければ、直しようがなかった。

室内を見まわすと、壁に鏡がかかっていた。さいわい、思ったほど乱れてはいない。手早く髪を直し、スカートを両手で撫でつけてからロバートを振りかえった。テーブルを片づけおわったようで、無言でこちらを見つめている。見覚えのある表情だった。なにしろ長いつきあいなのだ。面倒な問題を抱えこんだときの顔だった。

あんなことをしたあとで、面倒なことになったと思われるのは心外だった。リサは背筋を伸ばし、なにをいわれるのかと身構えた。

だがロバートはあっさりといった。「舞踏会場に戻ろう。シュゼットから聞いたが、ダンスカードはいっぱいなんだろう。いつまでも姿を消していたら騒ぎになる」

リサはまじまじとロバートを見つめた。なにか手厳しい言葉を投げつけられるものと覚悟していただけに拍子抜けしたが、黙ってドアへ向かった。

「そうね」ドアの手前で低くつぶやいた。「こんなところにいたら、夫が探せないもの」

ドアを開け、音楽と賑やかな話し声が溢れる会場へ急いだ。

「ああ、こんなところに。ずっと探していたんだ。もうじきぼくたちのダンスが始まる」

会場に足を踏みいれたとたん、フィンドリー卿が目の前に現れた。リサは立ち止まり、こわばった微笑を浮かべた。

「わたし――」言葉が途切れた。フィンドリー卿がリサの背後に目をすがめたので、慌てて振りかえる。やはりロバートだった。残念ながらロバートは身だしなみを整えることまで思い至らなかったようで、服も髪もくしゃくしゃだった。まさにうら若き淑女と紳士にあるまじき行為にふけっていたと全身が語っている。自分の唇もあんなふうに赤く腫れているのだろうかと内心うろたえた。

「曲が始まったわ」リサはどうしたらいいのかわからなかった。

フィンドリー卿は彼女の顔に視線を戻し、笑顔で小さくうなずいた。「踊ろう」

リサはほっとした。どうやら、ついさっきまで激しいキスをしていたことには気づかれなかったようだ。フィンドリー卿に手を引かれてダンスフロアに進みでた。だが踊りだしたとたん、リサの期待はうち砕かれた。「リサの名誉のために、ラングリー卿に決闘を申しこもうか？」

リサはがっくりしたものの、すぐに覚悟を決めた。「わたしたち、口論になったの」

予想どおり、フィンドリー卿は怪訝そうに片方の眉を上げた。

「わたしが頬を叩いて」リサはしぶしぶ続けたが、それからは一気にまくしたてた。「もう一度叩こうとしたら、彼がお仕置きのキスをして、テーブルがひっくり返ったので彼がもとどおりに直し、こうして戻ってきたの」顔が真っ赤になっているのがわかる。

フィンドリー卿は黙って聞いていたが、ひとつ咳払いをして尋ねた。「ラングリー卿はよくお仕置きのキスをするのか？」

「まさか、さっきが初めてよ」きっぱりと答え、思いつくままに説明した。「ただ、ペンブルック卿とはあまり関わらないほうがいいとロバートにいわれていたのに、シュゼットのせいで踊ることになって、ペンブルック卿は体調が悪いのを知っているから、気分がよくないなら外で涼もうと庭に連れていかれたんだけど、いきなり抱きつくから逃げだしたら、ティバルド卿が彼のことはぼくに任せて会場に戻りなさいといってくれて、でもロバートがそれを見ていて、無理やりわたしを引っぱっていって、ペンブルック卿と外に出たことを大声で責めたの。だからつい頬を平手打ちして……その、いろいろあって、会場に戻ってきたの」

自分でもなにをいっているのか、よくわからなかった。

「なるほど」フィンドリー卿がつぶやいた。

どう思われているかと、リサはフィンドリー卿の目をまともに見ることができなかった。だが、手を置いている彼の肩が震えているので、おそるおそるそちらに目をやると、フィンドリー卿は必死に笑いを嚙み殺していた。

「笑っているの？」リサは驚いて尋ねた。

「失礼」フィンドリー卿は表情を引きしめたが、内心おもしろがっていることを隠さなかった。「いや、リサと一緒にいると楽しいよ。ただ、たまに話についていけないが」

「あら」やっぱり説明がちょっと支離滅裂だったかしら。

「なぜ、ペンブルック卿とは関わらないほうがいいのかな？」

「それは――」リサは一瞬言葉に詰まったが、ティバルド卿から聞いた話でごまかした。「あの人は酒癖が悪いので有名だから」

「ああ、たしかに。今夜もかなり飲んでいたのか？」

「ティバルド卿の話では」

「それで、シュゼットのせいでペンブルックと踊ることになったというのは？」

リサはため息をついた。「彼がダンスを申しこんできたとき、姉が最初のワルツの相手はまだ決まっていないと答えてしまったの。それで、踊らないわけにいかなくなって」

「それは仕方ないだろう。ところで、ラングリー卿のお仕置きのキスはどうだった？」

不意を突かれてリサの足もとが乱れ、フィンドリー卿は転びそうになったリサを強く抱き寄せた。そのおかげで、リサはかろうじて返事をまぬがれた。

「大丈夫？」フィンドリー卿はすぐに腕の力を緩めた。さすがフィンドリー卿は如才ない。こんなふうに男性にしがみつくなんて、淑女にあるまじき行為だった。

目をそらしたまま、リサはうなずいた。「ええ、大丈夫よ」

しばらく黙っていたフィンドリー卿が口を開いた。「質問に答えていないね。でも、おそらくそれが答えなんだろうな」穏やかな声に落胆の色がにじんでいる。

「あ、そういうわけじゃ――あなたのキスはすてきだったわ」リサはなんとかとり繕った。

「本当に？」心なしか気をよくした様子で、首を軽く傾げた。「ラングリー卿と比べて、どうだった？」

どうしても答えないといけないらしい。「まるでちがったの。チャールズのキスは穏やかで、その、優しかったわ。ロバートのは……」どう表現すればいいのだろう。焼けるような、情熱的、めくるめく……そんな言葉ではとても表現しきれない。しばらくしてから、ぽつりといった。「激しかったわ」

フィンドリー卿は目をしばたたかせた。「激しかった？　なにが？」

「ロバートのキスよ」リサは顔をしかめた。「いま、その話をしていたんでしょう。訊かれたから、一所懸命考えたのに」

「ああ、それは失礼」フィンドリー卿はまた笑っているようだった。

「つまりね、まったくくちがうものだから、比べることなんてできないわ」

「それはそうだ」

「でも、チャールズが激しいキスをしてくれたら、比べることができるかもしれない」リサはふと浮かんだ思いつきを口にした。ロバートのキスは心臓が止まりそうだった。まるでメイドが雑巾を絞るように、あっさりとリサの情熱を引きだしてしまった。あんなにどきどきと胸が高鳴る経験は生まれて初めてだ。できればあれくらいどきどきする相手と結婚したい。だが、鈍感で頑固なロバートが、リサと結婚する気になってくれるとも思えなかった。だけど、あんなふうに情熱を引きだしてくれる男性なら、探せばどこかにいるかもしれない。

フィンドリー卿が繊細な壊れ物のように扱うのをやめ、もっと激しいキスをしてくれたら——熱い情熱をかき立てられるのだろうか。

我ながらいい計画のような気がする。フィンドリー卿とは一度キスをしたが、ロバートのキスに比べると物足りなかった。だけど、淑女だからと遠慮していただけなのかもしれない。

いまの提案をフィンドリー卿がどう受けとめたかと顔を上げると、驚いた顔でこちらを見下ろしていた。

「それは……」フィンドリー卿はひとつ咳払いをした。「お仕置きのキスをしてほしいということかな？」

「ロバートに優しいキスをおねだりしたくないもの」リサが仏頂面で答えると、フィンドリー卿は声をあげて笑った。肩を抱いた腕も一緒に震えている。笑って受けとめてくれたのでほっとして笑顔を向けると、フィンドリー卿は踊りながらくるりと向きを変えた。

気づくとテラスに出ていた。しゃべりながら、いつのまにかドアの近くまで来ていたようだ。それにしても、まさかこんなに早く実現するとは思わなかった。正直なところ、あの場で思いついたことを口にしただけなのだ。ロバートのキスの記憶をフィンドリー卿に消してほしい、そして、あんな情熱をかき立ててほしいと、藁にもすがる思いだった。フィンドリー卿が望んだとおりのキスをしてくれたら――たぶん、それが一番いいのだろう。

フィンドリー卿が足を止めた。あたりを見まわすと、人目につかないテラスの暗がりにいた。彼の顔をまともに見ることができずに、もじもじと落ち着きなく視線をさまよわせる。

「お仕置きがお望みなんだね？」フィンドリー卿はためらっているような声で念を押した。

やっぱりやめましょうといいかけたとき、フィンドリー卿はいきなり腕をつかんでリサを引き寄せ、唇を重ねてきた。歯にぶつかりそうな勢いで唇をふさがれ、たしかにお仕置きのキスだと感じた。ロバートは本当にお仕置きのつもりだったのだろうか。とてもそうとは思えなかった。あれは罰なんかではなかった。フィンドリー卿はリサの唇を噛み、舌で強引に唇をこじ開けた。舌が素早く入ってきたが、ロバートの優しく探るような動きとは全然ちがう。まるでリサをねじ伏せようとするような強引な動きで、息をするのがやっとだった。

ロバートはお仕置きのつもりだったのかもしれないけれど、これとは比べものにならないほど優しかった。だが、自分でいいだしたことだと、荒々しく押しつけられる唇に耐えた。いったいなにを期待していたのだろう。

キス——これがキスと呼べるなら——は果てしなく続くかと思われた。ようやく唇が離れ、リサは心の底からほっとした。

「どう？」フィンドリー卿は息が乱れていた。

リサはまじまじと彼を見つめていたが、はっと気づいて、ひとつ咳払いをした。「とても、その、力強いキスだったわ」

そう答えるのが精一杯だった。自分から望んだのだから、いまさら気に入らないとはいえない。

「リサ！」

だれの声かはわかっていた。ため息をついて振りかえる。ほんの数メートル先に鬼のような形相のロバートが立っていた。両手を握りしめ、板のように背筋を伸ばしている。このところ、顔を合わせれば怒ってばかりだと、リサは憂鬱になった。

「ここにいるわ」暗い声で答えた。「犬みたいに吼《ほ》えるのはやめてちょうだい」

「なかに入れ」今度はうなるような声だった。うなられるのも吼えられるのも、気分が悪いことには変わりなかった。

10

「ドライフルーツ入りのケーキは食べた？」シュゼットは身を乗りだして、もうひとつケーキをとった。「すごく美味しいわよ」

「もうお腹いっぱいなの」そう答えたそばから、リサのお腹がぐうと鳴った。だが、ペンブルック卿が用意した料理を口にする気にはなれない。たしかにお腹はぺこぺこだったが、何時間も嘔吐を繰りかえし、胃のなかが空っぽになっても止まらない吐き気と闘うくらいなら、空腹を我慢するほうがずっとましだった。このあいだの二の舞だけはごめんだ。とはいえ、空腹を抱えながら、みんなの旺盛な食欲を見せつけられるのは楽しいものではなかった。ロバートなら、自業自得だというかもしれないが。

ロバートの姿を探した。リサやクリスティアナ、シュゼット、リチャード、ダニエルとおなじテーブルにつこうとしなかったのだ。

ペンブルック卿が催したピクニックには、参加しないつもりだった。だがクリスティアナが招待状を見つけ、すっかり行く気になってしまったのだ。断るにはクリスティアナに事情を説明しなくてはならないが、どういうわけかロバートはそれをいやがった。理由を訊いても、クリスティアナを心配させたくないとしかいわないのだ。なぜそこまで姉のことを気遣うのだろう。どう考えても不自然だった。

昨夜からロバートは近寄るのをためらうほど機嫌が悪かった。ことあるごとにリサに食ってかかるのだ。昨夜、またフィンドリー卿と熱い抱擁を交わしていたと誤解して、嫉妬しているのだろうか。もっとも、そうだとしてもロバートは絶対に認めないだろう。なにしろ筋金入りの頑固者なのだ。

フィンドリー卿が来ていないことを知りながら、リサはあたりを見まわした。先約があるからと断ってきたそうだ。だが、本当にペンブルック卿が招待状を送ったのか怪しいものだった。そういえば、ティバルド卿の姿も見えない。やはり先約があるそうだ。ペンブルック卿はライバルであるふたりを誘わなかったのではないかという気がする。しかし、今日はリサのそばに寄ってもこないのだから、なんのためにそんなことをしたのかは不思議なくらいだった。昨夜の庭での諍《いさか》いが決まり悪いのか、拒絶されたことに腹を立てているのか、あるいはただ単に招待客全員に目を配るのに忙しく、話しかける暇がないだけなのか、本当のところはわからない。けれども、ピクニックのあいだほとんど母親のそばを離れず、あれこれ世話を焼いているのは事実だった。どうやらペンブルック卿はマザコンらしい。

とはいえ、すばらしいピクニックだった。一同は港に集合して船に乗りこみ、海岸ぞいを進んでこの美しい野原にやって来た。招待客が美しい花が咲き乱れる野原や林、近くの泉のほとりを散策するあいだに、召使がテーブル、椅子、テーブルクロスなどを船から運びだし、すべて美しく設えた。ピクニックどころか野外晩餐会という趣きだった。しかもずらりと並べられた料理はどれも目を瞠るものばかりなのだ。だが、それを口にして、ひと晩中洗面器にしがみつく危険は冒せない。どのみち、まだ本調子ではなく、あまり食欲はなかった。

「このタルトも絶品よ」クリスティアナがうっとりとつぶやいた。「ペンブルック卿の料理番は、いつにも増してはりきったみたいね」

リサはなんとか笑みを浮かべ、立ちあがった。

「ちょっと散歩をしてくるわね」なにかをいわれる前にさっさと歩きだした。

テーブルを離れただけでもいくらか気分が楽になったが、みんなの話し声が聞こえないところまで来ると、本当にのんびりとして気持ちがよかった。だが、静けさに包まれたと思ったとたん、背後から追ってくる足音が聞こえ、いやな予感に振りかえった。思ったとおり、ロバートが三メートルほど後ろを歩いている。番犬に見張られている気分だった。ほんの一瞬たりともひとりになることが許されない自分の立場を、いまさらのように思い知らされる。いまのリサが緊張から解放される場所は、ラドノーの屋敷の自分の部屋だけだった。ロバートの監視から逃れることができるのもそこだけだ。しかし、部屋に閉じこもってばかりいるのも息が詰まるものだった。部屋が狭苦しいというわけではない。たとえどれほど広い部屋でも、自由がないと思うと息苦しく感じるのだろう。

小声でぶつぶついいながら、リサはロバートを無視して歩きつづけた。最初からあまり遠くへ行くつもりはなかったが、ロバートがついているなら安心だと海岸沿いを歩いていたら、みんなが見えないところまで来てしまった。

「そろそろ戻ろう」背後でロバートの低い声がした。その声があまりに近いのでどきりとする。文字どおり、耳もとでささやかれたようだった。それでもリサは返事もせずに、知らん顔をして歩きつづけた。

「リサ」

「なあに?」睨みつけてやろうと、くるりと振りかえった。だが、ロバートがすぐ目の前にいたので、思わず数歩あとずさる。そのままキスができそうなほど近かった。

「どこまで行くつもりだ?」てっきり戻ろうとしかいわないだろうと思っていた。

「べつに、どこというあてはないけど」リサは曖昧に片手を広げた。「静かなところでのんびりしたいだけ」

ロバートはうなずき、リサの横に並んだ。「毎日のように舞踏会やお茶会が続いたからな。田舎暮らしが長いリサは、いつも人にかこまれたせわしない毎日は疲れるだろう」

「そうね」リサはいやみっぽく答えた。「本当にいつもそばにだれかがいる感じ。どこへでもついてくる、口うるさい怪物だけは勘弁してほしいけど」

ロバートは足を止め、驚いたようにこちらを見た。「リサを守るためなんだぞ」

「わたしのことをきらっているくせに」リサはぴしゃりといいかえした。「どうして気に入らないわたしを守ろうとするの？　それに、わざわざロバートがする理由もわからない。だれかを雇えばすむ話じゃない。そうすれば、わたしのことなんて気にせず、優雅な独身生活を楽しめるのに」

「人を雇うのは論外だ。そうなればクリスティアナに事情を説明しないわけにいかないが、リチャードは大事な時期の彼女に心配かけたくないそうだ」

今度はリサが足を止める番だった。なんの話だとロバートに顔を向ける。「大事な時期？」

「クリスティアナは妊娠しているんだ。だが、しばらくは秘密にしておくつもりらしい。また流産するといけないから」

呆然とロバートを見つめる。リサの胸にいくつもの思いがよぎった。真っ先に浮かんだのは悔しさだ。姉の妊娠を自分より先にロバートが知っているなんて。結局、いくつになっても子供扱いされて、大事なことを知らされるのも一番あとなのだ。

リサはいらいらと首を振り、また歩きはじめた。

「いっておくが、リサをきらってなんかいない」ロバートがしぶしぶという顔でつけ加えた。

「ただ、すこしばかり神経に障《さわ》ることもあるが」

リサは鼻を鳴らした。ずいぶんと控えめな表現だこと。

「昨夜、フィンドリー卿となにをしてたんだ?」まるで、いま思いついたような口調だった。

リサはしばらく黙っていたが、肩をすくめた。「見ていたんでしょう?」

「キスをしていたが、やけに乱暴に見えたな」ロバートはむっつりといった。

「あれは、その……」リサは言葉を探したが、諦めてかぶりを振った。どう説明したところで、ロバートに理解してもらえるはずがない。実際、期待はずれに終わったわけだし。

「やつが無理やりキスを迫ったのなら――」

「ちがうの」リサは慌てて否定した。こうなったら正直に説明するしかない。「昨夜、フィンドリー卿はわたしたちが舞踏会場に戻ったのを見ていたの。それで、なにかあったと察したみたいで。仕方ないから、ペンブルック卿と庭に出たことでロバートにお仕置きのキスをされたと説明したら、自分のキスとどちらがよかったかと訊かれたの。ふたりのキスはまったくちがうと答えたんだけど、ふと思いついて、お仕置きのキスをしてくれたら、比べることができるかもと」リサはぐるりと目をまわした。こうして説明すると、ますます馬鹿みたいに聞こえる。

「それで、やつはキスをしたわけか」

リサはうなずいた。「でも、ロバートのキスとは全然ちがったの。すごく乱暴で、なんだか気持ち悪かったし。お願いしたとおり、本気でお仕置きしようとしたみたい」リサは勇気を出して切りだした。「ロバートのキスはお仕置きなんかじゃなかったのね」

「本当に、そろそろ戻らないと」ロバートはくるりときびすを返した。

「こんなに臆病な人だと思わなかった」怒りに任せていってしまった。ちらりと目をやると、ロバートはその場に立ちすくんでいる。「結婚する勇気もなければ、わたしへの気持ちを認めることもできない。それに昨夜のキスだって、お仕置きなんてただの口実で、わたしにキスしたかっただけでしょう？　本当は、わたしのことが欲しくて仕方ないくせに」

「みんなのところへ戻ろう」背中を向けたまま、ロバートは低い声でつぶやいた。

「どうぞ、ご自由に。わたしはひとりでも大丈夫。まさかお母さまやお客さまがいる前で、ペンブルック卿がわたしを拉致するとも思えないし。だって、かえって始末に困るものね。それとも帰りの船では、縛ったわたしを召使の部屋に放りこむかしら」

ロバートは躊躇《ちゅうちょ》したものの、リサを残してそのまま歩み去った。

予想外の展開だった。当然、口論になるだろうと思っていたのだ。むしろリサとしては口論に持ちこんで、なんとかロバートの情熱に火をつけたいと期待していた。昨夜ロバートにキスをされて、リサは昔に逆戻りしてしまった。フィンドリー卿を始めとして、みんな上品で優しく、女心をくすぐるのが上手な男性ばかりなのに、ロバート以外の男性に興味が持てなくなってしまったのだ。リサの気持ちをかき乱すのも、ときめかせるのもロバートだけだった。そしてロバートもおなじ気持ちにちがいないと信じていた。ただ、彼は周囲に壁を築いてしまっている。なんとかしてその壁を突きくずし、気持ちのままにリサを求めてほしかった。どうしてあそこまで頑ななのだろう。

ため息をつき、リサは歩いてきた道を戻りはじめた。ふと顔を上げると、黒装束に覆面姿の大男が目の前に立っていた。部屋に侵入した賊とおなじ覆面だった。

「ロバー――」反射的に声をあげたが、大きな拳で頭を殴られ、そのまま意識を失った。


リサが自分を呼ぶ声をそのまま聞きながし、声が途切れたのも風のせいだろうと、ロバートは振りかえらなかった。だが、大きなため息をついて立ち止まる。振りまわされるのにはうんざりしていたし、さっきいわれた言葉も癪《しゃく》に障ったが、それでも放っておくことはできなかった。どのみちすぐに顔を合わせるわけだし、ひと言いいかえしてやろう。たしかにリサのいうとおりだが、彼女を求めていることを認める気にはなれなかった。そんな勇気がないのも、見抜かれているとおりだ。

振り向いたときに視界の端になにか動くものをとらえ、とっさに首をすくめたおかげで、巨大な拳は頭上を空振りしていった。大男の背後の砂浜に、気を失って倒れているリサの姿が見える。また拳が飛んできて、ロバートは横向きに転がった。

すぐに飛びおき、つぎの攻撃に備えようと身構えると、黒ずくめの男はズボンの後ろから長い大型ナイフをとりだした。ナイフを交互に持ちかえながら、背中を丸めてこちらに近づいてくる。

ロバートは内心で毒づいた。殴り合いならともかく、いきなりナイフとは卑怯《ひきょう》にもほどがある。勝てるはずがない。しかし、この巨漢をなんとか倒さないかぎり、リサはさらわれてしまうのだ。絶対に負けるわけにはいかなかった。

なにか武器になるものはないかとロバートは必死で周囲を見まわした。使えそうなものは砂しかない。迷っている余裕はなかった。屈んで砂をつかむと同時に、突きだされたナイフをよけて脇へ飛びのく。ぎりぎりでナイフをかわしたと思ったが、刃先が脇腹をかすめた。が、かまわず立ちあがり、つかんだ砂を大男の目に投げつけた。

目潰しは成功し、大男は顔を押さえてよろよろとあとずさった。そこへ肩で体当たりを食らわせる。倒れた大男に馬乗りになると、覆面で見えない顔と腹をしたたかに殴りつけた。

様子をうかがうと、大男はぴくりとも動かない。これなら反撃してくる心配はなさそうだった。どうやら気を失ったようだ。覆面からのぞく瞼《まぶた》はぴったりと閉じられている。

ロバートは気が抜けてその場に座りこんだ。急いで傷を確認すると、シャツが切れて血が滲《にじ》んでいた。砂浜に横たわっているリサをちらりと見やる。気を失っていてよかった。この血を見たら、まちがいなく卒倒していただろう。リサは昔から血に弱いのだ。

大男の覆面を剝《は》ぎとろうとしたが、脇腹の傷が痛くて力が入らない。諦めてまたへたりこんだ。大男の正体については、リチャードとダニエルに任せることにしよう。いまはリサを無事に連れ帰ることが先決だ。出血がひどいので、どんどん体力を失っていくのは目に見えている。覆面の男がふたたび襲いかかってきたら、勝てる自信はなかった。

大きく息を吸って立ちあがり、ロバートはよろよろと砂浜のリサに近づいた。


リサは寝返りをうち、思わずうなり声をあげた。頭のなかでなにかが踊っているような気がする。おそるおそる目を開けると、ラドノーの屋敷の自分の部屋のベッドにいた。

「ああ、よかった。気がついたのね」クリスティアナが安堵の声をあげ、リサの顔をのぞきこんだ。

「クリスティアナ？」リサは不安になって尋ねた。「なにがあったの？」

「覚えていないの？」

ベッドの反対側からシュゼットの声が聞こえた。ぼんやりとそちらに顔を向け、またクリスティアナに視線を戻す。ふたりとも、ピクニックのときとおなじドレスだった。

「ああ」リサは思いだした。ひとりで散歩に行き、追ってきたロバートと口論になって、そのあといきなり大男に殴られたのだ。「ロバートがわたしを助けてくれたの？」

「そのために瀕死《ひんし》の重傷を負ったのよ」シュゼットが顔をしかめた。

「えっ？」リサは目を見開いた。

「大丈夫。命に別条はないわ」クリスティアナが慌てて訂正し、脅かしたシュゼットを目でたしなめた。「リサを助けようとして脇腹に怪我をしたの。その状態でリサを抱いて運んだものだから、かなり出血したみたい。でもお医者さまの話では、大事はないそうよ」

「怪我をしているのに、わたしを運んでくれたの？」リサの声が震えた。

「気を失ったリサを、ひとりきりで放っておくわけにはいかなかったんでしょう」クリスティアナが穏やかに説明した。「それに、その不安は的中したのよ。ロバートがリサを襲った男を倒したと聞いて、リチャードとダニエルがいそいで向かったんだけど、男は意識をとりもどして逃げたあとだったの。もしもロバートがあなたを置き去りにしていたら……」

クリスティアナは言葉を濁したが、その続きはいわれなくても理解できた。ロバートがリサを置き去りにして助けを呼びに行っていたら、まちがいなく連れ去られていただろう。リサはため息をつき、ずきずきと痛む額を手でこすった。

「頭が痛いの？」クリスティアナが心配そうな顔で尋ねた。

「ええ」リサがうなずくと、クリスティアナはベッド脇に置かれたグラスを差しだした。

「お医者さまのお薬よ。頭痛に効くけれど、頭がぼうっとするそうなの。だから飲んだあとは安静にしなさいって」

リサはシュゼットの手を借りてベッドに起きあがり、薬を飲むとすぐに横になった。「ロバートは？」

「向かいの部屋にいるわ」クリスティアナは空になったグラスを置いた。

「そういえば」リサは大事なことを思いだした。クリスティアナをじろりと見る。「具合はどうなの?」

　クリスティアナは訝《いぶか》るように眉を上げた。「元気よ。賊に殴られたり、刺されたりしたのはわたしじゃないもの」

「そうじゃなくて、こんな騒ぎがお腹の赤ちゃんにいいはずないでしょう。休んでいたほうがいいんじゃないかしら」

「赤ちゃん?」クリスティアナはぽかんとしている。

「ロバートから聞いたわ」リサは表情を引きしめた。「できればクリスティアナの口から聞きたかったけど。わたしは――」

「赤ちゃん!」シュゼットが大声をあげ、クリスティアナを睨みつけた。「わたしも初耳よ」

「だって、赤ちゃんなんていないもの」クリスティアナはシュゼットをあっさりといなし、リサへ視線を戻した。「ロバートはわたしが妊娠しているといっていたの?」

「そうよ。わたしの護衛を雇うとなると、クリスティアナに事情を説明する必要があるし、それで心配をかけて万が一のことがあってはいけないから、ロバートが自分でやるしかないって」

「たしかに赤ちゃんがお腹にいたら、そういう話になるかもしれないけど」クリスティアナは首を傾げた。「ロバートはどうしてそんなことをいいだしたのかしら」

「そのことなら」リチャードの声に姉妹が戸口に顔を向けると、リチャードとダニエルが立っていた。ダニエルは友の後ろに隠れようとしていたが、リチャードは容赦せずに部屋のなかへ引き立てた。「ここにいる悪知恵の達人に訊いてみるといい」

「ダニエル？」シュゼットが驚きの声をあげた。「あなたがクリスティアナが妊娠しているなんてでたらめをロバートに吹きこんだの？」

「まあな」ダニエルは悪びれもせず、ベッドをまわってシュゼットの後ろに立った。どうしてという顔で見上げる妻の額にキスをすると、肩をすくめた。「これには理由があるんだ」

「どんな？」クリスティアナが尋ねた。背後にやって来たリチャードが肩に手をまわし、クリスティアナは手に手を重ねた。

「きみが妊娠しているとなれば、護衛を雇えなくなる。つまり、ロバートが自分でリサの警護をするしかない」ダニエルはあっさりと説明した。「どのみち、あいつはそれを望んでいたんだ。だから口実を作ってやった」

「どういうこと？」リサはまだ事情が呑みこめなかった。

ダニエルは優しく微笑んだ。「リサ、いいかい。ロバートはきみを愛している。妹としてではなくね。だが、行動を起こせずにいたから、なにかきっかけが必要だろうと思ってさ。モーガン夫人の事件が起こったとき、ロバートはきみに二十四時間体制で護衛をつけようと提案した。そこで、クリスティアナのお腹には赤ん坊がいるから、心配をかけたらまた流産する危険がある、警護はぼくたち三人でやるしかないといってやったわけなんだ」

「でも、ダニエルはなにもしてないじゃない」リサはすかさず指摘した。「わたしの警護をしていたのはロバートだけ――」

「ちょっと待って。モーガン夫人の事件というのはなに？」クリスティアナが話を遮り、眉をひそめてリサを見た。「ロンドンに来てから、あの人に会ったの？」

リサがいいよどんでいると、リチャードが手短に一部始終を説明した。

「信じられない」シュゼットがつぶやいた。「まさか、そんなことをするなんて。ファニーの本をくれるような人は、やっぱりまともじゃないのね」

「その本の話はもういいわ」クリスティアナはリチャードに顔を向けた。「モーガン夫人の事件のことを、どうして教えてくれなかったの？」

「話したら、きみとシュゼットはリサから片時も目を離さないだろう？」リチャードのかわりにダニエルが答えた。

「あたりまえよ」シュゼットがぴしゃりといいかえす。

「そうなると、ロバートは自分の気持ちに気づかないままだ」ダニエルはリサに視線を戻した。「たしかに、リチャードもおれもきみの警護には加わらなかった。ロバートに一任したんだ。実をいえば、きみたちをふたりきりにしようと、シュゼットとクリスティアナもできるだけ遠ざけておく作戦だった」片方の眉を上げた。「で、ここまでの首尾はどうだった？」

リサはしかめ面で答えた。「残念だけど……ロバートは頑固で、なにを考えているのかさっぱりわからないの。あれが男らしいと勘違いしているみたい」

「もう、キスはしたの？」シュゼットが尋ねた。

リサは答えなかったが、みるみるうちに顔が真っ赤になるのがわかった。

「したのね？」シュゼットが歓声をあげた。

「一度だけね」リサは慌てて答える。「でも、いつも不機嫌で、わたしのことを怒ってばかりなの」

「とりまき連中がきみをちやほやするものだから、嫉妬しているんだよ」ダニエルが肩をすくめた。「いい兆候だ」

リサは半信半疑でダニエルを見つめた。ロバートはやはりリサのことを妹としか思えず、だから結婚する気にもならないのだと考えはじめたところだった。心から愛する女性が現れたら、彼の気持ちも変わるにちがいないと。それなのに――本当だろうか。勇気を出して尋ねた。「どうしてわたしを愛していると思うの？」

ダニエルはそれを聞いて大笑いし、かわりにリチャードが答えてくれた。「リサ、ぼくたちと一緒にいるとき、ロバートはきみの話ばかりだよ。リサもこのアーモンド・ペストリーが好きなんだ。リサにこの芝居を見せてやりたかった。いつもこの調子さ。リサが来月ロンドンに来るとなると、いよいよ来週だ、ついに明日だと大騒ぎだった」リチャードは微笑んだ。「だからロバートがきみに思いを寄せていることは前からお見通しだった。いつかラングリー家の呪いを乗りこえてくれるものと信じているけどね」

「呪いって、なんのこと？」シュゼットが口を挟んだ。

「お父上の結婚についての噂は耳にしたことがあるだろう？　レディ・ラングリーとガウアー卿の醜聞だよ」

「ああ、それなら聞いたことがあるわ」シュゼットはうなずいた。「でも、あれはただの噂でしょう」

「残念ながら、そうじゃないらしい」ダニエルが真剣な面持ちでいった。「ガウアー卿はレディ・ラングリーとの長年にわたる関係を、以前からあちこちで吹聴してまわっている」

「ひどい」クリスティアナがつぶやいた。

「うん」リチャードがうなずき、妻の肩を優しく撫でた。「レディ・ラングリーの醜聞は当代にかぎった話ではなく、長い歴史があるらしいんだ。ロバートのお父上は、これはラングリー家の男たちにかけられた呪いだと信じていて、ロバートはことあるごとにそれを聞かされたようだよ。いつか厩舎で妻が馬丁頭とよろしくやっている場面を目撃することになるとね」

「そんなことを息子にいうなんて」クリスティアナは不快感をあらわにした。

「どうしてロバートはわたしたちにひと言も話してくれなかったのかしら？」とシュゼット。

「淑女の前でするような話じゃないからさ」ダニエルがあっさりと答え、不満そうな妻の顔を見てつけ加えた。「ロバートはきみたち姉妹と一緒に育ったようなものなんだろう。たぶんそのおかげで救われたんだ。だが――」

「救われたって、どういうこと？」リサがダニエルを遮った。

ダニエルは眉を上げた。「いいかい。絶望したお父上からそんな話を聞かされて育ったら、どんな男に成長すると思う？」

リサはぞっとした。まちがいなく女など信じる気になれない皮肉屋になるだろう。

「そのとおり」ダニエルはリサの心の声が聞こえたように、うなずいた。「ロバートはきみたち姉妹とのつきあいで、女性のすばらしさや誠実さを知ったからこそ、お父上やお祖父上のように悲観的で斜に構えた男にならずに済んだんだろう」

その言葉がリサの心に染みいるのを待ち、ダニエルは続けた。「三人のおかげで最悪の事態はまぬがれたとはいえ、幼いころに植えつけられた偏見を払拭するのは難しい。リサを愛しているが、結婚すれば自分もまたラングリー家の呪いから逃れられず、いつかそういう目に遭うにちがいないと怖れているんだ」

「わたしが不貞をはたらくと思っているわけ？」リサは憤然と声をあげた。

「リサがどうこうという話じゃない」リチャードがなだめた。「こうなると理屈ではないので、本人にもどうしようもないんだろう。リサが不実な妻に変わってしまうのは、運命だと信じているんじゃないか」

「馬鹿みたい」リサはぴしゃりといい捨てた。「わたしは自分の意に反することはしないわ。それに、夫を裏切るような真似も絶対にしない。夫がどんな男性で、どんなことをしたとしてもね。神聖な結婚の誓いを破るような真似は、死んでもするもんですか」

「そうよ」クリスティアナがきっぱりといった。「リサは犬にも負けないくらい忠実だもの」

「ありがとう」リサはそう答えたものの、内心は複雑だった。犬にも負けないくらい忠実というのは、あまり嬉しい褒め言葉ではない。

「もちろん、リサが不貞をはたらくなんておれだって思わないさ」とダニエル。「ロバートだって、本気で怖れているわけじゃないだろう。ただ、幼いころからそういうものだと思いこんでいるだけだ。そんなくだらない偏見のせいで、あいつは一番望むものに手を伸ばせないでいるんだな」

ダニエルの言葉を聞いているうちに悲しくなって、リサは毛布を引っぱりあげた。勇気を出して尋ねる。「どうすれば、そんな偏見を乗りこえてくれるのかしら」

「リサには難しいと思うが」とダニエル。「可能性があるとすれば、結婚せざるを得ない状況にあいつを追いこむしかないだろう」

リサはぽかんと口を開けた。「ロバートを誘惑して、無理やり結婚に持ちこむってこと?」

「馬鹿なことを考えるのはやめなさい」リチャードがぴしゃりといい、ダニエルを睨みつけた。

「でも」シュゼットがリチャードに負けじと声を張りあげた。「それはいい手だわ。ロバートは紳士だもの。ふたりがそういう関係になれば、絶対にリサと結婚するわよ。結婚すれば、リサは誠実ですばらしい妻だとわかるから、気づいたときには偏見なんて忘れているわ」

「シュゼット、わたしは反対だわ」クリスティアナは不安そうな表情を浮かべた。「無理やり結婚に持ちこむなんて……ロバートは怒るかもしれないし。そんな形で結婚しても、うまくいかないいんじゃないかしら」

「それでも、初めの一歩を踏みだすことにはなるわ」シュゼットがいいかえす。「リサがべつの男性と結婚して、一生ロバートを思いながら暮らし、ロバートはロバートで、リサを失った後悔に暮れながら鬱々とした一生を送るより、そのほうがはるかにいいじゃない。離れ離れになるより、ふたりで不幸を分かちあうほうがましよ」

「不幸など分かちあわずにすむのなら、それに越したことはない」リチャードが釘を刺した。

「はーい」シュゼットが肩をすくめた。「それじゃ、どうすればいいの？」

クリスティアナとリチャードは無言で顔を見合わせたが、やがてクリスティアナがため息をついた。「わからないわ。みんなで考えましょう」

「そんな悠長にかまえている余裕はないぞ」ダニエルが低い声でつぶやいた。「リサに誘惑させるなら、ロバートがここに滞在しているいまがチャンスなんだ。そのうちボウ街警備隊が黒幕の正体を突きとめるだろう。そうなればここにいる理由はなくなるんだ。おそらく、あいつはどこかに姿を消すと思う。そのあとではもう手遅れだぞ」

ダニエルのいうとおりだった。時間は刻々と過ぎていく。ロバートを手に入れたいなら、いますぐ行動を起こさなければ。ぐずぐずしていたら、チャンスは二度とめぐってこないのだ。

11

「本気なの？」クリスティアナは心配そうに尋ねた。

「もちろんよ」シュゼットが妹のかわりに答えた。「リサは昔からロバートだけを愛してきたんだもの。きっとうまくいくわ」

「シュゼット、けしかけちゃ駄目よ」クリスティアナは穏やかにいった。「遊びじゃないんだから。仕組まれた罠《わな》だと知ったら、ロバートはかんかんに怒るかもしれないのよ。リサのことを一生許してくれないかも」

リサは唇を嚙んだ。クリスティアナの言葉が頭のなかを駆けめぐる。想像するだけで怖くなるが、一生結ばれないことを思えばまだましだった。それに、こうでもしなければ、ロバートを失ってしまうような気がした。正確には、自分のものにするチャンスを失うというべきだろう。自分のものでもないのに、失うことなんてできないのだから。

リサは背筋を伸ばした。「決めたの」

「心配いらないわよ」シュゼットは励ますようにリサの肩を撫でた。「たくさん本を読んでいて、リサは物知りだから。ファニーかソフィーになったつもりで、本に書いてあったとおりにすればいいの。きっとロバートだって抵抗できないわよ」

「そうよね」リサは本にどんなことが書いてあったかを思いだそうとした。なぜか、初体験はとても痛くて血まみれになるというくだりしか頭に浮かばない。やっぱりやめたほうがいいのかもしれない。そのとき、このあいだの舞踏会での出来事を思いだした。暗い部屋でロバートにキスをされたことを。あんな感じならば、それほど怖がる必要はないのかもしれない。

「じゃあ、わたしたちは舞踏会に出かけるわね」シュゼットはリサの背中をぽんと叩いた。「リサはロバートの部屋に行って食事につきそい、食後に誘惑するのよ。わたしたちは早めに帰ってきて、ロバートの様子を見に行き、そこにあなたがいるのを見つけるってわけ。裸でベッドにいるのが理想的だけど。それでいいわよね」

「ええ」リサはなんとかうなずいたが、心配になって尋ねた。「何時に帰ってくるの?」

「そういえば、時間を決めてなかったわね」口ごもったシュゼットのかわりに、クリスティアナが答えた。

「決めないほうがいいわよ。リサも驚いたふりをしなくてすむし」シュゼットはリサの不安そうな表情に気づいたのか、力強くうなずいた。

「みんなが帰ってくるまでに誘惑できなかったらどうしよう」リサはどんどん自信がなく

なってきた。

「すぐに誘惑すればいいのよ」シュゼットはきっぱりと答えた。「とにかく、できるだけ早く。お医者さまのお薬を飲んだから、いまのロバートは痛みもないし、おとなしいはずよ」

「でも――」

「終わったら蠟燭の火を消してちょうだい」クリスティアナが提案した。「帰宅したとき、ロバートの部屋がまだ明るかったら、屋敷に入らないで待っているから」

「わかった」リサはほっとした。ロバートをうまく誘惑できないでいるうちに、みんなが帰ってきてしまったら、そういうめぐりあわせだったのだと諦めよう。

「元気を出して。きっとうまくいくから」シュゼットは励ますように微笑んだ。「来年のいまごろは幸せな結婚生活を送っていて、この騒ぎもいい想い出になっているわよ」

「ロバートが許してくれたらね」クリスティアナは暗い口調だった。この計画に乗り気ではないが、それ以外の解決策を思いつかないので、リサが幸せになれるならと応援してくれているのだ。

「クリスティアナったら、悲観的なことをいうのはやめて」シュゼットがぴしゃりといった。「あれから二日間みんなで知恵を絞ったけど、これ以外思いつかなかったじゃない。それに、いつ黒幕の正体が判明するかわからないんだから、のんびりしていられないのよ」

「ええ、わかってるわ」クリスティアナはため息をついた。「だから反対するのをやめたんだもの」かたい微笑みを浮かべ、リサの肩を軽く叩いた。「きっと、すべてうまくいくわ」

リサはうなずいたものの、まったく自信はなかった。

「出かける準備はできたかな？」

三人がドアに顔を向けると、笑顔のダニエルが立っていた。「リチャードが馬車を正面にまわしてくれた。一番混みあう時間を避けるなら、そろそろ出発しないと」

「ええ、準備はできてるわ」シュゼットは励ますようにリサの腕を軽く握った、いそいそとドアに向かい、ダニエルに両手をまわす。

「よかった」ダニエルは妻を抱きしめ、額に愛情をこめてキスをした。それからリサに顔を向け、大きくうなずいた。「リサ、幸運を祈る」

リサはなんとか微笑んだ。クリスティアナが目の前に立った。

「きっとうまくいくわ」クリスティアナは妹を力づけるように抱きしめた。「もしいやなら、こんなことしなくてもいいのよ。でも、大丈夫。とにかく、大丈夫だと思う。うまくいくはず。たぶん」

そんなまぎらわしい言葉を残し、クリスティアナも姿を消した。

リサはしばらく戸口を眺めていたが、ゆっくりと窓際に向かい夜空を見上げた。これからのことについては、なるべく考えないようにした。ロバートを誘惑するなんて、なんだか信じられなかった。どうやって誘惑すればいいのだろう。そんなこと、だれも教えてくれなかった。そもそも、教えてもらえることなのだろうか。売春婦や尻軽女のための学校があったりして。キスの授業や、愛撫の授業。初めてのときに血を流しても、悲鳴をあげない方法を学ぶのかもしれない。

「それどころじゃないでしょう」リサはつぶやき、そんな考えを頭から振りはらった。

まずはあの部屋に入ろう。それから——ロバートと一緒に楽しくおしゃべりしながら食事をしよう、そのあとは——まあ、なにか思いつくだろう。ロバートのほうから誘惑してくれれば、こんな苦労はしなくて済むのに。そうなったら喜んで飛びつくけれど、そんな都合のいいことが起こるはずはない。

「お食事をお持ちしました」

振りかえるとベットがトレイを運んできた。「料理番がごちそうをこしらえてくれましたよ。ロバートさまには体力がつくものをというから、うっかりよけいなことをおしゃべりしそうになりました」ベットはいたずらっ子のようににやりと笑った。

リサは無理やり笑みを浮かべ、近づいてトレイを受けとった。みんなやけに嬉しそうだった。普通は嫁入り前の若い娘の純潔が奪われるのを、こんなに喜んだりはしないだろう。うちの家族は、本当に変わっている。

「がんばってください」ベットはささやいた。「ずっとお嬢さまのことを考えてますからね」

「お願いだからやめて」リサは震えあがった。「ただでさえ緊張しているのに」

「そうですか」ベットはつぶやいた。「では――ええと――ほかのことを考えることにします」

「ありがとう」リサは短く答え、ロバートの部屋へ向かった。ドアの前で立ち止まり、手に持ったトレイとドアノブを順番に見て、どうしようと振りかえった。ベットが気づいてドアを開けてくれたので、リサはほっとして微笑んだ。

「幸運をお祈りいたします」ベットのささやきにリサはうなずき、室内にそっと滑りこんだ。

「神様のご加護がありますように」

リサはぎょっとして振りかえったが、ちょうどドアが閉まるところだった。

神様のご加護？　これから男性を誘惑し、純潔と引き替えに無理やり結婚させるつもりなのに。神様はそんな計画に賛成してくれるわけはないし、そばで支えとなってもくださらないだろう。やれやれ、みんなどうかしている。

「リサ？」

リサはため息をついたが、笑みを浮かべてベッドに近づいた。

「具合はどう？　お食事を運んできたの。一緒にいただこうと思って」明るい口調で告げ、ベッド脇のテーブルにトレイを運んだ。

「ありがとう」

「ちょっと待って。いま手を貸すわ」ロバートが起きあがろうとして顔を歪《ゆが》めたので、慌てて声をかける。

　リサは急いでトレイをテーブルに置くと、ロバートのほうを向いて身を屈めた。ロバートが大きく開いた化粧ガウンの胸もとを見つめているが、気づかないふりをして、てきぱきとロバートを起きあがらせた。

「ええと……リサ？」ロバートの腰を毛布でしっかり包みこんでいると、ロバートが困ったような声をあげた。

「化粧ガウンでもはおったほうがいいわね。寒くない？」リサは背筋を伸ばした。

　ロバートは脇腹に包帯が巻いてあるだけの上半身を見下ろし、顔をしかめた。「シャツをもらえるかな」

「わかったわ」リサはベッドの足もとにある衣装箱に屈みこみ、中身を探りはじめた。化粧ガウンの襟もとが大きく開き、その下が丸見えなのは承知のうえだった。

「どうしてそんなものを着ているんだ？」ロバートが怒ったような声で尋ねた。リサはとりだしたシャツをさっと広げてみた。

「化粧ガウンと寝衣を着ているだけよ」リサはあっさりと答え、ベッドの脇へ戻った。

「その寝衣だよ」ロバートにシャツを着せる。上の空のロバートは、ボタンもかけず、シャツの前も開けたままなのに気づかなかったようだ。

「寝衣がどうかした、ロバート？」リサは笑い、トレイに顔を向けた。

「それは、モーガン夫人に着せられたガウンだろう」ロバートはいらいらした声だった。

リサは驚いたふりをして、ロバートをちらりと見た。「どうしてわかったの?」

「さっきはへそのあたりまで丸見えだったぞ。薄衣をまとっているのと変わらないじゃないか。どうしてそんなものを着てるんだ?」

「すごく着心地がいいの」リサは自分の皿とワインのグラスをどけ、ロバートの膝の上にトレイを置こうとした。だが、途中で手を止めて、トレイをもとの場所に戻す。ベッドに腰を下ろし、ロバートのシャツのボタンに手を伸ばした。「シャツのボタンがそのままだわ。怪我をしているから、ボタンをかけるのは難しいでしょう」

「自分でできるよ」ロバートはつぶやいたが、リサを拒もうとはしなかった。リサは偶然のふりをして、何度もロバートの素肌に触ってみた。ロバートはリサの胸もとをじっと見つめている。リサが動くたびに、化粧ガウンの前がすこしずつ開いているようだ。「そんなものをまた着るとは、理解できないな」

「だって着心地がいいんだもの、ロバート」リサはボタンをひとつかけるたび、指で胸板をなぞった。「なにも着ていないようで、動くと羽根みたいにふわっと素肌に触れるのがすごく気持ちいいの。ほら、触ってみて」

ボタンを放してロバートの手をつかみ、もういっぽうの手で化粧ガウンの襟をすこし開けた。ロバートの手をガウンの胸もとに押しつける。「ね、すごく触り心地がいいでしょう」

リサは手の甲を押しつけたが、彼はその手を裏返し、谷間に指先を滑らせて胸のふくらみをなぞった。

「きれいだ」ロバートはささやき、その目に欲望の火がともった。

ロバートになぞられたあとがぞくぞくとしびれ、それがどんどん広がっていく。化粧ガウンの薄い生地と、さらに薄いガウンの下で、乳首がつんと尖ったのが見えた。ロバートも気づいたようだ。指を動かしながら、その視線はかたくなった乳首に釘付けになっている。

「リサはここにいるべきじゃない」ロバートは怒った声でいったが、その指先は薄衣越しにリサの素肌をなぞっている。

「だって、ロバートのお食事の時間なのに」リサはささやいた。ロバートの愛撫にそっと上体を近づける。口を開くと吐息が彼の唇をくすぐった。

ロバートの視線がリサの顔に移り、唇が不機嫌そうに歪んだ。このままではロバートが冷静になって、誘惑に失敗してしまう。

「キスをして、ロバート。舞踏会のときのように。身体が燃えるように熱くなって、すごくすてきだったの。キスだけならいいでしょう?」

ロバートの顔にためらいの色が浮かんだので、もうひと押ししてみることにした。ロバートの手を放し、化粧ガウンの飾り帯をほどいて前を開き、上半身をさらけだした。もちろん、モーガン夫人のガウンはまだ着ているが、その布地はなにも隠していないので、リサは裸と変わらなかった。

ロバートはうめき声をあげ、自分から手を動かした。指先がふくらみの頂上に達し、尖った乳首を軽くかすめた。

リサはさらに身体を押しつけて、唇をロバートの口もとに近づけた。ロバートはもう抵抗せず、リサの髪に指を絡ませ、顔を傾けると唇を重ねた。うまくいったのがわかった。ロバートを誘惑できたのだ。

こんな簡単に誘惑できたことにリサは驚いていた。だがロバートの愛撫に、すぐに頭が真っ白になる。ロバートは化粧ガウンを肩から落とし、ガウンの薄衣越しにリサの両胸を揉みしだきながら、貪るようにキスをした。

ロバートが急に口を離したので、実は失敗で、追いはらわれるのかと不安になったが、ロバートはキスを中断しただけだった。リサのウエストをつかんで身体を持ちあげると、目の前の乳首にむしゃぶりついた。

敏感になっていた乳首を薄衣越しに口に含まれて、リサは息を呑んだ。身体がざわめいている。ロバートの髪に指を絡めて頭を抱きしめた。乳首を舐められ、吸われ、言葉にならない声を洩らす。

ロバートの片手がガウンの裾を探り、そろそろと上に持ちあげた。脚のあいだが熱くなってきて、思わず太ももをこすりあわせる。ロバートの指先が脚の外側を這いあがってくると、前のときの記憶がよみがえり、いやでも期待が高まった。以前はロバートの指はまた下がっていき、脚の内側を這いあがったが、今日はそのまま腰の骨に沿って進み、いきなりリサの脚のあいだに滑りこんだ。

指を迎えいれようとわずかに脚を開いたが、指先が中心をかすめた瞬間にさっと脚を閉じてしまった。だがロバートはかまわずそのまま進み、奥に隠された滑らかな部分を探りあてた。

「ロバート」リサは朦朧《もうろう》としながら、名を呼んだ。

ロバートは返事をするかわりに、ガウンの襟を引っぱって肩から脱がせた。てっきりガウンが破れてしまうと思ったが、生地が伸びて片方の胸が飛びだした。ロバートは吸っていた乳房から唇を離し、あらわになったほうにしゃぶりつく。

思わずリサは身体を弓なりに反らした。ロバートがまた襟をもどかしげに引っぱり、もういっぽうの乳房もむきだしにする。彼はふくらみを掌で覆い、揉みしだき、指先で乳首をつまみながら、反対側の乳首を口に含んだ。

「ああ」リサはロバートの肩をつかんだまま、うめき声を洩らした。指に促されるままに両脚をわずかに開く。

「熱く濡れてるじゃないか」ロバートはうなるようにいうと、乳房から顔を離した。

リサはなにをいわれたのかもわからなかった。ロバートは毛布をはねのけると、リサをベッドの上に押し倒した。リサはなにが起きたのかもわからないうちに、気づくとロバートを見上げていた。肩につかまりたかったが、ロバートはどんどん下へ行ってしまう。彼の手が、唇が、舌が、どこに現れるかわからなくて、リサの喉、胸もと、乳房がどんどん熱を帯びてくる。ロバートはあらわになった肌を撫で、触れ、舐めながら下腹までガウンを下ろしていった。

「ロバート、傷が……」リサはつぶやき、愛撫に身をよじらせた。なにかすがるものが欲しくて、ロバートの肩を探した。手が届かないので、顔の近くにあった枕を必死で握りしめる。彼の指先がガウンをすこしずつ下ろし、唇がそのあとを追っていく。喘ぎ声が抑えられない。ロバートは腰の骨を探りあて、骨に沿ってついばみ、舌を這わせた。

ロバートがゆっくりとガウンを下ろしていくのに堪えきれず、リサが思わず腰を持ちあげると、彼はすかさず太ももまで引きおろした。そのまますするりとガウンを脱がすと、床に放り投げ、振り向いてリサをじっと見つめた。

リサは急に自分の姿が気になった。片腕で胸のふくらみを覆い、反対側の手で股間を隠す。それを見てロバートは微笑んだ。リサの脚を持ちあげると、その下をくぐって脚のあいだにひざまずいた。

「ロバート?」リサはそっと呼びかけた。ロバートはこれから本に書いてあったように、〝勝利の旗を突きたてる〟つもりなのだろう。いよいよだとリサは覚悟を決めた。だがロバートはのしかかってもこなかったし、旗も突きたてなかった。はるか下、リサの両膝に挟まれ、脚のあいだに顔を近づけてきたのだ。

なにかのまちがいで倒れこんだのだと思っていたら、ロバートがいきなり花芯に口づけした。

一瞬リサは混乱し、なにが起きているのか理解できなかった。ロバートが花びらをかきわけて秘所を舌でかきまわし、リサは大声をあげて身体を跳ねあげた。こんなことはどの本にも書いていなかった。どうしよう！　心は混乱しながらも、リサは歓びの声をあげていた。もう、ロバートがなにをしているのかもよくわからない。怖いほどの歓びがおそろしい速さでふくれあがっている。身体が急に震えだし、耳の奥で血がどくどくいっていた。リサは背中を弓なりにして、いままで読んだ本には登場しなかった愛撫に溺れた。

舌と唇で攻められ、リサはうめき声をあげて膝を立てた。踵《かかと》をベッドに突きたてて、自分をロバートに押しつける。懇願したり祈ったりしていたようだが、よく覚えていない。ただ歓びを味わうことしか頭になかった。

リサはめくるめく興奮に酔いしれていたので、ロバートが突然リサの両足首を抱えあげて彼の肩に載せたときも、片手で脚を動かないように押さえつけたときも、ほとんど気づかなかった。このまま頭がおかしくなってしまいそうな気がする。ただ、つぎつぎと押し寄せる初めての感覚に圧倒された。もうなにも考えられない。震え、どくどくいう塊となって、ロバートの奏でる曲に応えていた。ああ、なんていい気持ち。永遠に終わらないでほしかった。いまこの瞬間に死んでも、なんの心残りもない。そのとき、極限まで高まった緊張が、弓から矢が放たれるように突然ぱちんと弾けた。矢は放たれると同時に爆発し、リサの身体と心は粉々になって飛び散った。この世の終わりのような大声をあげた記憶がかすかに残っている。その前から枕に嚙みついていて、その瞬間も枕に向かって叫んでいなければ、屋敷内の全員がこの部屋に駆けつけていたにちがいない。

ふと気がつくと、リサは顔に枕を載せたままぐったりとベッドに横たわっていた。ロバートは痙攣している太ももにかわるがわるキスをしている。ロバートが隣に横になり、顔から枕をどけてくれた。

ロバートが満足げな笑顔を浮かべたので、リサは弱々しく微笑んだ。すべてロバートにリードされるだけで、すこし悔しい思いもあったが、残った力をかき集めてロバートの顔を引き寄せた。終わったあとの感謝のキスのつもりだったのに、どういうわけか身体の裡でふたたび炎が燃えあがり、リサはうめき声をあげて背中を弓なりに反らした。

すべて粉々に砕けて飛び散ったはずなのに、さっきと変わらずに熱く燃えている。ロバートのキスは激しく、リサはもどかしげに身をよじらせながら、夢中でそれに応えた。

なにかかたいものが押しつけられるのを感じ、リサはロバートの肩に腕をまわして腰に両脚を巻きつけた。だがロバートはかたいものをこすりつけるだけで、キスを続けた。リサの裡《うち》でどうしようもなく炎が広がる。ロバートはまた乳房に吸いつき、分身に手を添えて柔らかい場所にこすりつけた。ますます炎が激しくなり、リサが必死でかぶりを振ったとき、ロバートが自分のなかに入りこんでくるのがわかった。ロバートは添えていた手を離し、顔を上げて唇にキスをした。

リサはキスに応えながら、ロバートの動きにすっかり注意を奪われていた。すこしずつすこしずつ奥深くに進んでくる。初めての感覚で、気持ちいいのかどうかもよくわからなかった。そのときロバートの手がリサの花芯を探りあてた。身体の奥で興奮が弾け、リサはうめき声をあげて両脚をロバートに巻きつけた。気づかぬうちに腰を動かし、うごめく指に花芯を押しつける。そのあいだもかたいものはすこしずつ奥に進んでいたが、急にロバートは花芯から手を離し、ベッドに手をついて自分の身体を支えた。

リサはがっかりして目を開けたが、そのときロバートが一気に奥まで入ってきた。

ふたりは動きを止めた。ロバートの理由はわからないが、リサ自身は激痛と流血が始まるのを待っていた。ところが、そんな気配はない。ちょっと痛かっただけで、自分の身体の奥になにかがあるのが不思議な気がするだけだった。こんなものは痛いうちに入らないだろう。それに血が流れでた様子もなかった。たぶん。

「リサ?」

目をかたく閉じていたことに気づき、リサはおそるおそる目を開いた。ロバートがじっと見下ろしている。拷問に耐えているかのように顔を大きく歪め、目はどこにあるかわからないほど細めていた。初体験で男性が痛い思いをするなんて、どの本にも書かれていなかったはずだけど。

「大丈夫か？」ロバートは低い声で尋ねた。

リサが小さくうなずくと、ロバートはほっとした顔でキスをして、ふたたび腰を動かしはじめた。途中まで抜いてはまたするりと奥まで入りこむ。リサは身をよじらせているうち、うまく姿勢を変えると小さな芯がこすられて、怖いほどぞくぞくすることに気づいた。ロバートの動きが速くなる。リサは彼の腰に巻きつけていた両脚をベッドに下ろし、自分の腰を浮かせて一緒に動かした。気づくとリサは波に乗っていた。もう一度波が砕ける予感に、身体は小刻みに震えている。

どんどん波が大きくなって、ついに砕け散った。ロバートは乱暴なほどの勢いで唇を重ね、リサの叫びをキスでふさぐ。すぐに唇を離すと、背中を弓なりに反らして奥までリサを貫いた。ふたりは泡立つ波にもみくちゃにされ、たゆたった。ロバートはリサの上に倒れこみ、仰向けに転がった。リサは抱き寄せられたまま、身体が重くて動くこともできない。瞼が落ちてきた。

どれだけ眠っていたのかわからないが、リサははっと目を覚ました。どうして目が覚めたのだろうと考えて、ロバートのベッドにいることを思いだす。そっと顔を上げて隣のロバートの顔をのぞきこみ、熟睡しているのを見て微笑んだ。目は閉じているが、小さく開いた口からかすかにいびきが洩れている。

もしかしたら、このいびきのせいで目が覚めたのかもしれない。ロバートの悩みなどなさそうな寝顔をじっと眺める。このまま眠らせておいてあげたい。だが、そういうわけにはいかないのだ。これからみんなが帰宅して、ふたりを〝目撃〟する。ロバートは怒るだろうか、それともリサの評判が傷つくのを心配するだろうか。おそらくその両方だろう。これが罠だと気づかないかぎり、リサを責めることはないはずだ。それでも、望まぬ結婚をすることになるのは腹立たしいにちがいない。

リサは音をたてないようにロバートから離れ、仰向けになった。ロバートの香りと身体から距離を置き、きちんと考えたかったのだ。だが、香りからは逃れられない。いまでは自分の身体からもおなじ香りがするのがわかった。オー・ド・トワレならぬオー・ド・ラングリー卿。ロバートは身体と香りで、自分のものだというしるしを残していた。結婚したくないなんて、本当に残念。

いやなことを思いだしてしまった。天井を見上げると、明かりが揺らめいている。ベッド脇のテーブルの蠟燭に目をやると、芯が中心からずれた欠陥品だったようだ。蠟燭の片側だけが早く燃えたのだろう。反対側に残った蠟が溶けだしていて、それがいまにも炎を消しそうだった。部屋が暗くなっていたら、みんながやって来てロバートに責任をとるよう迫るだろう。

ロバートならば、結婚してくれるのはまちがいない。だが、原因となったリサを憎むだろう。少なくとも、腹は立てるはずだ。これから一生責められる日々が続くのだろうか。

そんな人生には耐えられない。それに、やはりだまし討ちのようにして結婚したくなかった。リサを信頼し、本心から結婚したいと望んでほしい。義務感で結婚し、いつか裏切るだろうと思いながら妻を監視する人生を送ってほしくなかった。もっといい方法があるはずだ。

そう決心すると同時に、炎が最後に揺らめき、ふっと消えた。

12

　ドアの開く音に続いて、暗い部屋にいきなり光が射しこんだ。ロバートはびっくりして目を覚まし、目をしばたたいた。

「あら、真っ暗だわ。廊下の蠟燭を持ってくるわね」シュゼットの声が聞こえ、ロバートはようやくリサのことを思いだした。慌てふためいて隣を探したが、暗くてリサがどこにいるのかわからない。そこへシュゼットが蠟燭立てを手に戻ってきた。部屋が明るくなる。シュゼットとクリスティアナはまだ舞踏会の装いのままだった。そして、なぜか隣にはだれもいなかった。

　ロバートはリサがいたはずの場所をぽかんと見つめていたが、すぐにこちらに歩いてくるふたりに顔を向けた。

「おかえり」ロバートは小さく声をかけた。頭のなかでは、リサはどこに消えてしまったのかという疑問がぐるぐるまわっていた。いつのまに眠ってしまったのだろう。きちんと話をするべきだった。リサの貞操を奪ってしまったのだから、一日も早く結婚しなくてはいけない。もはや選択の余地はなかった。

「いま舞踏会から帰ってきたところなの。具合はどうかしら」クリスティアナは妙に間を置いてから口を開いた。

「調子はどう？」シュゼットがやけにベッドに近づいてくる。

「気分は悪くない？」クリスティアナはシュゼットに目配せした。なにかあったのだろうか。

「ああ――うん」ロバートはため息をつき、力なくベッドに座りなおした。今夜は思いがけない成り行きになったが、気分は最高だった。傷はすこし痛むが、怪我をした直後なのだから仕方ないだろう。無理をすべきではなかったのだろうが、モーガン夫人のガウンを着たリサはあまりにも魅力的だった。

「そう。よかったわ」シュゼットはなぜか狐《きつね》につままれたような顔で、蠟燭立てを持ったまま急ぎ足でドアに向かった。

クリスティアナはその背中を見ながら逡《しゅん》巡《じゅん》していたが、結局妹のあとを追った。「起こしてごめんなさいね。変わりがないか、様子を確かめたかったの」

ロバートは姉妹の背中に声をかけた。「いまは何時だ？」

なぜかふたりは足を止めて顔を見合わせた。クリスティアナが答えた。「まだ十二時前よ」

「今日はずいぶん早かったんだな」姉妹の帰宅はもっと遅いことが多く、明け方やそれ以降になるときもあるくらいだが、クリスティアナが妊娠しているので、ふだんとはちがうのだろう。

「ええ、あの、最近いろいろなことが続いて、みんなすこし疲れているみたいで。それに、ロバートとリサのことが心配だったから、早く帰ることにしたの」クリスティアナが説明した。

「そうか」リサが目を覚まして、部屋から姿を消していたのは本当に幸運だった。結婚するのは決まったようなものだが、男とベッドにいるところを見つかるような恥ずかしい目には遭わせたくない。

「おやすみなさい、ロバート」クリスティアナの優しい声と同時にドアが閉まり、部屋はまた真っ暗になった。

ロバートはふたたびベッドに横になり、暗闇を見上げながら、これからやるべきことを考えた。まずはリサに結婚することにしたと伝えよう。リサは感激のあまり泣きだすだろうか。すぐにグレトナグリーンに向かおう。ロバートはうっかりしていて、行為を中断するなりなんなりの妊娠を防ぐ方策をなにもとらなかった。リサはラングリー家の跡取りを身ごもっている可能性もあった。グレトナグリーンに行くだけで、くだらない醜聞に悩まされずに済むだろう。なにより、一日も早くもう一度リサの熱い身体を抱きたかった。

ベッドでのリサはまさに男の理想を体現していた。愛撫のひとつひとつに身をよじらせ、うめき声を洩らし、すすり泣き、絶頂を迎えて大声をあげる。いつの日か裏切られるのかもしれないが、それまでベッドをともにするのは楽しみだった。いつかそれ以上に惨めな思いをさせられるにしても。ロバートは思わず苦笑いした。将来、リサはほかの男に抱かれ、あんして身をよじらせ、うめき声を洩らすのだと肝に銘じておこう。それまでを楽しむだけだと割り切れば……不貞が発覚しても、それほどつらくないかもしれない。

しゅっという低い音が耳に入り、どこから聞こえたのかとロバートは全身を緊張させた。ベッドの下から聞こえたような気がしたので、起きあがって周囲に目を凝らした。

開いたカーテンから射す月の光のおかげで、かろうじて物の形は見分けられる。するとベッドの脇に小さな影が現れ、ロバートは自分の目を疑った。その影が立ちあがった。どうやら女性のようだ。

「リサ？」ロバートは半信半疑で声をかけた。

「しぃっ。声が聞こえたら、みんなが戻ってきちゃう」リサはなにかを手に持っていた。それをはおって帯を締めたので、化粧ガウンだったようだ。

「ベッドの下なんかでなにをしてたんだ？」ロバートはびっくりして尋ねた。

「なにをしていたと思う？」リサはいらいらしているような声だった。「クリスティアナとシュゼットの話し声が聞こえたから、ベッドの下に潜って隠れたのよ」

「どうして？」まだ理解できない。

「どうして？」リサは驚いた様子で繰りかえした。「ロバートのベッドにいるところを見つかるわけにはいかないでしょう。そうなれば大騒ぎになって、ロバートは無理やり結婚させられるだろうし——なにを笑ってるの？」リサは信じられないといった顔で尋ねた。

「こっちへおいで」ロバートが笑いながら手を引くと、リサはバランスをくずしてどさりとベッドに腰を下ろした。どことなくリサの様子がぎごちないことも意に介さず、ロバートは抱き寄せて自分の隣に横たえた。「ぼくを守ろうと隠れてくれたのか。本当にありがとう。まあ、リサがこんな恥ずかしい状況を目撃されずにすんだのはよかったが、いまとなってはたいした問題ではないんだ。ぼくらは結婚するんだから」

　リサは歓声をあげて、感激のあまり抱きついてくるものと思っていたが、みごとにその予想ははずれた。それどころか、腕のなかでますます身体をこわばらせているので、ロバートはめんくらった。

「リサ？」ロバートは小さく声をかけたが、すぐに眉をひそめた。リサが腕のなかからすりぬけて、上体を起こしてしまったのだ。

「結婚する必要なんてないわ、ロバート。ここにいたことはだれも知らないんだもの。このまま、なにもなかったように過ごしましょう」リサはよそよそしい口調で宣言し、立ちあがった。

「なんだって？」ロバートは自分の耳を疑い、リサを引きとめようとベッドから飛びだした。ベッドをまわってドアへ向かう人影がぼんやり見える。ロバートは腕をつかみ、リサの目の前に立った。「ちょっと待ってくれ。きちんと話しあおう」

「話しあうことなんてないわ。だれにも知られていないわけだし、ロバートに結婚を強いるつもりはないの。すべていままでどおりよ」

「なにを考えているんだ」ロバートは厳しい口調で反論した。「リサ、ぼくの子を身ごもっているかもしれないんだぞ。結婚しないわけにはいかないだろう」

「わたしを欲しくもないし、信頼してもいないし、いつか裏切られると思っているような人と一生をともにするつもりはないの」リサの声は悲しそうだった。「今日のことは忘れましょう」

そういうとリサは横をすりぬけようとしたが、ロバートは腕をつかんで引きとめた。

「リサ」ロバートは言葉に詰まった。なにをいうべきか、判断がつかなかったのだ。本気できみが欲しいと告げることはできるが、リサはそれを望んでいるわけではない。要するに結婚したくないのだろうといいたいのだろうが、たしかにそれは事実だった。だれとも結婚したくない。そしてリサのいうとおり、いつか裏切られるはずだと覚悟して、一生をともに過ごすことになるだろう。

「おやすみなさい、ロバート」がっかりしているような声だった。リサはロバートが否定するのを期待していたのだろうか。そうしていれば、その言葉をどこまで信じているかはともかく、結婚することになったのかもしれない。だが、リサに嘘をつく気にはなれなかった。

「今夜はもう休んで、また朝になったら話しあいましょう」リサはロバートの横をすりぬけて姿を消した。今度はロバートも引きとめなかった。

「ベッドの下に隠れていたって、どういうこと？」シュゼットが嚙みついた。

リサはため息をつくと、客間にいるほかの三人――クリスティアナ、リチャード、ダニエル――にちらりと目をやった。リサがこっそり自分の部屋に戻ると、リサの居場所を突きとめようとベットを質問攻めにしている姉ふたりと鉢合わせしてしまったのだ。

三人とも、リサの姿を見てほっとしていた。なにかの手違いで、黒幕にさらわれたのではないかと心配しはじめていたらしい。そろそろ人を探しに行かせようと相談していたときに、リサが戻ってきたのだ。姉ふたりは口々に質問しながら駆けよってきたが、リサがロバートに聞こえてしまうと返事をためらうと、そのまま客間に引き立てられた。そこへ男性陣も加わって、みんなで考えた計画がどうして失敗したのかを尋問されているわけだった。

「どうして隠れたりしたの？」シュゼットは信じられないという顔で詰問する。「そもそも計画の目的はそこにあったわけでしょう。無理やり結婚に持ちこむために、ロバートとベッドにいるところを目撃されないといけないのに」

「そうなんだけど……」リサは眉をひそめ、かぶりを振った。「それじゃうまくいかないだろうと思って」

「うまくいったに決まっているわよ——最後の一線を越えたんでしょう?」シュゼットは怖い顔で尋ねた。「ちがうの?」

リサの全身が真っ赤に染まった。

「越えたのね」シュゼットは椅子にどさりと座り、首を横に振った。「さっぱり理解できないわ。計画は完璧よね。リサはロバートとベッドをともにして、わたしたちはふたりがベッドにいるのを見つける。わたしたちは計画どおりに行動したわよ。何時間も前に舞踏会の会場をあとにして、屋敷の正面に停めた馬車でじっと座ったまま、蠟燭の火が消えるのを待ったんだから。ちなみに予想以上に待たされて、おそろしく退屈だったけど。とうとう蠟燭の火が消えたので、どんな顔をして驚こうかとロバートの部屋に行ったのに、ベッドにいたのはロバートひとりだけ……そうしたら、あのとき部屋にいたのに、ベッドの下に隠れていた? いったいどういうつもりなの?」

リサはためらったが、勇気を出して切りだした。「無理やり結婚に持ちこんだせいでずっと恨まれるくらいなら、結婚なんてしたくないの。それにいつか裏切るだろうと思っている相手と一生をともにするなんて、そんな生活には耐えられないわ」

「まあ、リサ」クリスティアナは大きくうなずき、リサの座っているソファに駆けよってぎゅっと抱きしめた。「その気持ち、よくわかるわ」

「全然わからない」とシュゼット。「このお馬鹿さんふたりはだれが見たって愛しあっているのに、これじゃ一生結ばれそうにないじゃない」

不満そうな妻の言葉にダニエルは笑い声をあげた。シュゼットの座っている椅子の肘掛けに腰を下ろして、肩に腕をまわす。「きみは驚くほどロマンティストだね」

リサは唖然《あぜん》として、シュゼットの額にキスをするダニエルを眺めた。どこがロマンティストなのか、それこそリサには全然わからなかったのだ。ダニエルはなにを勘違いしているのだろう。

「リサはどうしたいんだ？」リチャードもソファにやって来て、クリスティアナの向こう側に腰を下ろした。

「わからないの」素直に白状した。「ロバートに愛してほしい」

「愛してるじゃない」シュゼットが苛立ちをあらわにした。

「愛には信頼が必要なのよ、シュゼット」リサは表情を引きしめた。「ロバートは子供のころに植えつけられた偏見を乗りこえないかぎり、だれも信頼できないし、愛することもできないと思うの」

「でも――」

「シュゼットはダニエルのことを信頼している？」リサはかぶせるように尋ねた。

「もちろんよ」シュゼットは驚いたように答えた。

「ダニエルは？」

「決まってるわ」シュゼットがきっぱりと答え、ダニエルは妻を抱きしめた。

「命あるかぎり」

ダニエルには返事せず、リサはシュゼットの目をじっと見つめた。「ダニエルにこっそり監視されて、いつか裏切ると思われているとしたら、どうする？」

シュゼットは考えるだけでうんざりというように顔をしかめ、椅子に深々と腰かけた。

「なるほどね」

「リサ」クリスティアナが迷っているような顔で口を開いた。「結婚したくないという気持ちはわかるわ。でも、もう身ごもっているかもしれないのよ。そうしたら——」

「そのときは結婚するわ」リサはあっさりと宣言した。「でも、それがはっきりするまでは……」そこで肩をすくめ、立ちあがった。「なんだか疲れちゃった。もう失礼するわね。おやすみなさい」

室内は静まりかえっていたが、ドアを閉めたとたん、心配そうなひそひそ声が聞こえてきた。みんなが心配してくれているのはわかるが、リサ本人にもどうしようもないことだった。ロバートとは結婚しないと決めたのだ。今夜のすばらしいひとときは、忘れられない想い出になるだろう。だが結婚したことで恨まれながら、信頼もしてくれない相手と生涯をともにするつもりはなかった。

もっと早くに決心すればよかった。ロバートとベッドをともにしなければ、ほかの男性と結婚したらなにを諦めることになるのかを知らないですんだのに。

「ぼくが朗読しようか？　それとも、リサが朗読してくれるかい？」

ロバートを目で追っていたリサは、チャールズ・フィンドリー卿に微笑んだ。「交替で朗読しましょうよ。チャールズが先に読んでくれる？　二、三ページ進んだところでかわるわ」

「わかった」フィンドリー卿は愛想よく答えると、持参した本を手にして座りなおした。最初のページを開いて朗読を始めたが、リサは気づくとまたロバートを目で追っていた。ロバートは離れた木の下に座り、こちらを冷ややかな目で睨みつけている。

ロバートはピクニックが始まったときからずっと不機嫌さを隠さなかった。長年彼を慕いつづけたリサが結婚を断るとは、予想もしなかったのだろう。顔を合わせたら、人目につかないところに引っぱっていかれて結婚の話になるだろうと、午前中はロバートを避けて過ごした。朝食も自室でとって、フィンドリー卿が迎えに来たと聞くまで、ずっと自分の部屋にこもっていたのだ。

リサが階下へ向かうと、フィンドリー卿は玄関ホールで待っていて、すこし離れたところからロバートが睨みつけていた。リサはロバートが目に入らないふりをして、フィンドリー卿に微笑み、馬車へ乗りこんだ。ロバートは予想どおり、用意してあった自分の馬であとをついてきた。

それからずっとロバートが目に入らないふりを続けているが、彼の激しい怒りは肌で感じられるほどだった。リサが結婚を断っただけでなく、約束したのに話しあおうともしないので、怒っているのだろう。フィンドリー卿とピクニックに出かけたことも気に入らないにちがいない。だが、それ以外に選択肢はないのだ。いまの状況ではロバートと結婚するつもりはないのだから、その件について話をしても仕方がない。それにこのピクニックは、ペンブルック卿のピクニックでの襲撃事件とその後のあれこれよりも前に約束していたのだ。いまさら断るのは失礼になるだろう。

「そろそろ交替してもらおうかな」

リサは慌ててフィンドリー卿に顔を向け、差しだされた本を受けとった。開かれたページをぼんやりと眺める。フィンドリー卿の声は耳に入っていなかったので、どこで読むのをやめたのかも、自分がどこから読みはじめるべきなのかもわからなかった。

「ここだよ」フィンドリー卿は右側のページの一番上を指さした。

「ありがとう」リサは小声で礼をいい、朗読を始めた。否応なく本に集中することになって、いつのまにかロバートのことも忘れ、物語にのめりこんでいた。話の筋にすっかり夢中になっていたら、ロバートの声が聞こえた。そこで初めて、雲が太陽を遮ったのではなく、ロバートが上から見下ろしているのだと気づいた。

「もう遅いぞ」

驚いて周囲を見まわすと、陽が沈みかけていた。「気づかなかったわ」

ロバートはうなずき、馬が草を食んでいる木陰へと足早に戻った。リサはフィンドリー卿に微笑みかけた。「そろそろ帰りましょうか。楽しいひとときをありがとう。お食事は美味しかったし、この物語もすごくおもしろいわね」

「ああ、そうだね」フィンドリー卿は立ちあがって手を差しだした。「きみの朗読を堪能したよ。登場人物の個性を表現するのが上手だな」

「ありがとう」リサは小声で答えた。頰が染まるのがわかる。

「お世辞じゃなく、事実をいったまでさ。つぎに会ったときに続きをお願いできるかな。きみに読んでもらう楽しみを覚えてしまった」

「まあ、嬉しいわ」リサは周囲を見まわして、目を丸くした。ピクニックの片づけはすでに終わっていて、あとは敷物をしまうだけだった。

「きみが朗読してるあいだに、すこし片づけておいたんだ」フィンドリー卿は敷物を拾いあげ、折りたたんだ。「物語に夢中で気づかなかったようだな」

「まあ」リサは声をあげて笑った。「だって、本当におもしろいお話なんだもの」

「本の好みがおなじらしいとわかって嬉しいよ」フィンドリー卿は敷物を腕にかけ、リサの両手をとった。「夜、暖炉のそばで妻に本を読んでもらうのが夢なんだ」

リサは目を見開いたが、内心の困惑をなんとか隠した。「そ、それはすてきね」

「きみに――」

「雨が降ってきそうだぞ」ロバートがぶっきらぼうに話を遮った。ふたりの横に現れてリサの腕をつかみ、自分の馬のほうへ引っぱっていく。「後ろに乗るんだ。このほうが馬車よりも早い」

リサは申し訳なさそうにフィンドリー卿を振りかえったが、ロバートに抵抗はしなかった。ロバートが遮らなければ、たぶん「きみに毎晩本を読んでもらいたい」とプロポーズされただろうが、どう答えたらいいのか見当もつかなかった。正直、ロバートが邪魔してくれてほっとしたくらいなのだ。自分がどうしたいのかを考える時間が必要だった。ロバートのことを諦めて結婚相手探しを始めたはずが、やはりロバートを諦めきれず、無理やり結婚させるためにあんな計画まで実行したけれど、結局はロバートとは結婚しないと決心した。いまとなっては、自分がなにが欲しいのかまったくわからなかった。

ロバートが馬に乗り、それからリサを引っぱりあげた。正確にはそうではないと承知していた。欲しいのはロバートだとわかっている。ただ、無理やり結婚に持ちこむのも、一生信頼してもらえないのも、絶対にいやだった。だが、ロバートとはそれ以外の未来がないようだ。ロバートと一緒になれないとすれば、どうすれば一番幸せになれるのだろう。独身のまま、一夜かぎりのロバートとの想い出にすがって生きていくのだろうか。それとも、ほかの男性と結婚して温かくなごやかな結婚生活を送り、夜は暖炉のそばで本を読み、気楽な会話を交わし、子供に生き甲斐を見いだすのだろうか。

「しっかりつかまって」ロバートの声が聞こえた。リサが腰に手をまわすのを待って、ロバートは馬を走らせた。

ふたりは無言のまま野原を離れ、公園を通りぬけてラドノーの屋敷を目指した。ロバートの腰にしがみついて馬に揺られていると、自然とおなじリズムで呼吸していた。ロバートに触れて彼の香りに包まれていると、昨夜の記憶がよみがえってくる。かすかな香りはひと晩中まとわりつくようで、夢のなかまでキスと愛撫で溢れていた。朝になってその香りを洗いながすのは残念だったが、ほっとしたのも事実だった。残り香があるかぎりロバートのことが頭から離れないし、それは拷問と変わらなかった。

ラドノーの屋敷がある通りに入ったとたんに雨が降りだした。ところがロバートは玄関の前で馬を停めなかったので、リサは内心すこし意外だった。ロバートはそのまま屋敷の裏手へまわり、小さな厩舎のなかに入った。すぐに馬丁頭が飛びだしてくるだろうと待っていたが、いつまでたっても現れない。ロバートは顔をしかめた。「ハリーはいないようだな」

「自分で降りられるわ」リサはロバートの腰から腕をはずした。

「そのまま待っていなさい」ロバートは後ろに手を伸ばして、降りようとしたリサを止めた。片手で手綱を持ち、片脚を振りあげて馬の頭の上を通して素早く地面に降りた。着地と同時に小さなうめき声を洩らしたが、リサが声をかける間もなく、ロバートはリサを降ろそうと両腕を上げた。

「怪我は大丈夫?」リサは眉をひそめて尋ねた。たしかに昨夜は傷口が開くようなことをしてしまったし、今日も本当なら馬を乗りまわすべきではなかっただろう。けれども、自分を抱きあげて馬から降ろすのは、いくらなんでも無茶だろうと思ったのだ。

「いまごろ怪我が心配になったのか? 馬に乗って馬車を追いかけても、心配もしなかったようだがな」ロバートは冷ややかに答え、早く降りろと手で促した。

意地の悪い返事に、リサは馬から降りるとすぐにいいかえした。「無理して来なくてもよかったのに」

「じゃあ、リサが連れ去られて辱めを受けようと、放っておけばよかったのか?」ロバートは馬に顔を向けた。

「なんだか皮肉な話ね。わたしが辱めを受けないようにロバートが守ってくれるなんて」つい怒りに任せてぴしゃりといいかえしたが、いったとたんに舌を嚙み切りたくなった。またやってしまった。よく考えてから口にすればよかったと何度も後悔しているのに。態度を硬化させてしまったロバートをまのあたりにし、リサはため息をついた。「ごめんなさい。そんなことをいうつもりはなかったの」

ロバートは返事もせずに、馬の鞍《くら》をはずし、馬を馬房に連れていった。

リサはそのあとを追った。「本当にごめんなさい、ロバート」

ロバートはブラシで馬の背中を静かにこすりはじめた。きびきびと効率よくブラシをかける様子から、猛烈に怒っていることがわかる。

リサはこの場の緊張をやわらげる方法を必死で考えたが、なにも思い浮かばなかった。ため息をつき、諦めて屋敷に入ろうと馬房の外に出ると、ロバートの冷ややかな声が追ってきた。「フィンドリーとは結婚させないからな」

リサは驚いて振りかえった。「プロポーズもされていないのよ」

「ぼくが話を遮ったとき、あいつは求婚しようとしていた」ロバートはブラシを脇に置き、馬房から出てきた。「だが、あいつと結婚させるわけにはいかない」

「だれと結婚しようと、あなたに口出しする権利はないわ」リサは穏やかにいいかえした。

「とんでもない。ぼくの子供を身ごもっているかもしれないんだぞ」

その言葉を聞いてリサは唇を嚙んだが、すぐにかぶりを振った。「たぶん、一度くらいじゃ――」

「一度でも身ごもるときはあるんだ」ロバートはもどかしそうにいった。

リサはやりきれなくて足踏みをした。「チャールズにプロポーズされたら、というよりも、今度は邪魔されなかったら、事情を説明しなければいけないけど、それでもかまわないといわれたら――」

「そういうに決まっている」ロバートはとげとげしい声で遮った。「あいつはリサが欲しいんだ」

「そんなこと、あなたにはわからないでしょう」

「リサが見ていないとき、あいつはきみの身体を舐めまわすように眺めているんだぞ。リサが欲しいに決まっている。嘘じゃない、あの目つきを見ればわかる。ぼくがきみを見る目とおなじなんだ」

リサが目を丸くすると、ロバートはわずかな距離を一気に詰めた。大きく包みこむようにリサを抱きしめたかと思うと、唇を重ね、身体をぐいぐいと押しつけて後ずさりさせる。

「ロバート」唇が離れた合間にリサは喘いだ。ロバートは周囲をさっと見まわすと、リサを抱いたまま方向を変えて右側に向かい、空いている馬房に入りこんだ。「駄目よ——」

ロバートは馬房の扉を蹴って閉めると、藁を敷いた床にリサを押し倒した。ふたたび唇を重ねたので、リサの抗議の声は途切れ、抗おうという気持ちもいつしか消えた。ロバートのキスはワインのようだった。リサは欲望に酔いしれ、良識もなにもかも忘れ、ロバートの頭を抱きしめて唇を激しく求めた。

リサの反応が変化したので、ロバートはうなり声をあげた。すぐにドレスの襟を引っぱり、驚くべき速さで胸をむきだしにする。胸があらわになったとたん、ロバートはキスをやめてむしゃぶりついた。

リサはうめき声を洩らしながらロバートの肩に両手を這わせ、もどかしさに上着を引っぱった。ロバートは左右の乳房をかわるがわる舐めたり噛んだりしている。彼の片脚が脚のあいだに滑りこんで花芯に押しつけられると、リサははっと息を呑んだ。その驚きもすぐに消え、リサは腰をロバートの太ももに押しつけて、ふたりの身体と服がこすれあう感触を楽しんだ。自分の太ももにかたいものがあたっているのに気づき、太ももをこすりつけてみる。やり方に自信はないが、自分とおなじくらい、ロバートにも気持ちよくなってもらいたかった。

ロバートがそれを気に入ったのかどうかはわからないが、急にリサの胸から口を離し、乱暴なくらい激しいキスをした。彼の上着を引っぱって脱がせ、素肌を重ねたかった。ところがロバートはリサの両手首を頭上に上げて片手で押さえ、反対側の手を伸ばしてスカートをめくりあげた。

リサは唇を離して喘ぐと、焦れて手を動かした。スカートを脚に沿ってたくしあげられて、身をよじらせる。

「ロバート、お願い」ロバートの手が脚のあいだに滑りこんできて、リサは声をあげた。

「もうこんなに濡れてる」リサの首筋に顔を埋め、軽くキスをした。

「ごめんなさい」リサが恥ずかしくなってつぶやくと、ロバートは声をあげて笑った。なにがおかしいのかわからなかったが、つぎの瞬間にはそれどころではなくなってしまった。ロバートの指が一本、するりとリサのなかに入りこんできたのだ。身体が跳ねあがり、反射的に「やめて」と叫んでいた。

「痛い？」ロバートが心配そうに尋ねた。

リサはかぶりを振った。身体が震え、話ができない。

「よかった」ロバートは愛撫の手は止めずに、頭上で押さえていたリサの手首を放した。

リサはどうしようもなく身体が跳ねあがり、必死でロバートの背中にしがみついた。急に指が引き抜かれたと思ったら、今度はかたいものがあたっている。ロバートは角度を変え、ふたりがひとつになると同時に長いうめき声を洩らした。

「ああ、お願い」リサはささやき、ロバートの腰に両脚を巻きつけた。ロバートは短いけれども激しいキスをすると、リサの足首を自分の肩に載せ、奥まで突きたてた。

リサは自分のあられもない格好に驚いてロバートを見上げた。だが彼の手が胸に伸びてきたので、目を閉じてうめき声を洩らす。もう片方の手はふたりのあいだに滑りこみ、ロバートは腰をうちつけながら手をうごめかせた。

始まりとおなじように、終わりもまた唐突に訪れた。リサは藁の上で身をよじらせ、裡からほとばしる奔流に歓喜の声をあげた。今日はロバートも同時に炸裂《さくれつ》し、ふたりの叫びが重なる。リサは彼の腕にすがりながら、ふたりで陶然とする流れに身を任せ、果てまで行きついた。リサの上にのしかかる彼の重みも、甘い余韻に感じられる。ロバートはリサを抱きしめたまま藁の上で仰向けになった。

リサの頭のてっぺんに何度かキスをしているうち、ロバートの身体から力が抜け、呼吸がゆっくりした一定のリズムになった。どうやら眠っているようだ。昨夜はリサも一緒に眠ってしまったが、厩舎にいる今日はそういうわけにはいかない。

ロバートの腕のなかからそっと抜けだすと、はっと現実に返った。ロマンティックで夢見がちだった幼いリサはどこに消えてしまったのだろう。まさか厩舎でスカートをまくりあげるようになるとは、自分でも信じられなかった。そのうえ嘆かわしいことに、まったく後悔していないのだ。いま思いだしてもくらくらするほどの快感だった。

リサはため息をつきながらスカートの裾を下ろし、胸をドレスのなかにしまいこんで立ちあがった。痛くないと答えたのは本当だったが、いまはすこし痛かった。だが、慣れないことをしているのだから仕方ない。

手早くスカートの汚れや藁を払い落とした。なんだか髪もちくちくするので、入りこんだ藁をとりのぞく。どうしようかとロバートに顔を向けた。このまま置き去りにするわけにはいかないが、いまはロバートと話をしたくなかった。フィンドリーとは結婚させないと繰りかえすか、すぐに結婚しようといいはるかのどちらかだろうが、いまは考えたくない。

迷いながらも馬房をそっと抜けだして、厩舎《きゅうしゃ》の扉に向かった。開いている扉の手前でちらりと振りかえり、雨のなかに出て勢いよく扉を閉める。節穴からなかをのぞくと、ロバートが立ちあがるのが見えた。狙いどおり、目を覚ましたようだ。

厨房はだれかがいる可能性が高いので、リチャードの執務室のフランス窓に向かって走りだした。だが、まさかリチャードが執務室で机に向かっているとは予想していなかった。

顔を上げたリチャードは、リサがフランス窓から飛びこんできたので目を丸くしている。リサも負けず劣らず驚いたが、「失礼しました」とつぶやいて退散し、階段を駆けあがって自分の部屋へ向かった。

13

「本当に今夜は出かけないの？」クリスティアナは心配そうなまなざしで尋ねた。

「ええ」リサは目を合わせなかった。

白状すれば、ロバートと話をしたくないので、出かけたい気持ちもたしかにあった。それでも、フィンドリー卿とダンスをして、ことによるとプロポーズされるのはさらに避けたい。いまのリサはまさににっちもさっちもいかない状態だった。

外出しなければフィンドリー卿と顔を合わせる心配はないが、ロバートを避けるのはそれほど簡単にはいかないだろう。もちろん、自分の部屋にこもることはできるが、ロバートが黙っているはずがない。厩舎での出来事のあと、ロバートはもう三度もドアをノックしていて、リサはそのたびに話したくないと断っていた。リチャードとクリスティアナが屋敷にいるあいだはおとなしくしているが、ふたりが外出したあとが不安だった。

「わかったわ」クリスティアナはドアへ向かったが、思いだしたように尋ねた。「フィンドリー卿になにか伝言はある？　きっとリサのことを訊かれるわ」

「いいえ」リサはため息をついた。「気分がすぐれないとでもいっておいて。ううん、雨に降られたせいで咳が出ているくらいのほうがいいかもしれない」

クリスティアナはうなずいて姿を消した。

リサは窓際に立ち、外を眺めながらロバートを避ける方法を考えた。おそらく、クリスティアナとリチャードが出かけたとたんに来るだろうが、いい争いはしたくなかった。もうロバートにどう反論すればいいかもわからない。結婚して、あの歓びをこれから一生楽しめると思うと気持ちがそそられた。問題は、それ以外の時間なのだ。無言の疑惑と非難に晒《さら》される日々となるのはまちがいないだろう。

そんな生活には耐えられない。ふとだれとも結婚しないのならばマディソン館に帰ろうかと思いついた。花嫁は純潔を求められるものなのに、清い身体どころか、妊娠しているかもしれないのだ。そのことを思いだして、リサは顔をしかめた。すでに二度も身ごもる危険を冒している。それを三度に増やしたくないが、ここにいたらまちがいなくそうなるだろう。

すでに身体はロバートを求めていた。あの歓びを経験してしまったら、知らなかったころには戻れない。リサはベットに顔を向けた。

「もう下がっていいわ。ここにいて、ひと晩中閉じこめられるのはいやでしょう」リサは窓際の椅子をドアのほうに引きずっていった。

ベットは目を丸くしたが、おとなしくドアに向かった。「ご用の際はお呼びください」

「朝までひとりで大丈夫」ベットが部屋を出るのを待って、椅子をドアノブの下にしっかりと押しこんだ。最善は尽くしたと自分にいいきかせ、窓際に戻ったとたん、ドアをノックする音がした。

「あっちへ行って、ロバート」リサはきっぱりといった。

「話しあう必要があるんだ、リサ」ロバートも引かなかった。

「わたしは話したくないの」

絶句したのか、無言でドアノブがまわされたが、椅子を押しこんだのでドアは動かない。重い沈黙のあと、ロバートが低い声でいった。「ドアに鍵をかけたのか?」

「椅子を下から押しこんだだけ。話をするつもりはないのよ、ロバート。とにかくあっちへ行ってちょうだい」

固唾《かたず》を呑んで待ったが、返事はない。ドアにそっと耳を押しつけた。なんの音も聞こえない。ロバートがまだそこにいるのかどうかもわからなかった。

リサは部屋のなかを見まわした。落ち着かない気分で窓際へ近づいたが、途中で気が変わってベッドに向かった。これから五時間もあるのに、檻《おり》のなかの動物みたいにうろうろ歩きまわっていたら、頭がおかしくなってしまいそうだ。眠るなり、本を読むなり、とにかくなにかをしよう。

これからどうするかを考えてもいいのだが、この部屋に戻ってから頭に浮かぶことといえば、ロバートと過ごした甘い時間だけなのだ。リチャードとクリスティアナが留守で、もう一度馬鹿な真似を繰りかえすのを止めてくれる人はいないのだから、なにかをしているほうが安心だった。

リサはドレスを着替えようと衣装箱を開けた。最初に目に入ったのは、モーガン夫人に着せられた薄衣のガウンだった。リサはため息をつき、たたまれて一番上に載っているガウンをじっと見つめた。こんなものは燃やすようベッドにいっておこう。だが、手を伸ばしてそっと撫でたとたん、記憶が一気によみがえった。

押し寄せる映像を頭を振って払いのけ、白い寝衣を持って上体を起こした。そのとき、ばたんと窓が開き、リサは驚いて振りかえった。

「ロバート？　なにをしているの？」ロバートが部屋に飛びこんできた。

「その窓にはもっとまともな鍵をつける必要があるな」ロバートは平然と窓を閉じたが、壊れてぶら下がっている掛け金には触らなかった。「椅子を使ってドアが開かないようにするなんて、なにを考えているんだ。これじゃ例の覆面の男が襲ってきても、助けることができないじゃないか」

「あなたを入らせないことしか考えてなかったの」

「なるほど。だが……」ロバートは顔をしかめた。「あまり効果はなかったな」

わかりきったことを指摘されて、リサはぐるりと目をまわした。ロバートのシャツに小さな黒いしみがあるのに気づき、震える声で尋ねた。「それ、血なの？」

ロバートはしみを見下ろすと、リサにちらりと目をやってから、急いで手で隠した。「いや、ちがう。ここに登ってくる途中で、樹液かなにかがついたんだろう」

リサは眉をひそめた。とってつけたようなロバートの言葉をできれば信じたかった。血は昔から苦手なのだ。「木を登ったりして……傷口がまた開いてしまうわよ」

「大丈夫さ。シャツを着替えてくるよ」椅子をどかし、リサをじろりと睨んだ。「椅子をもとに戻すなよ。どのみち、窓から入るからな」

リサは顔をしかめたが、小さくうなずいた。

ロバートはほっとため息をつくと、ドアに顔を向けて尋ねた。「ベットはどこにいる？」

「階下《した》よ。どうして？」

「繕い物を頼みたいんだ」ロバートはぼそぼそと答え、部屋を出ていった。

リサはドアを見つめていたが、急いでドアを開けて廊下に飛びだし……あやうくロバートにぶつかりそうになった。ロバートはシャツを脱ぎ、包帯をずらして傷口を調べていた。

傷口が開いてしまったかどうかを確認しているのだろうと、慌てて目をそらした。「部屋で待っていて。傷を縫い直すのに、ベットを行かせるから」

「いや、たいしたことはない。傷は開いていなかった。ちょっと引っぱられただけだろう。自分で傷口をきれいにして、包帯を巻きなおせば充分だ」ロバートはそういって、包帯から手を離した。「ベットの手を煩わすまでもない」

「自分で包帯を巻きなおすなんて無理よ、ロバート。わたしが――」

「大丈夫だ」ロバートは遮ると、自分の部屋に姿を消した。

リサはついていこうとしたが、ベットが階段を上がってきたのを見て足を止めた。不安そうな表情が気にかかった。「なにかあったの？」

「はい」ベットは小声で答えた。「お伝えしたほうがいいかと思いまして。ハンダーズさんが料理番に、ロバートさまが外に出かけるのを見たと話していたんです、お嬢さまを見張っているはずなので、変だなと思ったんですけど。もしかしたら木に登って、窓からお嬢さまの部屋へ入ろうとなさるかもしれません」

リサは思わず苦笑した。「そうなのよ。ロバートは窓から入りこもうとして、傷が引っぱられてしまったみたい。膏薬《こうやく》を……」ベットはそれだけで察したようで、必要なものをとりに走っていった。

リサはほかにすることもないので、ロバートの部屋をそっとのぞいた。ロバートはこちらに背を向けて、ベッドの端に座っている。すでに古い包帯をはずし、それを丸めて脇腹のあたりをぬぐっていた。

「ロバート、いまベットが来るから――」

「ひとりで大丈夫だ」ロバートは手を動かしつづけた。

「傷口をきれいにして、膏薬を塗ってから、新しい包帯を巻かないといけないのよ。ひとりでできるわけないじゃない」

「できるさ」ロバートは頑固にいいはった。リサは首を振ったが、そのときベットが水の入った洗面器、布、膏薬、そして包帯を手に現れた。

リサは脇に寄り、ベットに室内に入るよう身ぶりで示した。だが血を見たくなかったので、自分はドアのそばから動かなかった。

「ありがとう」ベットがベッド脇のテーブルに必要な品々を置くと、ロバートは静かにいった。「あとは自分でやるよ」

ベットはためらっていたが、下がれという意味なのはまちがいなかった。こちらに戻ってきて、リサに肩をすくめてみせる。たしかにベットにはそれ以上どうしようもなかった。

ベットが立ち去るとリサはドアを閉めたが、なかには入らずに、ロバートが傷口をきれいにして膏薬を塗るのを黙って見ていた。続いてロバートは包帯を巻きなおそうとしたが、うまくいかずに苦労している。リサの予想どおりだった。

「リサ?」数分ほど悪戦苦闘して包帯をようやくひと巻きしたあとで、ロバートは観念したようだ。「すまないが……」肩越しにリサをちらりと見て、申し訳なさそうな顔をした。

ドアに寄りかかっていたリサは、内心それ見たことかと思いながら、口には出さずにロバートの前に立った。ロバートが苦労して巻いた包帯は、曲がってはいるもののかろうじて傷口を隠していたし、包帯自体も真っ白く血を連想させるものがなかったので、リサはほっとため息をついた。包帯をロバートからとりあげて、指示をする。「両腕を上げて」

「リサ、絶対にフィンドリーとは結婚させない」ロバートはささやいて、リサに触れようとした。

「やめて、ロバート。いい争いになるだけよ」

「だが――」

「ベットにやらせましょうか？」リサは片方の眉を上げた。脅しが効いてロバートがおとなしくなったので、新しい真っ白な包帯をロバートの上体に手早く巻きはじめた。

「かぐわしい香りがする」包帯を背中にまわし、抱きつくような体勢で顔が近づくと、ロバートがささやいた。

「光栄ですわ」リサは堅苦しい口調で答え、包帯をロバートの正面に戻した。

「それに、美しい」

「ロバート」リサはため息をつき、ふたたび包帯をロバートの背中へまわした。

「本当だよ。きみはいいにおいがするし、きれいだし……肌はすべすべしている」包帯を背中から正面に戻すリサの肩から二の腕をそっと撫でた。

「ロバート」今度は自分の耳にも懇願しているように響いた。リサは包帯を巻く手を止めて、しばらく目を閉じた。そんなふうになにげなく腕に触れられただけで、リサの乳首はかたくなり、太ももの奥がうずいてしまうのだ。

「ぼくが欲しいんだろう」ロバートが身を乗りだして首筋にキスをしたので、リサの身体が震えた。ロバートの手が胸のふくらみを包み、優しく揉む。「フィンドリーなんかと結婚するな。絶対にこんなふうに感じさせてくれないぞ」

リサは弱々しくかぶりを振ると、包帯をロバートのお腹に戻して手早く端を挟みこんだ。ロバートの愛撫を無視しようとしたが、そんなことは不可能だった。ロバートのもういっぽうの手が腰のあたりを這いまわり、ドレス越しに尻をぐっとつかむ。リサを自分の開いた両脚のあいだに挟みこみ、尻を揉みしだいた。

「ぼくと結婚すれば、毎晩こんなことができる」ロバートは後ろからドレス越しにリサの脚のあいだを探った。

リサはロバートの背中に手をまわし、目を閉じた。ロバートの愛撫に応えて、身体が歌いはじめている。

「結婚しよう、リサ」

「黙っていて」リサはロバートの顔を両手で挟み、キスしようとした。ベッドの上に押し倒されたが、リサは抵抗しなかった。

ロバートは弾けるような笑い声で目を覚ました。暗闇で耳を澄ますと、クリスティアナとリチャードの話し声が近づいてくる。ロバートの様子を見に行きましょうというクリスティアナの声に、思わず笑みが浮かんだ。ちらりと横に目をやり、ベッドの上のふくらみを確認する。ドアが開いて明かりが一気に射しこむと、隣のふくらみは上掛けが丸まっただけだとわかった。リサは消えていた。

「おや、起きていたんだな」戸口からリチャードの声がした。「どうだ、具合は?」

「ああ」ロバートはリチャードを睨みつけた。「眠っていたんだが、きみたちの笑い声で目が覚めた」

愛想のない声にリチャードは眉を上げた。「それは失敬した。じゃあ、おやすみ」

ドアが閉まると、ロバートはため息をついた。これではただのやつあたりだと反省する。まさか、またリサに逃げられてしまうとは思わなかった。ここにふたりでいるのを見つかれば、万事解決のはずだったのだ。

くそっ、しくじった。つぎはかならずリサの部屋でベッドをともにしよう。そこまで考えて、ロバートははっとした。いま、本気でリサの評判を傷つけて無理やり結婚に持ちこもうと考えていたのか。たしかに自分のものにしてしまったのだから、それが明らかになれば結婚は決まったも同然だ。けれども問題はそこではなく、ほんの数日前までは結婚など想像するのもまっぴらだと思っていたはずが、いまではどんな汚い手を使おうとも、リサと結婚したいと考えていることに驚いたのだ。

一日か二日でこれほど心境が変化するものかと、ロバートはかぶりを振った。ところが、肝心のリサに結婚する気がないのだから皮肉なものだ。たいていの女性は、ベッドをともにすると必死で結婚指輪をはめさせようとするものだが、リサはちがった。

リサの大好きなくだらないロマンス小説の影響だろう。恋に落ちたふたりが永遠の愛を誓い、いつまでも幸せに暮らしました、というのが理想だと思っているのだ。だが、現実の世界ではそうはいかない。人々は結婚すると、あとは死ぬまで惨めに過ごすだけなのだ。まあ、クリスティアナとリチャード、シュゼットとダニエルが、それぞれ幸せな結婚生活を送っていることを思えば、たいていの人々は、というべきか。とはいえ、彼らが結婚したのはほんの二年ほど前だ。この先の長い人生、いつ惨めな日々が始まってもおかしくはなかった。両親だって、最初の一年か二年は幸せに暮らしていたにちがいない。

ロバートはため息をついた。横を向くと、脇腹の傷がずきんと痛む。今夜もまた傷を忘れて動いてしまった。怪我をした晩も。さっきの厩舎でもそうだった。もう少し気をつけないと、いつまでたっても傷が治らないだろう。だが、リサが腕のなかで身体を震わせ、すがるような声をあげて肌に爪を立てると、すべて吹き飛んでしまうのだ。妹のように考えることなど、もう二度とできないだろう。いままでそう見ていたことすら信じられない。リサは会うたびに尽きせぬ欲望を覚える情熱的な恋人だった。

なんとしてもリサと結婚すると決心した。あとは、その方法を考えるだけだ。

リサはベッドで寝返りをうち、窓をじっと眺めた。姉と義兄の寝室のドアが閉まる音がして、屋敷のなかはふたたび静かになった。目を覚ましてこっそり自分の部屋に戻った直後に、姉夫婦が帰宅したのだ。ぎりぎりでまにあったと思いながら、正直がっかりする気持ちもあって、大きなため息が出そうになる。もしあの部屋で見つかっていたら、ロバートと結婚することになっただろう。ロバートもそれを望んでいるのだから、そうなってもよかったという気もする。あんな歓びを毎晩味わえるなんて、心惹かれないわけがない。

「フィンドリーなんかと結婚するな。絶対にこんなふうに感じさせてくれないぞ」

ロバートの言葉がぽんと頭に浮かび、リサは慌てて仰向けに戻った。だが、やはりその言葉が頭のなかで響いている。本当にそうなのだろうか。もしかしたら、フィンドリー卿以外でもおなじなのかもしれない。キスするだけで身体を熱くしてくれるのは、ロバートしかいないのだろうか。そう考えると憂鬱になった。妻は裏切るものと思いこんでいるロバートと結婚はできないが、田舎で独身のまま過ごすのも難しい気がしてきたのだ。この世にはこんな歓びがあることを教えられ、何度も味わってしまったいま、そう簡単に忘れられるとは思えなかった。リサ自身、忘れたくはなかった。

ロバートほどではなくても、身体を熱くしてくれる男性がどこかにいるはずだ。

好感の持てる男性、一緒にいると楽しくて、そこそこ身体を熱くしてくれる男性と、静かに暮らすのが一番いいのかもしれない。好感の持てる男性といえばフィンドリー卿だ。ダンスやおしゃべりはもちろん、一緒に本を朗読したのは本当に楽しかったし、馬車競走だってわくわくした。ただ、最初のキスはなんだか物足りなかった。二度目のキスは苦痛だったけれど、あれはお仕置きをしてほしいと頼んだせいだろう。ロバートのキスが実はお仕置きなんかじゃなかったなんて、あのときはまだ知らなかったのだ。

お仕置きではなくて、情熱的なキスをしてほしいとフィンドリー卿に頼んでみたらどうだろう。試してみる価値はある。

ロバートとベッドをともにしたとうちあけたら、フィンドリー卿が求婚をとりけす可能性もある。それでも黙っているわけにはいかないのだ。そんな秘密を抱えたままでは、良心の呵責《かしゃく》で押しつぶされてしまうだろう。フィンドリー卿に見限られるかもしれないが、彼とキスをして身体が熱くなったら、それ以外の男性に望みを託せばいい。

もちろん、こうしたことはすべて、妊娠していないのが大前提となる。シュゼットとクリスティアナは結婚して二年になるが、ふたりとも仲睦まじい夫婦で夜の生活も堪能している様子なのに、どちらもまだ子供はいない。クリスティアナは一度妊娠したけれど、流産してしまった。もしかすると、うちの家系は妊娠しにくい体質で、心配する必要はないのかもしれない。

そう考えると、希望が湧いてきた。純潔を奪われただけなら、なんとかなりそうな気がする。

リサはふたたび横向きになると、窓を見つめながら、これからすべきことをじっくり考えた。まずはフィンドリー卿に情熱的なキスをしてほしいと頼もう。それが満足できる結果で、結婚してほしいといわれたら、ロバートのことをうちあける。そのあとは、フィンドリー卿の反応次第だろう。

たいしたことではないが、久しぶりに希望の兆しが見えた気がした。姉たちのような楽しい結婚生活を諦めなくてもいいのかもしれない。シュゼットとクリスティアナも、何年も前から知っている相手と結婚したわけではなかった。それどころか、ふたりとも出会ってからわずか数日で結婚している。ロバート以外の男性と幸せになれる望みはまだ残っているのだ。大事なのは、なにがあろうとロバートの誘惑に抗うことだ。

ところが、実はそれが一番心配だった。ロバートに触れられるだけで、決心がトランプで作った家のようにくずれてしまうのだ。そんなふしだらな娘に育てられたはずはないと、自分でも情けなかった。だが、警護のためにロバートがそばにいるかぎり、まったく自信はない——。

リサはがばっとベッドの上に起きあがった。警護のためにロバートがそばにいるかぎり——それが問題なのだ。そもそもリチャードとダニエルは、ロバートがリサを愛していると認め、ラングリー家の呪いなどというくだらない偏見を乗りこえることを期待して、ロバートに警護を一任したのだ。だが、いまでは事情が変わった。クリスティアナは妊娠していないし、姉たちも黒幕の存在を知っている。ロバートに警護を頼む理由などひとつもないのだ。なにより、護衛を雇えば誘惑される心配もなくなる。

「まったくもう！」リサはベッドにばたんと倒れた。もっと早く思いつけばよかった。明日リチャードに相談してみよう。うまくいけば、明日の午後からはこの屋敷でロバートと顔を合わせずに済むかもしれない。

「なんだ、ロバートか」

リチャードの執務室を行ったり来たりしていたロバートは、声に驚いて振り向いた。開いたドアの前にリチャードが立っていた。

「二階の廊下で足音が聞こえたんだが、服を着て出てみるとだれもいない。そこで、一応だれの足音だか確認しようと降りてきたんだ」リチャードは説明しながら室内に入り、後ろ手でドアを閉めた。

「眠れなくてね」ロバートはつぶやき、暖炉に向かってまた歩きはじめた。

「怪我の具合はどうなんだ？」リチャードはサイドボードに行き、自分のためにウイスキーをグラスに注いだ。

「よくなってる」ロバートはそっけなく答えた。脇腹の傷のせいで眠れないわけではない。

リサのつれない返事がショックだったのだ。まさかプロポーズをあっさり断られるとは思ってもみなかった。幼いころから子犬のようにあとをついてまわり、憧れのまなざしでこちらを見ていたリサ。しかも、すでにベッドをともにしたあとだというのに。夫以外の男には許されないことをして、子供を身ごもっている可能性だってあるのだ！　それなのに結婚するのを拒むとは、なにを考えているのかまったくもって理解できなかった。

「じゃあ、どうして眠れないんだ？」リチャードは暖炉の前の椅子に腰かけ、まじまじとこちらを眺めた。

「女性について教えてくれ」ロバートは返事のかわりに尋ねた。

リチャードは眉を上げ、口もとに近づけたグラスを下ろした。「具体的には？」

「リサだ」ロバートはうなるように答えた。

リチャードは大真面目にうなずいた。「リサのどういうところが知りたい？」

「結婚してくれといったんだ」すこし迷ったが、ロバートは正直にうちあけた。「何度も」

リチャードは仰天するどころか、驚いている様子すらなかった。「で、なぜそんなことをしたんだ？」

ロバートは顔をそむけた。プロポーズに至ったいきさつはうちあけたくない。

「結婚する気はないんじゃなかったのか？」リチャードが痛いところを突いた。「結婚などしたところで、いつか妻に裏切られて惨めな人生を送るだけだと」

ロバートは不承不承うなずいた。

「じゃあ、なぜリサに求婚したんだ？」

ロバートは火の消えた暖炉の黒焦げの薪を睨みながら、首を横に振った。説明したくない。しばらくすると、リチャードが口を開いた。「もしかしたら、理由もなく姦婦《かんぷ》呼ばわりされるのがいやだから断ったのかもしれないな」

ロバートはそれを聞いて驚き、さっとリチャードに顔を向けた。「えっ？」

リチャードは肩をすくめた。「愛に必要なのはもちろんのこと、信頼は幸せな結婚にも欠かせないものなんだよ、ロバート。ぼくは毎日、大小さまざまなことについてクリスティアナを信頼しなければならないし、クリスティアナもおなじことだ。信頼がなければ、人生の幾多の試練を乗りこえることはできない」リチャードはウィスキーをひと口飲み、さらに続けた。「それは、ダニエルとシュゼットもおなじだ。信頼は結婚において重要なものなんだ。リサはそのことを知っている。それなのに、きみはプロポーズをしても、彼女を信頼しようとしていない」

「信頼しているさ……だいたいは」ロバートは決まり悪い思いでつけ足した。

「だいたいじゃ足りないんだ」リチャードは静かにいった。「全面的に信頼できなければ、リサに結婚を承諾させるのは難しいと思うぞ」

ロバートは眉をひそめて、ふたたび暖炉のほうを向いた。

しばらく沈黙が続いたあとで、リチャードが尋ねた。「ぼくはいままでどおりクリスティアナを信頼すべきだと思うか？」

「もちろん」考えるまでもなかった。

「じゃあ、ダニエルはシュゼットを信頼できるかな？」

「当然だ」ロバートは即答した。「あのふたりには、人を欺くようなところはひとかけらもない」

「まあ、ぼくはそこまでの確信はないがね」リチャードは冗談めかしていってから、早口で続けた。「それならどうしてリサを信頼しないいんだ？　リサはあのふたりの妹だぞ。おなじ両親に育てられて、おなじ価値観を植えつけられている。姉が信頼できるのに、どうして妹は信頼できないいんだ？」

「リサのことだって信頼しているよ」ロバートは眉をひそめた。

「いつか浮気するはずだと思っているのなら、そんなものは信頼とは呼べない」リチャードはきっぱりといった。

「ちがう。そういうことじゃない――ぼくが思ってるわけじゃなくて――それは――」

ロバートがいいよどんでいると、リチャードはいった。

「呪いか？」

「ああ」ロバートがため息をつくと、リチャードは首を横に振った。

「それがどんなに馬鹿げた話か、きみは気づいてもいないんだろうな。お父上からろくでもない考えを叩きこまれたせいで、冷静に判断ができなくなっているんだ。お父上の教えはただの妄想だよ」

「妄想じゃない」ロバートは静かに反論した。「母が父を裏切ったのは事実だ」

「お父上がそこまで追いこんだのかもしれないと考えたことはないのか？」リチャードは穏やかにいった。「お父上もまた、きみとおなじように女性に対する憎しみと不信を吹きこまれて育ったんじゃないか。マディソン家の三姉妹とこれほど親しくつきあっていなかったら、きみもお父上のような女嫌いに育っていただろうな」

ロバートは眉をひそめた。「父は女嫌いじゃないぞ」

「そうか？」リチャードは信じられないというように笑い声をあげた。「お父上は女性を褒めたり、優しい言葉をかけたりしたことなどないだろう。ちがうなら、ひとつでもいいから例を挙げてほしいね。ぼくは若いころ、きみのお父上に一度か二度会っているんだが、意地の悪い女嫌いにしか見えなかった」

リチャードはウイスキーを飲みほし、立ちあがった。「そろそろベッドに戻って、愛する妻に寄り添って眠ることにするよ。きみもすこしやすんだほうがいい。まだ怪我が治ってないんだからな」

ロバートはただうなずいた。父親が女性を褒めたことがあるか、必死で記憶を探っていたのだ。しかし、料理番のこしらえたペストリーは実にみごとだと評したことしか思いだせなかった。しかもそのとき父は、あろうことか、男じゃないのが残念だと続けたのだ。

ロバートはリチャードが座っていた椅子に腰を下ろした。子供時代の両親といえば、毎日のように喧嘩していた姿しか記憶にない。母が寄宿学校時代の友人を訪ねたり、お茶会に出かけたりすると、決まって帰宅してから諍いが始まるのだ。たいてい父が大声で非難し、母は苛立ちと失望に満ちた声でそれに応えていた。当時はわからなかったが、いま思えば、愛人と会っていたと責めていたのだろう。ロバートはそうした外出に同行していたので、それが事実ではないと知っている――あれはすべて、実に不毛な口論だったのだ。猜疑心《さいぎしん》にとらわれた父が、なんの罪もない母を根拠もなく非難していただけだった。

母にとっては耐えがたい毎日だったにちがいない。なぜいままで気づかなかったのだろう。どういうわけか若いころは、なにごとにおいても父が正しく、母は不実で信頼に値しないと思いこんでいた。たしかに、母は結局、ほかの男のもとに走った。けれども、父から長年虐待同然の扱いを受けていたせいで、ほかの男に救いを求めるしかなかったのかもしれない。母の名誉のためにいえば、母の愛人はガウアー卿ひとりであることはまずまちがいなく、交際が始まったのも両親が別居したあとだった。

両親の関係は、これまでロバートが考えていたものとはまったくちがうようだった――いうまでもなく、ロバートがラングリー家の呪いだと信じていたものも。そうなるにちがいないと怖れているせいで、結果として引き起こされてしまっただけなのかもしれない。もしリサと結婚したら、自分もまたほかの男の慰めを必要とするほどリサを追いこんでしまうのだろうか。

「そんな馬鹿な」ロバートはつぶやいた。

14

「ロバートは本当にまだ起きていないのね？」リサは髪を整えているベットに尋ねた。これを訊くのはもう三度目だった。

「はい。ハンダーズさんの話では、ロバートさまはほとんどひと晩中、執務室のなかを歩きまわってらしたそうですよ。リチャードさまも寝かせておいてやれとおっしゃっていました。ロバートさまはまだおやすみでらっしゃいます」

リサは安堵のため息をついた。「そして、リチャードはもう出かけたのよね」

「はい。夜明けに起きて、お出かけになりました」ベットがこの返事をするのも、もう三度目だった。

リサは今度はしかめ面になった。今日はリチャードに護衛を雇うことを相談するつもりだった。そうすればロバートはこの屋敷からいなくなるのだ。だが、リチャードが外出してしまったのなら、いまはどうすることもできなかった。それでも、このままなにもせずぶらぶらしていたら、ロバートにまたベッドに誘いこまれてしまう。

自分で護衛を雇えばいいのかもしれない。ボウ街警備隊は護衛もしているはずだ。少なくとも、そんな話を聞いたような気がする。もし駄目でも、だれに頼めばいいかは教えてもらえるだろう。ハンダーズに貸し馬車の手配をさせて、自分の力でなんとかしようと決心した。

「できあがりました」髪を整えおえると、ベットは一歩退いた。「ほかにご用はございますか？」

「いいえ」リサは小声で答えると、立ちあがってドアへ向かった。「ちょっと出かけるわ。すぐに――」

「おひとりではいけません」ベットはきっぱりといった。「黒幕がどこで待ちかまえているかわからないんですよ」

ベットが決意のほどを示すように肩をこわばらせるのを見て、リサはたじろいだ。「ハンダーズに貸し馬車を手配させるつもりなの。実は、護衛を雇いたいと相談してこようと思って。そうすれば、ロバートも警護から解放されるでしょう」

ベットはすこし肩の力を抜いて、大きくうなずいた。「あたしと御者がついていれば、お嬢さまの身は安全です。でも、念のために従僕もひとり連れていきましょう」

ベットがあとをついてくるのを見て、リサは苦笑した。「ひとりで出かけるのは許してもらえないわけね」

「お嬢さまはなぜか面倒に巻きこまれるようですから」ベットは意気込んで答えた。「ひとりなんてとんでもありません」

リサはかぶりを振ったが、反論はせず、先に立って部屋を出た。ふたりが階段を降りていくと、玄関扉をノックする音が響いた。リサは歩みを緩めただけで、ハンダーズが扉を開けるのを眺めていた。すると険しい顔をしたチャールズ・フィンドリー卿が戸口に立っていたので、リサは目を丸くした。フィンドリー卿は片手に花束を持ち、もういっぽうの手には本と小さな袋を持っていた。

「ぼくは――」フィンドリー卿はリサが階段を降りてくるのに気づいて言葉を切った。かすかにしかめていた顔に満面の笑みを浮かべる。「リサ。いや、ミス・マディソン」フィンドリー卿はベットとハンダーズをちらりと見て、急いでいいなおした。

「ハンダーズ、フィンドリー卿のお相手はわたしがします」リサはすこしためらったあとで、執事に声をかけた。

「かしこまりました。お客さまを客間へご案内いたしましょうか？」

リサは苦笑いして、かぶりを振った。「自分でご案内するわ。あとでお茶を運んでもらえるかしら？」

「かしこまりました、お嬢さま」執事は会釈をすると、踵を返して廊下を歩み去った。

「馬丁頭のハリーさんに、貸し馬車の手配を頼んでおきましょうか？」ベットがリサの背後からささやいた。

リサは肩越しにうなずいた。「ええ、お願い」

ベットはリサを追いこして執事のあとに続いた。リサは階段の下まで降り、フィンドリー卿に近づいた。

「なかにどうぞ」フィンドリー卿がまだ玄関扉の外にいるのに気づき、リサは笑いながら声をかけた。

フィンドリー卿も笑みを浮かべると、なかに入って扉を閉めた。「これをきみに」

「ありがとう」リサは小声で礼をいい、差しだされた花束を受けとった。「とてもきれいね」

「きみの美しさにはかなわない」フィンドリー卿は真面目な顔で告げた。「元気そうで安心したよ。昨夜のノーストロム家の舞踏会に来ていなかったから、心配していたんだ。お姉上から、雨に降られたせいで咳が出ていると聞いてね。すべてぼくの責任だ。天候の変化にもっと気を配るべきだったな。申し訳ない」

「たいしたことはないの。今日はもうこのとおり元気だし」謝罪の言葉に罪悪感がちくりと胸を刺したが、目をつぶることにした。先に立ってフィンドリー卿を客間へ案内する。

「チャールズの責任じゃないもの」

「それでも、今後はもっと気をつけるよ」厨房から花瓶を抱えたメイドが急ぎ足で出てきたので、ふたりは足を止めた。

「ハンダーズさんから、これをお渡しするようにと」メイドは花瓶を掲げた。

「ありがとう、ジョーン」リサは花を花瓶に挿し、それをメイドから受けとって、客間のテーブルに置いた。前のソファに腰を下ろし、花が一番きれいに見えるようにあれこれ工夫してみる。フィンドリー卿はリサの向かい側の椅子に腰かけた。

「これもきみへの贈り物」リサが満足して顔を上げると、フィンドリー卿は持参した本と袋を差しだした。

「ありがとう」リサはすぐに書名に目を走らせ、思わず苦笑いした。「わたしの弱点を知られてしまったみたいね。本を読むのが大好きなの。ロンドンではなかなかその機会がないけれど」

「都会はいつもあわただしいからな」フィンドリー卿はどういたしましてというように手を振った。「田舎なら本を読む時間がたっぷりある。白状すると、それだけの理由で田舎暮らしのほうが好きなんだ」

「わたしもよ」リサはうなずいた。ロンドンにこれほど長く滞在するのは初めてだったが、舞踏会とお茶会が続く毎日にいささか疲れてきていた。もちろん、さらわれそうになったり、つねにロバートの目があったりで、のんびりする時間がほとんどなかったせいもある。

「ぼくらは共通点が多いようだね」フィンドリー卿は微笑んだ。

「ええ」リサも微笑み、本を脇に置いてから、手渡された袋に注意を移した。なかをのぞくとキャンディが入っていたので、リサは目を見開いた。「わたしの大好物よ」とリサが驚くと、フィンドリー卿はにっこり笑った。

「本当かい？　ぼくも大好きなんだ」

「似ているところがもうひとつあったのね」リサは笑い声をあげ、ドアへ視線を移した。ベットがお茶のトレイを持って現れたのだ。ベットはトレイをテーブルの花瓶の横に置くと、身を屈めてリサの耳もとでささやいた。「ハリーさんがいま貸し馬車を手配しております。

それから、ハンダーズさんが特に体格のいい従僕をひとり、つきそいとして選んでくれました」

「ありがとう」リサは小声で答えた。

ベットが姿を消すと、部屋はふたりきりになった。

リサはすこしためらったあと、お茶を注いだ。

「ありがとう」フィンドリー卿はリサが勧めたカップを受けとった。

「キャンディもいただきましょうか？」リサは袋を手にとった。

「ああ、それはいいね」フィンドリー卿は差しだされた袋に手を入れて、キャンディをひとつとりだした。微笑みながら深く座りなおすと、小さなキャンディをじっと見つめてかぶりを振った。「こんなに好みが似ているなんて驚いたな。縁があるんだね」

「ええ」リサはキャンディをひとつ口に放りこみ、舌で転がしながらフィンドリー卿を見つめた。たしかに、ふたりの共通点はたくさんあるようだ。それはいい知らせにちがいない。

あとは、すこしでいいから、身体を熱くしてくれたら……。

「なにを考えている？」フィンドリー卿が唐突に尋ねた。不思議そうに微笑んでいる。「いつもと印象がちがうけど」

リサはためらい、お茶をひと口飲んだ。「このあいだ、ロバートに会話を遮られたとき、なにをいおうとしていたの？」

フィンドリー卿が躊躇するのを見て、リサは続けた。「もしかしたら、結婚を申しこむつもりだったんじゃないかと思ったんだけど」

フィンドリー卿は自分のカップを見下ろし、ため息をつきながらカップを置いた。「実はそうなんだ」

リサは心持ち肩の力を抜き、うなずいた。「やっぱりそうだったのね」

ふたりはすこしのあいだ黙っていたが、フィンドリー卿が眉を上げた。「返事を聞かせてくれるかな」

リサは唇を噛み、目を伏せた。あんな質問をすればこうなると当然予想するべきなのに、我ながらうかつだった。どうかしていると自分でもあきれてしまう。とにかく、しばらくでいいからロバートと距離を置きたかった。誘惑されるのも心配だし、廊下を隔てた部屋で眠っているだけでも気になるのだ。ロバートさえそばにいなければ、幸せになれる道を選ぶこともできるはずだ。やはり護衛を雇って、ロバートにはこの屋敷からいなくなってもらおう。そうしないかぎり、その場しのぎばかりしている自分の判断を信用できそうにない。

「リサ？」フィンドリー卿が返事を促した。

リサはため息をつくと、視線を上げた。「すこし考える時間をいただけないかしら」

「考える時間か」フィンドリー卿は静かに繰りかえし、深く座りなおした。

「とても重大な決断でしょう」リサは言い訳がましく続けた。「これからのわたしの人生が決まってしまうのよ。それは、あなたの人生もだけど」

「そうだね」フィンドリー卿は真面目な顔でうなずいた。

「一緒にいると楽しいし、たしかに好みも似ているようだけど――」リサはためらったあと、勇気を出して切りだした。「もう一度キスしてもらえないかしら」

フィンドリー卿は驚いて身体を揺らし、カップのお茶がソーサーにこぼれた。

「変なお願いなのはわかっているけど」リサは慌てて続けたが、顔が赤くなるのを感じた。「これだけ重要なことを決める前には、知っておいたほうがいいと思って。つまり、わたしたちが……その、お互いに……ええと……知的な面以外でも、相性がいいかどうか」

フィンドリー卿の目は大きく見開かれて、眉も生え際近くまで跳ねあがっていた。決まりが悪くて顔が真っ赤になったのがわかる。

顔をしかめながら、リサはなんとか話を続けた。「ほら、人生は長いでしょう。前にキスをしたときは、最初は優しい感じだったし、二度目はわたしからお仕置きのキスをお願いしたわよね。でも――」かぶりを振る。「情熱的なキスをしてみたら……」どう説明すればいいのかとフィンドリー卿の顔を見つめ、いきなり立ちあがった。恥ずかしすぎて、もう続けられない。「ごめんなさい。変なことをいいだして。わたし――」

「いや、いいんだ」フィンドリー卿は立ちあがり、テーブルをまわってリサの両手をとった。「驚いたが、リサのいうとおりだよ」

「本当に？」リサはおずおずと尋ねた。

「たしかに、きちんとしたキスを試してみて、ぼくたちが……その……ほかの面でも相性が合うことを確かめておいたほうがいいだろう」フィンドリー卿は引きつったような笑みを浮かべた。

リサはほっとしてうなずいた。「ええ、そうよね」

フィンドリー卿はすこしためらってから、肘をつかんで彼女を抱き寄せた。リサは身体の力を抜こうとしたが、なかなかうまくいかない。今回の相手がロバートではないと、身体もわかっているようだ。

フィンドリー卿は微笑み、顔を近づけてそっと唇を重ねた。甘嚙みしたり、そっと挟んだりしている。

リサは身体の奥が熱くなるのを待ち……ひたすら待ちつづけた。フィンドリー卿が舌でリサの唇を軽くなぞったので、反射的に唇を開くと、舌がするりと入りこんできた。ようやく熱くなりそうな気配を感じ、リサはほっとした。だが残念なことに、ロバートのときとは比べものにならないくらい、あるかなきかのかすかな気配だった。とはいえ、フィンドリー卿の手は慎み深くリサの肘に置かれたままで、ロバートのように身体中に手を這わせているわけではないので、そのせいかもしれない。

そのときドアのほうから足音が聞こえ、ふたりは唇をぱっと離した。慌ててそちらに顔を向けると、戸口にロバートが立っていた。リサはドアを閉めておかなかった自分を呪った。

「ラングリーじゃないか」フィンドリー卿はリサの肘を放し、間を置いて告げた。「きみに最初に知らせることになったが、お祝いをいってもらえるかな。実はいま、ミス・マディソンに結婚を申しこんだところなんだ」

リサは唇を噛んで、黙っていた。たしかにプロポーズはされた。だが、考える時間が欲しいと答えたのに、これではまるで承諾したみたいだ。とはいえ、誤解を招くような状況を目撃されたのは事実なので、フィンドリー卿はリサを守ろうとしてくれているのだろう。

「今日はお帰りになったほうがいいんじゃないかしら」ロバートが無言でふたりを睨みつけているだけなので、リサは口を開いた。

「そうだね」フィンドリー卿は小声で答えた。「今夜のブルースター家の舞踏会には来る予定？」

リサはうなずいた。

「では、会場できみを探すことにするよ」フィンドリー卿はリサの額にキスをしてドアに向かった。

ロバートは邪魔にならないように退き、フィンドリー卿が部屋を出るのを待って、ドアを閉めてリサと向きあった。

「プロポーズを承諾したわけじゃないの」沈黙に耐えきれず、リサはおずおずと口を開いた。すぐに弱気な自分に腹が立ち、顎をつんと上げる。「でも、あのことをうちあけても、それでも結婚したいといってくれたら、承諾するつもり」

「あいつとは結婚できない」ロバートは静かにいった。

リサは顔をしかめた。「できるに決まってるわ、ロバート」

「ぼくと結婚するんだ。それならなにも説明する必要はない」

リサはうんざりして、かぶりを振った。「一生、自分が浮気などしないことを証明しつづけるなんていやなの」

「ぼくの子供を身ごもっているかもしれないんだぞ」ロバートは指摘した。

「もしそうなら、ますます急いで夫を見つけるべきよね」リサが怒りに任せていいはなつと、ロバートは平手で打たれたかのように頭をのけぞらせた。

「ほかの男にぼくの子供を育てさせるわけにはいかない」ロバートは低いうなり声をあげた。

「でもわたしは、式を挙げる前から浮気すると決めつけている人と結婚したくないの」リサは負けじといいかえした。

「ぼくは――」ノックの音にロバートは言葉を切り、苛立たしげにドアに目をやった。ぶつぶつと文句をいいながら、ドアを開ける。「なんだ?」

「スミスさまがお見えでございます」ハンダーズが告げた。「執務室にお通ししておきました」

「くそっ」ロバートは小声で毒づき、一瞬ためらってからリサを振り向いた。「ここで待っていてくれ。お客に会わなければならないんだが、すぐに戻る。この件についてちゃんと話しあおう」

ロバートはリサの返事を待たずに、急いで姿を消した。

リサは廊下を遠ざかる足音に耳を傾けていたが、執務室のドアの開閉の音が聞こえると、急いで部屋を飛びだしてそのまま玄関から外に出た。ロバートときちんと話しあうのは無理なのだ。きっといい争いになり、キスされて、最後は客間で裸になって絡みあう羽目になるだろう。そこをだれかに見つかれば、一生をともにする相手を自分で決めることができなくなってしまう。

とにかく逃げだそうと、リサはあてもなく飛びだした。屋敷の正面に貸し馬車が停まっているのを見て、はたと思いだして駆けよる。乗りこみながら目的地を御者に伝え、座席にくずれるように座りこんだ。ベットと従僕を連れてくるのを忘れたことに気づいたとき、馬車はすでに動きだしていた。

「遅くなりましたが」あいさつがすむと、スミスは勧められた椅子に座るなり話を切りだした。

「ということは」ロバートは椅子に腰を下ろし、期待をこめてスミスを見つめた。「モーガン夫人が見つかったんだな？」

「はい、ですが、見つけるのはかなり厄介でした。人目につかないように、ぶらぶら遊んでいたようで。すぐに商売を始めてくれれば、もっと楽だったんですがね。数えきれないほどの人々に聞きこみをして、はるばるパリまで行き、ようやくモーガン夫人を見かけた人間を探しだしました。まあ、幸運にも恵まれたんですが、おなじ船に乗りあわせた客を見つけたんです。夫人はパリに行くと話していたそうなんですが、乗りこんだ馬車は北へ向かったのを目撃されていました」

「北へ？」ロバートは眉をひそめた。パリは港のあるカレーよりも南に位置している。

スミスはうなずいた。「海岸沿いに北へ向かってアムステルダムまで行くと、そこから南東に方向を変えて、デュッセルドルフ、ウィースバーデン、シュトゥットガルト、さらにミラノから最終的にフィレンツェにたどりついています」

ロバートは顔をしかめた。大陸巡遊旅行《グランド・ツアー》を駆け足ですませたようなもので、とんでもなく費用がかかるはずだ。「その金はどこから出ているんだろう?」

「ミス・マディソンに逃げられたことに気づいたとき、どうやら黒幕はあの屋敷にいたようです」スミスは淡々と報告した。

それを聞いたロバートは思わず天を仰いだ。リサを救いだしたのは本当に間一髪だったようだ。問題の日、ロバートは一時間足らずで売春宿に戻ったのに、モーガン夫人はすでに荷物をまとめて逃げだしたあとだった。あの部屋からリサを連れだした直後に黒幕がやって来たにちがいない。

「やつは金には不自由してないようです」スミスは続けた。「指示どおりのコースをたどり、許可するまで商売を始めないことを条件に、モーガン夫人に充分な報酬を支払っていた様子です」

ロバートは険しい顔でうなずいた。

「だから偽の身の上話をいくつか使い分けながら、旅行を続けることができたんです。デュッセルドルフでは娘の家を訪ねる未亡人、ウィースバーデンでは夫に会いに行く上流階級のご婦人、ミラノでは、グランド・ツアー中の息子に妹の死を知らせに来た貴婦人」スミスは首を振った。「そのうえ、変装の達人よろしく街ごとに風貌を変えていました。そのせいで、追跡するのはとにかく骨が折れましたよ」

「そうだろうな」ロバートは好奇心に駆られて尋ねた。「あとを追うコツがわかっているわけか？」

「実をいえば、モーガン夫人はどこに行ってもひとつ変わらないことがありました。そのおかげでしょうね」

「それはなんだ？」

「夫人はまったくもって不愉快な輩《やから》のようで」スミスはしかめ面で続けた。「どこへ行ってもサービスが悪いだのなんだのと騒ぎを起こしていたんです。行く先々で強烈な印象を残した様子で、そのうち感じの悪い英国人女性を探せばいいとわかったわけです。いってみれば、どこでも敵を作るタイプのようですな」

「なるほど」ロバートは深く座りなおした。「結局、行方を突きとめるのには成功したんだよな？」

スミスはうなずいた。「狙った獲物は逃がしません。とはいえ、今回は獲物といっても、腹黒の性悪女ですがね」スミスはおもしろそうにいった。

ロバートはそれを聞いて微笑んだ。「黒幕の正体はわかったのか？」

「なかなか白状しませんでした。あんな女でも、その男のことは怖いと見えます」スミスは表情を引きしめた。「ですが、監獄をちらつかせてやったところ、口を割りました。チャールズ・フィンドリー卿です」

ボウ街警備隊にどう説明したものかと、リサは貸し馬車の座席でそわそわと座りなおした。すべてうちあけるのは、なにがあろうといやだった。相手が売春宿の女主人と知らずに、出された薬入りのお茶を飲み、監禁され、男を迎えるために風呂に入って着替えまでさせられたなんて、恥ずかしくて死んでも説明したくない。とはいえ、ロバートのかわりに護衛を雇うわけだから、ある程度は必要な理由を説明しなければならないだろう。

売春宿については口を噤んでおいて、自分の部屋やペンブルック卿のピクニックでさらわれそうになったとだけ伝えればいいのかもしれない。もちろん、身内の男性に手配を任せず、こうしてひとりで相談に来たことは疑問に思われるだろう。

それに思い至って顔をしかめ、どうしようと手を揉みしぼった。淑女が侍女も連れずに現れたことを不審に思わないはずはなく、御者に引き返してもらおうかと考えた。ラドノーの屋敷に戻り、御者を使いに出してベットを呼びだしてもらえば、ロバートに見つかる心配はないだろう。いっそのこと、すべてとりやめにして、改めてリチャードにお願いするという手もある。でも、そうなるとおそらく明日まで待つことになって——一日ロバートと一緒に過ごしたら、またキスをされるうちに誘惑に負けてしまうだろう。

やはり、すぐに護衛を雇って、一刻も早くロバートにいなくなってもらわないと。だがそれが理由では、リチャードが護衛を雇ってくれるかどうかはわからなかった。リチャードとしては、ロバートが滞在することに賛成なのかもしれない。考えてみれば、彼はロバートとベッドをともにしたことを知っているのだ。

リサははっとして目を見開いた。ロバートとベッドをともにしたとリチャードは知っている。いや、みんなが知っている。それなのに、どうしてだれひとりとして結婚しなくてはいけないと主張する者がいないのだろう。そしてみんな同罪とはいえ、一番非難されるべきなのはリチャードだ。義理の妹でもある貴族の令嬢が、自分の屋敷で貞操を奪われたのだ。責任をとれと断固としてロバートに要求するのがあたりまえだろう。

リチャードがなにもしていないことに気づき、いまさらながらリサはショックだった。もしかしたら、自分の知らない計画が進行中なのかもしれない。リチャードはロバートの味方という可能性もある。結婚するようロバートがリサを説得できれば、自分は要求しなくて済むと思っているのだろうか。

そのとき馬車が速度を落として停まったので、リサの考えはそこで途切れた。窓から外をうかがってみると、どうやら治安の悪い地域に入りこんでしまったようだ。午後のお茶の席でティバルド卿からボウ街警備隊の住所を聞いたときには、こんな場所だとは思わなかった。ティバルド卿は以前、田舎の屋敷から宝石を盗んだ泥棒をつかまえるためにボウ街警備隊を雇ったことがあるそうだった。興味をそそられてボウ街警備隊について質問すると、ティバルド卿は住所まで詳しく教えてくれたのだ。ティバルド卿はさびれた地域だといっていたが、リサは貧しい地区なのだろうと思った程度で、これほど荒れ果てた通りだとは想像もしていなかった。事実、建物はいまにも倒壊しそうだし、物陰や曲がり角に立っている男たちはいかにも剣呑《けんのん》な様子だった。

リサは唇を噛んだ。やっぱり、屋敷に帰るのが一番だという気がしてきた。だがそこで、リチャードが護衛を雇うことに賛成してくれるかどうかはわからないと思いはじめる。べつに長時間路上にいるわけではない、馬車を降りて目の前の建物に入るだけだから大丈夫だと自分にいいきかせた。だが、なぜか御者が扉を開けに来ない。

御者台を離れると、馬車を奪われる危険があるのかもしれない。リサはため息をつき、自分で扉を開けた。ベットのいうとおり、たしかに面倒に巻きこまれやすいようだ。リサは馬車から降りて扉を閉めると、周囲を見まわして足早に目当ての建物に向かった。もうすこしでドアにたどりつくと思ったら、馬車が走りだす音が聞こえる。慌てて振りかえると、すでに貸し馬車は先の角を曲がろうとしていた。

リサは驚いて口をぽかんと開けた。こんなところに置き去りにするなんて、信じられない。まだ料金も払っていないのに。馬丁頭が支払ったのかもしれないが、それなら返金してもらうべきだ。それにしても――。

リサははっと我に返った。気づくと、通りにたむろする男たちがこちらを見ている。慌ててドアに向きなおった。用事がすんだら、ボウ街警備隊が貸し馬車を手配してくれるはずだと自分にいいきかせる。もちろん屋敷まで護衛もつけてくれるだろう。そのためにここに来たのだ。

リサはドアに手を伸ばしたが、そのままなかに入っていいのかどうかがわからなかった。これが店ならかまわないだろうが、事務所であればノックをするべきかもしれない。リサは足を踏みならしながらドアを叩き、不安でちらりと後ろを振りかえった。その瞬間、やめておけばよかったと後悔する。こちらの方向に歩いてくる三人の男が、空腹のときにミンスパイを見つけたような目つきでリサをじろじろと見ていた。

リサは急いでドアに向きなおり、小声で祈りはじめた。「急いでください、どうか急いで」という昔ながらの呪文だ。それを三回繰りかえしてもドアが開かないので、今度は前よりも力をこめてノックする。

待つあいだ、目の前のドアだけをじっと見つめた。振りかえったら、男たちが真後ろに迫っているのではないかと怖かったのだ。けれどもドアは開かず、なかから物音も聞こえない。

意を決してドアノブに手を伸ばすと、馬車が近づいてくる音が聞こえた。きっと貸し馬車が戻ってきてくれたのだ。あるいは、ノックしても返事がないのは留守だったからであれにボウ街警備隊が乗っているのかもしれない。リサは勇気を出し、ちらりと後ろを見た。

男たちは真後ろにこそ迫ってはいなかったが、こちらに向かって歩いていた三人はかなり近づいていた。べつのところにいた男たちのなかからも、ふたりがリサのほうに歩いてくる。

狼《おおかみ》の群れにかこまれた小さな野うさぎになった気分だった。そのとき馬車が停まった。

馬車の紋章に見覚えがある。扉が開いてチャールズ・フィンドリー卿が降りてきた。リサに気づくと、開いた扉に片手を置いたまま眉を上げた。「リサ？」

一番近くにいる男たちとは二メートルと離れていないだろう。リサはボウ街警備隊に会うのは諦めて、フィンドリー卿のもとに駆けよった。

「リサ、こんなところでいったいなにをしてるんだ？」フィンドリー卿はリサの腕をとり、周囲の男たちを見て眉をひそめた。

「ボウ街警備隊に仕事を頼むつもりだったんだけど、留守だったの」リサは馬車を見上げて答え、ちらりと振りかえった。、男たちは足を止め、こちらの様子をうかがっている。フィンドリー卿に顔を向けた。「屋敷まで送ってもらえないかしら。乗ってきた馬車に置き去りにされてしまって――」

「もちろんだとも」フィンドリー卿はリサが馬車に乗るのに手を貸し、御者に近づいて指示を与えてから、リサの横に乗りこんだ。

馬車はすぐに出発した。窓から外を見ると、男たちは揃って飢えたような表情を浮かべ、走り去る馬車を険しい目つきで睨みつけている。危ないところをフィンドリー卿に助けてもらったのかもしれない。リサは座席に深く座りなおし、感謝の気持ちをこめて微笑んだ。

「ちょうどいいときに来てくれて助かったわ。ちょっと不安になっていたところだったの」

「ちょっとだって？　リサ、あの男たちはきっと……」そこで言葉を切り、フィンドリー卿はかぶりを振った。「たまたま思いついて、ティバルドから教えてもらったボウ街警備隊を訪ねることにしたんだが、本当によかったよ」

「あら、チャールズも警備隊に用事が？」リサは驚いて尋ねたが、考えてみれば当然だった。それ以外にこんなところに来る目的があるわけがない。

「最近、泥棒に悩まされていてね。新しいメイドが怪しいんだが、ティバルドがボウ街警備隊を絶賛していたから、相談してみようかと」フィンドリー卿は怪訝そうに尋ねた。「リサはどういう仕事を頼むつもりだったんだ？」

「ええと、それは……チャールズとおなじようなことよ」リサはあいまいにごまかした。これ以上問題を複雑にしたくない。

「ふうん」フィンドリー卿は真面目な顔でリサを眺めた。「きみがひとりでこんなところに来るのを、よくラドノーが許したね」

「ここに来ることはリチャードには知らせてないの」リサはしぶしぶ認めた。

「それにしても、ラングリーがついてきそうなものだが。あいつは絶えずきみにつきまとっているようじゃないか」

「そうなの」リサは腹立たしい気分でうなずいた。「彼は――」そこで言葉を切り、窓の外を眺めた。いいたいことが身体から溢れでそうだが、いまはまだ話せない。なんとか自制した。「ロバートにも教えていないの。実をいうと、わたしが外出したことも知らないはずよ。でなければ、きっとついてきたから」

フィンドリー卿はすこしためらってから、身を乗りだしてリサの両手を握り、彼女が視線を合わせるのを待った。「リサ、プロポーズについて考える時間が必要なのは、ラングリーの存在があるからなのか?」

リサは気まずくなって目をそらし、握られている手を引き抜こうとした。だがフィンドリー卿は手をしっかりつかんだまま、優しい口調で続けた。「きみたちふたりのあいだには、家族ぐるみの友情だけではない、なにかがあることはわかっているんだ。少なくとも、リサはそれ以上の感情を抱いているよな。ラングリーのほうは知らないが。冷たいやつで、ときどきなにを考えているのかわからなくなる」

リサは目を伏せて、力なくかぶりを振った。わたしのロバートに対する思いは、ロンドン中に知られてしまっているのだろうか。

「あいつを愛しているのか?」

リサはなにもいうまいとしたが、言葉が口をついて出てきてしまった。「幼いころからずっと愛していたの。彼ひとりだけを。彼もおなじ気持ちのようなんだけど、自分のお母さまやお祖母さまとおなじように、いつかわたしが裏切ると思いこんでいて、結婚しようとしないの。ううん、いまは結婚したがっているんだけど、それはただ――」リサは言葉を切り、なにを話そうとしているのかに気づいて赤面した。「とにかく、わたしが浮気をすると思っているような人と結婚するつもりはないわ」

「そうか」フィンドリー卿はリサの手を握りしめた。「じゃあ、そのかわりにぼくと結婚しよう」

リサは思わず声をあげて笑い、空しい気分で手を振った。「もうわたしになんか興味はないでしょう」

「とんでもない。きみがどうしても欲しいんだ」フィンドリー卿は口もとを歪めた。

「でも、チャールズは知らないでしょうけど――」リサがいいよどむと、フィンドリー卿が続きを引きとった。

「ラングリーときみが、ベッドをともにしたことを？」

15

ロバートはまじまじとスミスを見つめた。「フィンドリー？」

「ええ、これまであまり噂を聞いたことはありませんでしたが。世間では好青年の男爵で通っているようですが、調べてみると、これがたいしたろくでなしでして」スミスは小さな手帳を開いた。「酒と賭博に目がない。売春宿の常連だが、売春婦からきらわれているのは、他人に苦痛を与えることでしか歓びを感じられないのが原因と思われる。凶暴な性格で、欲しいものを手に入れるためには手段を選ばない」手帳をさっと閉じて、ロバートに目をやった。「しばらく前からミス・マディソンを狙っていたようです。どうも数年前に、彼女の義理の兄の助けを借りて自分のものにする計画があった様子で」そこで間を置き、片方の眉を上げた。「つまり、ラドノー卿ということになりますな」

「その弟だ」ロバートは険しい顔で訂正した。「ラドノー卿ではなくて、弟のジョージだ」

「ほう」スミスは半信半疑のようだったが、そのまま話を続けた。「計画に失敗したので、ミス・マディソンを我がものにする機会を狙っていたんでしょう。モーガン夫人が関わるようになったのは、単なる偶然のようです。ミス・マディソンが監禁された日の前日、フィンドリー卿はあの売春宿を訪れていたんですよ。そしてモーガン夫人がたまたま、つぎの日のお茶にあのお嬢さんを招待していると話したそうです。フィンドリー卿はたちまちその話に飛びつき、モーガン夫人に大金を払って、薬で眠らせて万事支度をととのえるよう話をつけました。結婚するつもりだと言い訳をして——」スミスは肩をすくめ、淡々と話を締めくくった。「モーガン夫人は、だからこそ頼みに応じたのだと主張しています。上品で立派な貴族さまときちんと結婚するのだから、被害はなにもないだろうと」

ロバートは椅子に深く座りなおし、悪態をついた。とりまき連中のなかに黒幕がいる可能性は考えていたが、疑っていたのはフィンドリーではなく、ペンブルックだった。ペンブルックが持参したペストリーのせいで外出できなくなった晩に賊に襲われ、二度目の襲撃もペンブルックの計画したピクニックの最中に起きていた。当然、ペンブルックが一番怪しいと思っていたのだ。冷静に考えれば、多少知恵のまわる男なら自分に嫌疑がかからないように立ちまわるだろう。実際、フィンドリーはだれにも邪魔されずに自由にリサを口説くことができたわけだ。それどころか、ペンブルックには近づくなとリサに命じたせいで、ロバートは手強いライバルを消してしまったことになる。

「あの野郎」ロバートは低い声で毒づいた。

スミスは冷静に指摘した。「フィンドリー卿に法的な措置をとる場合、ミス・マディソンの評判も無傷のままというのは不可能です」そこで一瞬の間を置き、つけ加えた。「たとえ犠牲を覚悟でやってみるとしても、モーガン夫人にフィンドリー卿の関与を証言させなければ、なにひとつ証明できません。ですが、名前を聞きだしたら釈放しろとの指示でしたので、もう釈放してしまいました」

ロバートはうなるような声を洩らした。それは黒幕の正体がわかる前から承知していたし、法的な手続きを踏むつもりはなかった。正体を突きとめたら、自分の手で立てなくなるまで殴ってやるつもりだったのだ。あの日モーガン夫人の屋敷から逃げだしていなければ、リサはどんな目に遭わされていたかもわからず、それ以降も何度も危ない目に遭ってきた。その報復は自分の手でしてやらないと気がすまない。

「もちろん、ああいう男への対応ならばほかにも方法はあります。あまり法的ではないやり方も」スミスはロバートの心を読めるかのように続けた。「あまりそういうことはお勧めしないのですが、今回の場合、あのお嬢さんを守る方法はそれしかないようですな。ほかのどなたかと結婚すれば、フィンドリー卿も諦めるでしょうが。すぐに結婚なさる予定はありますか？」

「ほぼ確定している」ロバートは断言した。昨夜リチャードと話をしたおかげで、長年の懸念が解消されたのだ。だが、そのことをリサに伝えようとしたら、タイミング悪いスミスの来訪で邪魔されてしまった。スミスが帰ったらすぐ客間に戻って、自分がまちがっていたとリサに謝ろう。自分の子供時代と母親についての記憶は歪められていたとわかった。父はただの偏屈な女嫌いで、その毒に冒されて、結婚や妻というものに馬鹿げた偏見を抱いていたが、リサのおかげでようやく目が覚めたのだ。いまではリサを心の底から信頼していると伝えたい。

もちろん、ときにはいままでのくせで疑念が頭に浮かぶこともあるだろうが、それは自分で対処すべき問題であって、リサにぶつける心配はないと約束できる。父は自分で母を追いはらってしまったが、ロバートはおなじ轍《てつ》を踏むつもりはなかった。リサを大切にし、これから一生なにがあろうと放すものか。

「それならば、まず心配ないでしょう。フィンドリー卿も既婚のご婦人と結婚することは不可能ですし」スミスは安心したようにうなずいた。「無理やり思いを遂げるために、ふたりきりになろうとする危険は残っていますが、容赦なく説教して顔にげんこつを一、二発食らわせてやれば、それも諦めるでしょう」

「そうだろうな」ロバートは淡々と同意した。

「うちの若い連中にやらせることもできますので、必要でしたらご連絡ください」スミスは立ちあがった。

「その件は自分で対処したいと思っているんだ」ロバートはもの柔らかな声で応じ、やはり立ちあがった。

「そうじゃないかと思ってましたよ」スミスはにやりと笑い、ロバートと一緒に執務室のドアへ向かった。「わたしならそうします」

ロバートは無言で玄関ホールへと歩いていった。フィンドリーの顔を殴りつけてやりたくて、拳がうずうずしている。

「あとで請求書をお送りします」スミスは足を止めて振りかえり、片方の眉を上げた。「送り先はこちらではなくて、ご自宅のほうですよね？」

「ああ、頼む」ロバートは扉を開けてやった。

「かしこまりました」スミスはうなずくと、外に出た。ロバートはスミスが馬車に向かうのを見送ってから、玄関扉を閉めて廊下を歩いていった。

客間のドアは閉まっていたので、ロバートは立ち止まってひと息つき、これから話すことを頭のなかで整理した。ドアを開いてだれもいない客間を目にしたとき、つい最近もおなじことがあったと思いだした。

「ハンダーズ！」ロバートは厨房に向かって大声でどなった。

リサは仰天してまじまじとフィンドリー卿を見つめた。彼の言葉が頭のなかをぐるぐるとまわっている。「ラングリーときみが、ベッドをともにしたことを？」

「不躾《ぶしつけ》なことをいって申し訳ない」フィンドリー卿が優しく語りかけた。「でも、そういうことがあったのは見ればわかるよ」

「どうして?」リサはうろたえた。

フィンドリー卿は躊躇し、ため息をついた。「そもそも最初からきみを妹と考えていないことはわかっていた。以前は、男ならすぐにわかる欲望に満ちた目つきできみを見ていた。だが今日も、この前ふたりでピクニックに出かけた日も——」そこですこし間を置いた。「きみはラングリーをわざと無視していたが、あいつはきみから目を離せずにいた。あれは完全に自分のものを眺める恋人の視線だった。その前、お仕置きのキスをしてほしいときみが頼んできた晩に、なにかあったんじゃないかと思ったんだ。あいつにお仕置きのキスをされたと話していたけど、キスだけではなかったんだろう?」

「あの日じゃなくて——あのあと彼が——その——」リサは顔をしかめ、かぶりを振った。「プロポーズはとりけしていただいて結構です。こんなことを知ってしまったら、もうわたしに興味はないでしょう」

「それでも、きみが欲しいのさ」フィンドリー卿は皮肉めいた口調でそういい、リサの驚いた表情を見て微笑んだ。「リサ、きみは本当に魅力的だ。以前から話だけはきみのことは聞いていたんだが、ひと目会ったとたん……」肩をすくめる。「二年前にランドン公の舞踏会で初めて会ったあの晩から、ずっと自分のものにしたいと思っていた」

リサはかぶりを振って深く座りなおそうとしたが、フィンドリー卿はリサの手を握ったまま話を続けた。「本当だよ。リサのことがどうしても忘れられなかった。ぼくの記憶に残るきみのイメージは鮮やかな深紅で、それに比べたらほかのすべての女性が色褪せて見えた。あのときその場でリサをさらってグレトナグリーンへ向かえばよかったと、この二年間、後悔しない日はなかったよ」

リサが信じられずに目を丸くすると、フィンドリー卿は肩をすくめた。「ラングリーがきみを食い物にしたとわかって、その思いはさらに強くなった。少なくとも、きみをそんな目に遭わせずにすんだのに」

リサは眉をひそめた。ロバートに食い物にされたわけではない。むしろリサのほうが彼を誘惑して結婚に持ちこむつもりで部屋を訪ねたのだ。たしかにそれほど苦労はしなかったけれど、食い物にされたというのは全然ちがう。

「本当にきみが欲しいんだ」フィンドリー卿はきっぱりといった。「でも、ラングリーとはちがい、きちんと結婚したいと思っている」フィンドリー卿は愛おしげな表情で身体を寄せてきた。「リサが承諾してくれるなら、いますぐこの馬車をグレトナグリーンに向かわせよう。ラングリーのことはすべて忘れ、レディ・フィンドリーとして田舎で静かに暮らすんだ。本を読み、湖で船を漕ぎ、夜にはお互いの身体を探りあおう」

フィンドリー卿は最後の言葉を口にしながらリサの頬をそっと撫でた。リサはその場を逃げだしたいのを堪えるので精一杯だった。お互いの身体を探りあうと考えただけでぞっとする。ロバート以外のだれかとベッドをともにするなんて想像もできないと悟り、ほかのだれかと結婚できると思っていた自分がどれだけ馬鹿だったか、ようやく気づいた。

ドレスを着替えるのとはわけがちがう。生涯をともにする夫なのだ。ロバートとのあいだで交わした秘めごとすべてを、その相手とも交わすことになる。リサを裸にして、あんなふうに触る権利を持つ相手……。目の前の男性と結婚すると考えただけで、リサは身震いした。いや、ロバート以外のだれであっても、愛撫され、自分のなかに迎え入れるなど想像もできない。ロバートがどうしてもリサを信じることができないのなら、死ぬまで独身を貫くほうがまだましだ。

「リサ?」

リサはため息をつくと、顔を上げて申し訳なさそうに微笑んだ。「ごめんなさい。本当に嬉しいお話だけど、お受けできません」フィンドリー卿はリサの手を放し、席に深く座りなおした。リサはすこしでもショックをやわらげてあげたかった。「ロバートの子供を身ごもっているかもしれないの。いくらなんでも、彼の子供をご自分の子として育てたくはないでしょう。きっとその子のことを腹立たしく思うはずよ。そして、わたしのことも」かぶりを振った。「優しいあなたにほかの男性の子供を押しつけたくないの。それに、きっといやな思いをさせてしまうわ。いままでずっとロバートを愛してきたから、その気持ちがいつか変わるなんて想像もできなくて。結婚しても、いつまでも彼のことを恋いこがれてしまうわ。

だから――」

「きみがそこまでロマンティックだとは残念だよ」フィンドリー卿は冷たく遮った。「そのいかれた頭がすこしでもまともに働いていれば、ずいぶんと手間が省けたんだがな」

リサは耳を疑った。フィンドリー卿の態度がいきなり急変したことがショックだった。リサがあくまでも求婚を拒むつもりだとわかったので、いままでの優しい仮面を脱ぎすて、本性をあらわにしたのだろう。いかれた頭？　ほかの人を愛しているだけなのに。

「もちろん、リサだけが悪いわけじゃない。モーガン夫人がきみを逃がしたりしなければ、きみがロンドンに来てすぐにぼくたちは結婚し、ラングリーがきみを手折る機会などなかったはずなんだ。ぼくが与えるえもいわれぬ快感を知れば、あいつなどはただの色褪せた想い出になっていただろうに」

リサは目をしばたたいた。聞こえてきた言葉がすぐには理解できない。モ、ー、ガ、ン、夫、人、？

「あなただったのね」リサはゆっくりといった。それほど驚いていない自分が不思議だった。

「そのとおり。そして、きみはぼくと結婚するんだ」フィンドリー卿は平然といいはなった。

「これはもう何年も前からの計画だし、きみがラングリーを愛しているなどというロマンティックな夢を見ているからといって、その美味しそうな身体を諦めるつもりはない。そもそも相手にもされていないじゃないか」そっけなくつけ加える。

リサは無言でフィンドリー卿をじっと見つめた。頭のなかにあった古いパズルのピースが、つぎつぎと新たなピースにはまっていく。

「ディッキー、いえ、ジョージとぐるだったもうひとりの男があなただったのね」リサはかろうじて声を絞りだした。過去と現在が頭のなかで音をたてて組みあわさっていく。二年前、リサとシュゼットが父親のあとを追ってロンドンにやって来たのは、父がいつまでたっても田舎に戻らず、手紙の返事もよこさない理由を突きとめるためだった。ロンドンに到着してみると、父は賭博で破産寸前に追いこまれたと嘆き、酒に溺れていた。

パニックに陥った姉妹は、ある計画を思いついた。シュゼットと結婚して祖父が遺してくれた莫大な持参金を手に入れる見返りとして、父の借金をすべて返済してくれる結婚相手を見つけることにしたのだ。祖父は、三姉妹のそれぞれに持参金を遺してくれていた。

ところが、計画に協力してもらおうとクリスティアナを訪ねたら、姉の結婚生活は万事順調とはいいがたかった。一年前、あれほど熱心にクリスティアナに求婚していた魅力溢れる殿方は、冷酷で支配的な暴君に変わっていたのだ。そういう事情だったので、姉妹が到着したその日に義兄がうまい具合に死んでくれたときにはほっとしたが、すぐに喪に服していてはシュゼットの結婚相手を探せないと気づいた。

三姉妹にほかに選択肢はなく、クリスティアナの夫が死んだことは隠して舞踏会に出席し、条件に合うシュゼットの結婚相手を探すことにした。すると、社交シーズンの始まりを告げるランドン公の舞踏会に、クリスティアナの死んだはずの夫が現れ、三姉妹は生き返ったのかと仰天したのだ。

実はクリスティアナが結婚した相手はリチャード・フェアグレイブ・ラドノー伯爵ではなく、双子の弟ジョージだった。ジョージはリチャードになりすますために人を雇って兄を殺そうとしたが、ジョージの雇った殺し屋は契約を守らず、リチャードを生きたままアメリカで置き去りにしていたのだ。そしてリチャードは弟と対決して自分の人生をとりもどすためにその晩の舞踏会に現れ、三姉妹を死ぬほど怯えさせることになったというわけだった。

そのうちに、ジョージの罪は兄を排除してラドノー伯爵になりすましただけではないということが判明した。ジョージは三姉妹が母方の祖父から多額の持参金を遺されていることをかぎつけていたのだ。ふたりの仲間と共謀し、それぞれが三姉妹と結婚して持参金を手に入れ、そのうち事故に見せかけて殺そうともくろんでいた。シュゼットと結婚し、その後殺すことになっていた男の正体は、ジョージを殺したのはだれかという謎を解明していくうちに明らかになった。けれども、リサと結婚するはずの男がだれだったのかはわかっていなかった。それがようやく判明したのだ。

「ああ、そうさ。きみたち姉妹と結婚したあとで始末するという計画に加わっていた三人目はこのぼくだよ」フィンドリー卿は恥ずかしげもなく認めた。「実のところ、ジョージに計画を持ちかけられたときは、それほど興味はなかったんだ。賭博は好きだがジョージほどではないし、財産はあるので遊ぶ金には不自由していないからね」フィンドリー卿は肩をすくめた。「ところが、ランドン公の舞踏会できみと会った」歪んだ笑みが口もとに浮かぶ。「百合を思わせる、抜けるような白い肌と、まばゆいばかりに輝く黄金《きん》色の髪」

フィンドリー卿はリサの全身にゆっくりと視線を這わせた。お気に入りらしき髪と肌を舐めるように見ている。「だから、計画に参加することにした。その白い肌が痣《あざ》やみみず腫れでまだらに彩られたところを見てみたくてね。痛みにうめくとその美しい声がどう変化するのかも実に興味深い」

フィンドリー卿はそこで言葉を切ると、手を伸ばしてリサの顎を上げ、ぽかんと開いていた口を閉じさせた。だが、リサは触れられた瞬間にぱっと座席の奥へ後ずさりした。フィンドリー卿が描きだすイメージを思い浮かべて、背筋がぞっとしたのだ。

「どういうわけか」フィンドリー卿はリサの反応には関心がなさそうだった。「きみを手に入れようとすると運命に邪魔されるようだ。まずジョージの計画は、本人が殺されてしまって失敗に終わった。結果的にはそれでよかったんだろう。やつにきみを殺させまいとすれば、かなり揉めるのはまちがいなかったからな。けれども、その後きみは父親と一緒に田舎に帰ってしまったので、きちんと口説いて結婚することも難しくなった」フィンドリー卿は不機嫌な顔でリサを睨んだ。「きみは二年ものあいだロンドンに寄りつかず、田舎でわびしく暮らしていて、あれでは手のうちようがなかった」

フィンドリー卿はうんざりしたようにかぶりを振った。「そういうわけでほとんど諦めていたとき、偶然モーガン夫人から、きみがいまロンドンにいて、お茶に訪ねてくる予定だと聞かされたんだ」今度は笑いながら首を振る。「最初は自分の幸運が信じられなかった。きみをぼくのものにして、そのままグレトナグリーンへ連れていって結婚する。あとは生涯、気が向いたときにきみの身体を楽しむことができるとはね。想像してごらん、リサ。どこまでの痛みに身体が耐えられるか、そこからどれほどの歓びを得られるか、きみも早く知りたいだろう」これから四十年は痛めつけてやる予定なのだから喜ぶべきだとでもいいたげな口ぶりだった。そこで、不満げに唇を歪めた。

「残念ながら、モーガン夫人がきみを逃がしてしまったので、口説いて結婚する当初の計画に戻ったんだ。だが、早くきみを自分のものとする機会があるなら、それはそれでやぶさかではなかったがね。そのうちにきみはラングリーに関心があるので口説きおとすのは難しいとわかった。それでも親しいつきあいを続けたのは、どこかで機会を見つけてきみをさらい、自分のものにするためだよ」

そして今日、彼の馬車に自分から飛び乗り、絶好の機会を与えてしまったわけだ。「具合が悪かった晩に襲われたのも、あなたの仕業だったのね?」

フィンドリー卿はうなずいた。

「でも、なぜ家にいることがわかったの? ペンブルック卿のお土産のペストリーを食べて具合が悪くなるまでは、舞踏会に出席するつもりだったのに」

「具合が悪くなったのは、ペンブルックのペストリーのせいじゃないからさ」フィンドリー卿は楽しそうに告げた。

リサは身じろぎし、目を細めた。「ちがうの？」

「ああ。ティバルドがボウ街警備隊について説明しているあいだに、きみのお茶に吐き薬をこっそり入れたんだ。きみはおしゃべりに忙しくて、みんなが立ちあがって帰ろうとするまでお茶を飲まなかったね」フィンドリー卿は苦笑いした。「お茶を飲んだきみが顔をしかめるのを見て、お茶になにか入ってるといいだすにちがいないと思ったんだが、心配するまでもなかった」

「冷めていて美味しくなかったけど、ずっと放っておいたせいだと思ったのよ」リサはいやに甘ったるかった味を思いだした。

「あの吐き薬には速効性があった。二階にたどりつく前に吐いたんじゃないか」

「ちゃんと自分の部屋に入っていたわ」リサは冷ややかに答えた。

「へえ」フィンドリー卿は肩をすくめた。「じゃあ、能書きほど速効性があるわけではなかったのか。まあ、かえってそれでよかったのかもな。他人の具合が悪いのを見てるだけでも胃がむかむかしてくるのに、きみが吐いたものをかけられたりしたら、どうなるかは想像したくもない」

そうできないのが残念だった。この情報は今後のために絶対に覚えておこう。このまま逃げだせなかったら、なにがなんでも吐いたものをかけてやる。

「じゃあ、ペンブルック卿のピクニックのときに襲われたのも?」逃げだせない可能性を考えまいと、リサは質問を続けた。

フィンドリー卿は楽しそうに認めた。「ペンブルックのやつ、ぼくを招待しなかったんだよ。ティバルドも同様だ。ライバルを出しぬこうとしたわけさ。まったく、スポーツマンらしくないふるまいだ」ちっと舌打ちをした。「まあ、どうでもいいことだがね。ぼくは計画を知っていたから、船長を買収して予定地を聞きだし、待ち伏せさせたんだ」

フィンドリー卿はリサをまじまじと眺めた。「実は、あの日はそれほど期待していなかった。きみはほかの連中のそばを離れないだろうし、ラングリーもついているはずだから、まず無理だろうとね。ところがきみはひとりで波打ち際の散歩を始め、ラングリーが追ってきたものの、あいつは途中できみを置き去りにした」

「あなたもあの場にいたの?」リサは驚いて尋ねた。

「まさか。ぼくは倶楽部にいて、アリバイを作っていた。きみをグレトナグリーンに連れていくあいだ、ぼくが疑われることがないようにね」

「まあ」リサはつぶやいた。

「だからうちの召使を行かせたんだ。タイミングが早すぎたらしいな。ラングリーがほかの連中のところに戻るまで待つべきだったんだ。まあ、ラングリーはその場を離れたが、すぐに戻ってきて遠くからきみを見張るだろうから、チャンスはいましかないと思ったようだ」馬鹿なやつだといいたげに、かぶりを振った。「おまけに、散々殴られてひどい面相で帰ってきた。でも、その前にナイフで痛手を負わせたようだが。少なくとも本人はそう主張していた」

「それほど痛手じゃなかったみたいよ。ロバートはそんなかすり傷なんかものともせずに、すぐにわたしを愛してくれたもの」リサは悔しまぎれにいいかえした。

フィンドリー卿は口もとをこわばらせた。「そいつは、実に残念だ」

「よかった」リサはにこりともせずにいった。「残念のあまり、悶《もだ》え死にしてほしいわ」

フィンドリー卿は微笑んだ。「ほう、子猫ちゃんにもかぎ爪があったわけか。嬉しいね。戯れの相手に抵抗されるのがたまらない」

「戯れについてはよくわからないけど、抵抗するのには自信があるわ」リサは馬車の扉に手を伸ばした。ところが、それを待ちかまえていたかのように、フィンドリー卿はリサの手首をひねりあげた。

リサは悲鳴をあげ、座席にくずれおちた。痛む手首をもういっぽうの手で押さえて睨みつけると、フィンドリー卿は満足そうな薄ら笑いを浮かべている。

「痛かったか？」フィンドリー卿は案じるような口調で尋ねた。

そう認めれば喜ばせることになると気づき、手首を押さえるのをやめて、肩をすくめた。

「たいしたことはないわ」

案の定、フィンドリー卿は悔しそうに唇を歪めた。

さらにエスカレートするのが怖くて、リサは急いで尋ねた。「この馬車はラドノーの屋敷には向かっていないようね」

フィンドリー卿は目をしばたたかせたが、すぐに安心したように微笑んだ。「もちろんさ。ぼくのロンドンの別宅へ向かっている。まちがっても疑われることのないよう、あと一週間ぐらいはこの街でいままでどおりに暮らして、そのあとは田舎に引っこむつもりだ。ぼくのプロポーズを受けいれたリサに心変わりをされたショックでね」

「だからロバートの前で、婚約したようなふりをしたのね」リサは合点がいった。「キスしているところを見られたので、わたしの評判を守ろうとしてくれたんだと思っていたわ」

フィンドリー卿はにやりと笑った。「きみの評判は地に落ちていると思っていたわ」

ラングリーとベッドをともにしたんだろう？　まあ、そんなことじゃないかと思っていたがね。もう婚約したふりをしたのは、きみが行方不明になったあとのためさ。傷つき途方に暮れた婚約者としてラドノーを訪ねれば、すべて教えてもらえるだろう。その後の動向は把握しておきたいからな。そして一週間ほどしたら……」フィンドリー卿は肩をすくめた。

「心変わりをされたショックで田舎に引っこむのね」リサはフィンドリー卿の言葉を繰りかえした。

「そのとおり。世間はそう思うだろうな。だがそのかわりに、きみと一緒にグレトナグリーンへ向かうというわけだ」

「どうしてあなたと結婚しなくちゃいけないわけ？」リサはいいかえした。「司祭役の鍛冶屋の前で、誓いの言葉を無理やりいわせることなんてできないわよ」

「おお、愛しきリサ」フィンドリー卿はふざけて気取った口調で呼びかけた。「ふたりで一週間も過ごせば、ぼくの望むことをなんでもしてくれるようになるはずさ」

その言葉を聞いて、リサの首筋を悪寒が走った。

「ああ、もう着いたよ」馬車の速度が落ち、フィンドリー卿が窓から外をのぞいた。

リサは身体をこわばらせた。逃げるなら、いましかない。フィンドリー卿の屋敷がどこにあるのかはわからないが、おそらくは上流階級の住む地区で、人通りもあるだろう。馬車を降りた瞬間に悲鳴をあげて逃げれば、だれかが助けてくれるはずだ。するとフィンドリー卿が突然くすくす笑いだした。

「この瞬間が来ると、いつもおかしくてね。きみたち女は、みんなおなじように考えるんだな。ここで逃げよう、いまがチャンスだと、高まる希望に胸をふくらませる。悲鳴をあげて逃げだすか、なにもいわずに逃げだすか、ちがうのはそんなところか」愚かなことだといいたげに首を振ると、鼻で笑った。「何年も抵抗する女を連れこんできたこのぼくが、そんなへまをするわけがないことくらい、想像できないものだろうか」

リサは冷水を顔に浴びせられた気分だった。何年も抵抗する女を連れこんできた？　なんのために？　そして、その女性たちはどうなったのだろう。これから結婚するつもりだというのだから、彼女たちとは結婚していないのだろう。そのとき馬車が停まり、リサはおずおずとフィンドリー卿から馬車の扉へ視線を移した。なにをいわれようと逃げだそうと身構える。血が全身を駆けめぐった。

緊張しすぎて、馬車の扉が開いた瞬間にリサは跳びあがった。扉の向こうを大男がふさいでいて、なにも見えない。がっしりした太い腕が車内に伸びてきて、よくわからないうちに汗まみれの手で乱暴に口をふさがれ、もう片方の手で外に引っぱりだされた。リサはとっさに手足をばたつかせたが、まるで壁を相手に戦っているようなものだった。腕は押さえつけられ、蹴とばしても木の幹のようにびくともせず、子供が殴った程度の衝撃しか与えられない。

リサは馬車からわずか一メートルほど先の開いたドアのなかに運びこまれた。ちらりと見えたかぎりでは、そこは屋敷の正面の人通りの多い路上ではなく、高い塀でかこまれた庭のようだった。おそらく屋敷の裏庭なのだろう。逃げられるかもしれないと期待するリサを見て、フィンドリー卿はさぞかし愉快だったにちがいない。勝ち目などまったくなかったのだ。

「彼女を部屋に連れていけ、マックス」広くて暑い厨房に入ると、フィンドリー卿の命令する声が聞こえた。「ぼくもすぐに行く」

大きな手に顔のほとんどを覆われながら、リサは必死で周囲を見まわした。口と鼻をふさがれ、息ができない。このまま窒息するのではないかと不安になり、死に物狂いにもがいたが、なにも変わらなかった。厨房を通りぬけて狭い階段を降り、がらんとした部屋の先にある小さな格子窓のついたドアにたどりついたころには、もう意識が朦朧としていた。

リサを抱えている大男はドアを蹴って開け、リサを下に落とした。

なにかかたいものの上に落ちて痛さにうめきながら、必死で息を吸って空っぽの肺に送りこんだ。ようやく人心地がつき、上体を起こして周囲を見まわす。格子窓から射しこむ光しかないが、この小部屋にはいま座っている狭いベッドしか置いていなかった。ベッドのマットレスはかたく、麦藁が詰めこまれているようだ。床は土を踏みかためただけなので、おそらく地下室なのだろう。

なんとか立ちあがってドアノブを探したが、室内にはないようだった。窓の格子をつかんで押したり引いたりしてみたが、ドアはびくともしない。歯ぎしりしながら格子の向こうをのぞき、リサはおぞましい光景に目を瞠った。まるで大昔の拷問部屋のように、手枷《てかせ》や足枷がいたるところにあったのだ。天井からもぶら下がっているし、壁にも間隔を置いて並び、中央に置かれたテーブルの四隅にもとりつけてある。リサが一番ぞっとしたのは、壁にかけられている鞭《むち》や革紐《かわひも》が目に入ったときだった。その先端にこびりついているのはどう見ても乾いた血にしか見えない。

リサはごくりとつばを呑むと、よろよろとベッドに腰を下ろした。モーガン夫人はちょっと乱暴なところがあるといっていたが、そんな生やさしいものではなさそうだ。チャールズ・フィンドリー卿は相手に苦痛を与えるのを楽しむ歪んだ嗜好《しこう》の持ち主らしい。どんな方法で痛めつけるのかは想像もつかないが、このままおめおめその犠牲になるつもりはなかった。どうにかして逃げだそうと決心する。とにかく、作戦を練らなければ。

「フィンドリー？」リチャードは眉をひそめて、名前を繰りかえした。

「そうだ」ロバートは客間の窓から通りをじっと見つめた。リサがいないことに気づいてから、何度外を見たかも覚えてない。

「あの野郎」ダニエルがつぶやいた。「売春婦に暴力を振るったという噂は聞いたことがあるが、まさか貴族の令嬢を襲おうとするとは」

「ああ」ロバートはだれもいない通りをじっと見つめ、いますぐそこに馬車が現れ、元気いっぱいのリサが笑顔で降りてきてくれと祈った。だが、そんな奇跡は起こらない。そもそも、祈ったとおりになにかが実現したことなど一度もなかった。

「それで、リサは午後からずっと出かけたままなのか？」ダニエルが尋ねた。

「ああ」ロバートがうなるように答えた。「ハリーに貸し馬車を手配させて、ボウ街警備隊に仕事を頼みに行ったんだ」

「えっ?」リチャードが驚いて尋ねた。「なんの仕事を?」

ロバートは悔しさに歯ぎしりをしながら、しぶしぶ白状した。「ベットの話では、ぼくが警護しなくてすむようにと、護衛を雇うつもりだったらしい」

一分ほど沈黙が続いたあとで、ダニエルが尋ねた。「で、リサはひとりで行ったのか?ベットも連れずに?」

「ベットと従僕を連れていくことになっていたんだが、ふたりとも置いて出かけてしまったらしい」

「だれかに連れ去られたわけじゃないのはたしかなのか?」リチャードが険しい顔で尋ねた。

ロバートはため息をつき、掌で額をこすった。「出かけるところをハンダーズが見ている。客間から駆けだしてきて、玄関も抜けてそのまま馬車に乗りこんだらしい。動揺しているように見えたそうだ」

「なぜ動揺していたんだろうか?」リチャードの口調は暗かった。

ロバートは肩をすくめた。「その直前までぼくと話をしていたんだが、邪魔が入ったんだ。そちらの用事がすんだら続きを話そうといってあったんだが」

「つまり、それがいやで逃げたわけか」ダニエルが容赦なく指摘し、ロバートの背中をぴしゃりと叩いた。「たしかにリサの扱いに慣れているようだな」

「皮肉は勘弁してくれ」ロバートはうなるようにいった。「目が覚めたと謝るつもりだったんだぞ。いつか妻に裏切られるという不安は、女嫌いの父の被害妄想に影響されただけだと、ようやくわかったんだ」

「いつかは考えを改めてくれるはずだと信じていたよ」とリチャード。「なにがきっかけだったんだ?」

「昨夜のきみとの会話だよ」ロバートはそちらに顔を向けなかった。「リチャードのいったとおりだ。父は救いがたいほど大馬鹿者の女嫌いだった」ため息をつき、首を横に振る。

「ひとたびそれに気がつくと、なにもかもがいままでとはちがって見えるようになった」

「なるほど」ダニエルがうなった。「リサにそのことを伝えようとしていたといったな。聞いてもらえなかったのか?」

「その時間がなかったんだ。ちょうどスミスがやって来て、リサを残して部屋を出なければならなかった」

「その後、リサも出ていったわけか」ダニエルはつぶやくと、ロバートの横に立って窓の外を眺めた。「もう二時間以上たつことになるな」

「わかってる。最初は心配していなかったんだ。この時間帯は移動に時間がかかるものだし、話に一時間くらい費やした可能性もある。だが気になったんで、きみたちふたりが帰ってくる直前に、貸し馬車の御者がリサを乗せずに戻ってきていないか、ハリーに確認に行かせた。帰ってきたら報告してもらうことになっている」話しおわったとたんに廊下から騒々しい叫び声が聞こえたので、ロバートはなにごとかと振り向いた。リチャードがドアに近づいて確認しようとすると、ドアが勢いよく開いてハリーが現れた。片手で御者の二の腕をつかんで引きずっている。

「いきなりお邪魔して申し訳ありません」馬丁頭は小声でいいながらリチャードに頭を下げた。「ですが、この男がリサお嬢さまにどんな仕打ちをしでかしたか、直接お聞きになりたいだろうと思いまして」

「おれはなんもしてねえぞ」御者の男は抗議しながら腕をぐいぐい引っぱったが、つかんでいるハリーの手はびくともしなかった。「なんもな。生まれてこのかた、だれにも悪いことはしちゃいねえし、あのお嬢さんにも怪我なんかさせてねえ」

「おれに話したことを旦那さまにも話してみろ」ハリーは御者を揺さぶりながらどなりつけたが、御者が口を開く前にロバートに報告を始めた。「こいつはリサお嬢さまをこの街で一番危険な地域で馬車から降ろしたまま、たったひとりで置き去りにしたのですよ」ハリーは憎々しげにいった。「先に帰れとお嬢さまが指示なさったなどと言い訳しようとしたのですが、リサお嬢さまがそんなことをなさるはずがありませんので、乗馬鞭を使ってすこし説得してやりました。するとようやく白状したのですが、リサお嬢さまがお屋敷から出てくる直前に、貴族らしき身なりの男が近づいてきて、お嬢さまが指示した行き先で置き去りにしてくれたら、硬貨をひと袋やると持ちかけられたんだそうで」ハリーは顔を引きつらせている御者を睨みつけてから、雷を落とした。「そしてこいつは、その金を受けとったんです。貧しい浮浪児じゃあるまいし、お嬢さまをあんな場所で見捨ててくるなんて」

「それはどこだ?」ロバートはどなりつけると、近づいてその男を上から睨みつけた。御者はすぐに住所を口にしたが、ロバートはショックで天を仰いだ。たしかにこの街で一番危険な地区かもしれない。あそこでは、どんな女性でも無事ではおられまい。まして、リサのように美しい女性がたったひとりでいるなんて。

ロバートは反射的にドアへ向かおうとしたが、リチャードに腕をつかまれた。「たぶんそこにはいないぞ、ロバート。置き去りにされたのは二時間以上も前なんだ」

その言葉を聞き、ロバートは不機嫌な顔で引き返した。

「フィンドリーがそこに置き去りにさせたのなら、理由があるはずだ」リチャードが静かに指摘した。「おそらく、リサが途方に暮れたところへ姿を現し、急場を救ってやったんだろう」

「ああ」ダニエルが淡々といった。「リサはそんな場所で友人を目にしてすっかり安心し、屠場《とば》に引かれる子羊のように、すぐ馬車のなかに乗りこんだんだろうな」

その描写に、ロバートはたじろいだ。「それなら、フィンドリーの屋敷に行ってくる」

「すでにリサを連れて、無理やりグレトナグリーンへ向かっているかもしれないぞ」ダニエルが指摘した。「モーガン夫人の話では、やつは結婚するつもりだったんだろ」

「凌辱してからだがな」リチャードが静かにいった。

ロバートはふたたびドアに突進したが、またしてもリチャードが引きとめた。「おい、頭を使って考えろ。フィンドリーの屋敷にただすっ飛んでいっても意味がないだろう。もうグレトナグリーンに向かっているかもしれないんだ。まずは作戦を考えよう」

「たしかにそうだな」ロバートはもっともだとうなずいた。「あらゆる可能性を想定し、計画を立てる必要がある。人手も必要だろう。スミスなら役に立つにちがいない」

「その調子だ」リチャードはほっとした声で提案した。「スミスにここに来るように伝えろ。さまざまな可能性を整理して、だれがなにをするか役割を決めよう。とにかく人を集め、やつがリサを傷つけたり、無理やり結婚させたりする前に救いだすんだ」

「もし無理やり結婚させようものなら、リサは日が暮れる前に未亡人だ」ロバートは厳しい顔で誓った。

16

木の階段を降りる足音に、リサは身体をこわばらせた。本音をいえば、部屋の隅で縮こまって、そのまま消えてしまいたいところだったが、しゃんと背筋を伸ばして座りなおす。フィンドリー卿はリサをここに連れていけと召使に命じたあとで、自分もすぐに行くといっていた。この足音はフィンドリー卿にちがいない。顔も見たくない相手だが、負けるわけにはいかないのだ。いままで読んだ本の女主人公《ヒロイン》たちは、このような試練に晒されても、泣いているだけの弱い女はひとりもいなかった。大胆で勇ましく、みごとに逆境を切り抜けるのだ。それを見倣《みなら》って、大胆で勇ましくふるまおう……たとえそのせいで殺されようと。

失敗した。最後に不吉なことを考えてしまった。その言葉が頭のなかを駆けめぐる。もっといい表現を使えばよかった。

「思ったより元気そうだな」

フィンドリー卿が格子越しにのぞいているのを見て、リサは反抗するように顎を上げた。フィンドリー卿は檻に入れて展示されている動物を見るような目をしている。

「あざ笑うために来たの？」リサは冷ややかにいった。「そんなつまらない人だとは思わなかったわ」

「怒ってるリサも魅力的だよ」フィンドリー卿はご機嫌だった。「期待どおりだ」

「満足してくれて嬉しいわ」リサは凍りつきそうな声で応じた。

「いまは嬉しいなんて思ってないだろう」フィンドリー卿は笑った。「でもそのうち嬉しく思うようになるさ」

「まさか」

「いや、そうなるんだ」フィンドリー卿は断言した。「それに、嬉しく感じるまで調教するのが楽しくてね。きみをひと目見た瞬間から、このときが待ちきれなかった」

リサは今度はなにもいわず、無関心を装ってじっと見かえすだけにとどめた。ドアの鍵を開けて入ってこようとする気配がないのは、内心感謝していた。とりあえずフィンドリー卿がなにをしようとしているのか、様子を見ることにした。

「いますぐ始めたくなってきたな」リサが返事をせずにいると、フィンドリー卿は続けた。「残念ながら、しばらくはおあずけなんだ。今夜はブルースター家の舞踏会に行って、婚約者であるきみが来ていないことに落胆し、さらにきみが行方不明だと知ってショックを受ける芝居をしなければならないんでね。涙もこぼすかもしれないな」

しばらく放っておいてもらえるとわかって、リサは全身の力が抜けそうになったが、安心したことを悟られてはいけないような気がした。舞踏会の前にすこし遊んでみる気にならないよう、リサは感情を隠してそっけなくいった。「無理して涙を絞りだすことはないでしょう。だれも感動なんてしてくれないもの」

「いや、わからないよ。ぼくはその気になれば、すごく上手に芝居をすることができるからね」フィンドリー卿はのんびりと応じた。おもしろがっているようだ。

「ええ、そうでしょうね。わたしもてっきり紳士だとばっかり。みごとに騙されたわ」リサは冷ややかに切りかえした。「みなさんもあなたが人間だと信じこんでいるようだし」

「怒っているリサはきれいだね。その怒りはいつまで続くかな」フィンドリー卿は笑顔で甘くささやいた。「今夜はきみのもとへ帰りつくまで、果てしなく長く感じそうだよ」

「わたしのために急がないで」リサは優しい口調でいった。「きれいな令嬢とダンスをして、お酒をたくさん飲んで、ゆっくり楽しんできて」

「とんでもない。酔わないようにして、きみのために全精力を蓄えておこう」フィンドリー卿は笑い声をあげ、かぶりを振った。「ラングリーはきみの本当の姿に気づいたんだろうか？　楽しげなおしゃべりやロマンティックなやりとりに隠された情熱を見たのかな？」急に笑顔が消えた。「おい、やつに見せたのか？」

　リサはためらった。最後の言葉には怒りに近いものが感じられる。嫉妬しているような口調だった。やはりロバートに先を越されたことが気になるらしい。どう答えたらいいのかわからずに黙っていると、フィンドリー卿はため息をついた。

「そろそろ舞踏会に向かったほうがよさそうだな。馬車の行列が長くなるかもしれないし、せっかくの見せ物をなにひとつ見逃したくないからね。もちろん、きみの姉上ご夫妻は来ないだろう。きっといまこの瞬間も、死に物狂いできみのことを探しているにちがいない。きみが行方不明だという知らせを聞いたら、慌てふためいてラドノーの屋敷に駆けつけるとしよう」フィンドリー卿は身だしなみを整えて姿勢を正すと、また格子越しにちらりとリサを見た。「眠ったほうがいい。ぼくが帰ってくるまでに、充分に休息をとっておくことを勧めるよ」

フィンドリー卿は姿を消した。リサは一拍置いて戻ってこないと確信してから、大きく息を吐いてゆっくりと後ろの壁によりかかり、徐々に小さくなっていく足音に耳を澄ました。楽観視できる状況ではなかった。ドアを念入りに調べてみたが内側から開ける方法はなさそうだし、窓もなにもない部屋ではそれ以外の脱出経路も見つからない。

逃げるのは不可能となると、残る選択肢は戦うしかない。その覚悟はとっくに決めているが、なにか武器があれば心強いだろう。深呼吸をして自分を励まし、リサは立ちあがった。小さな円を描くように動き、小部屋を隅から隅まで念入りに調べる。あまり希望は持てそうになかった。ベッド、マットレス、土の床——。

リサはちょっと考え、ふたたび木製のベッドに目を向けた。いかにも安物で、乗るとぐらぐらする。ベッドの前に膝をつき、さらに注意深く調べた。ベッドの脚を一本ずつ握り、力を入れて引っぱってみる。がたがたする脚が二本あり、一本はかなりぐらついていた。

リサは口を引きむすび、一番緩んでいる脚をつかんで前後にゆっくり動かしはじめた。


「出かけたぞ」リチャードが小声でいい、ロバートはうなずいた。フィンドリー家の馬車が裏庭から出てきて、通りを走り去った。

「抜け目がないな」ダニエルがつぶやいた。「いつもとおなじように夜は舞踏会に出席するわけか。おまえがいったとおり、急に姿を消すよりも疑いを招きにくい」

ロバートはふたたびうなずいた。いますぐ貸し馬車から飛びだし、リサの名前を叫びながら屋敷に突入したい気持ちを抑えるので精一杯だった。

「まあ、フィンドリー卿は利口なやつです。その点は認めますよ」

今度はロバートも通りの向こうの屋敷から無理やり視線を引きはがして、声のした方向に顔を向けた。スミスが背後の扉の窓から顔をのぞかせている。

「ここでなにをしてるんだ?」ロバートは身を乗りだして扉を開け、なかに入るよう促した。

「きみはグレトナグリーンへ向かい、フィンドリーが来ていないことを確認するんじゃなかったのか」

「部下をふたり向かわせました。フィンドリー卿がここにいるなら、無駄足でしたがね。おそらくお嬢さんも屋敷内にいるでしょう」スミスは平然と答えて扉を閉めると、リチャードの隣に座った。ロバートは床に膝をついて窓の外を監視し、ダニエルはリチャードの向かい側の座席に腰かけている。

ロバートは顔をしかめたが、もしちがっていたらどうするつもりだったんだという言葉は呑みこんだ。

「フィンドリー卿と同類の連中を相手にしている売春婦のことを思いだしたんです。荒っぽいやり方をいやがらないんですな。ああいう連中に対するふるまい方を心得ているんでしょう」スミスは説明した。「それでちょっとあたってみたんですが、期待どおりでしたよ。役に立ちそうな情報が手に入りました」

「教えてくれ」ロバートは尋ねた。

「お嬢さんを探しに行くなら、上の階は気にしなくていいそうです。一階から上は普通の屋敷とまったく変わらないという話でした。お嬢さんがここにいるとすれば、地下室に閉じこめられているはずだと」

「地下室か」ロバートはつぶやき、屋敷をちらりと振りかえった。

「はい」スミスは表情を引きしめた。「地下に拷問部屋があるそうです。で、やつのおもちゃが丸見えのそこに、女を監禁するのが大好きだそうで。やつはおそらく地下室にお嬢さんを置いて、今夜開催される舞踏会かなにかに出席するはずだといってました。そのとおりの展開ですな」スミスは馬車が走り去った方向をちらりと見た「やつが帰ってきたときにながが起こるかを想像し、留守のあいだに女たちの恐怖心がどんどんふくれあがるようにそうするんだそうです。とにかく女を怖がらせるのが好きなんですよ」

リサが拷問道具の見える部屋に閉じこめられて、やつが戻ってきたらどんな目に遭うのかと怯えているのだと思うと、ロバートの口もとがこわばった。

「それから、召使だろうとだれだろうと、屋敷のなかで出くわす人間の協力は期待するなともいってました。みんな実情を知っていて、見て見ぬ振りをしているか、そうでなければ積極的に参加しているのだとか」

「参加？」ロバートがきつい声で尋ねた。

スミスはうなずいた。「フィンドリー卿はたまにお気に入りの召使に女を痛めつけさせるそうです。鞭で打つか、あるいは……まあ、いろいろ方法はあるんですな。その両方のときもあるんでしょう」

ロバートは低いうなり声を洩らし、おそろしい顔で屋敷を睨みつけた。あのろくでなしだろうと召使だろうと、もしリサに手を出したりしたら殺してやる。それ以前に、フィンドリーを人として許せなかった。あの男は人ではない。けだものだ。

「あの屋敷でどんな鍵が使われているかや、地下室に行くのに一番いい経路については、なにか聞いていないか？」リチャードが沈黙を破って尋ねた。

「屋敷の裏庭に裏口があるそうです」スミスが答えた。「地下室に通じるドアは厨房のなかですが、厨房はいつもごったがえしているという話です。忍びこむのは簡単ではないでしょうな」

「じゃあ、なにかで注意をそらす必要があるな」ダニエルが険しい顔でいった。

「ちょっと思いついたことがあるんですがね」スミスが応じた。

三人全員がスミスに顔を向けた。代表してロバートが口を開いた。「聞かせてくれ」

スミスはいいよどんだ。「その、実は、みなさんからお叱りを受けそうなんですが。でも、絶対にうまくいくはずです」

「だから、どういう案なんだ？」ロバートはもどかしげに尋ねた。

スミスは唇をすぼめた。「地下室に出入りするのは女だけのようです」

「女？」ダニエルはぽかんとして尋ねた。

「しかも、しょっちゅういろんな女が出入りしているようです。例の売春婦の話では、フィンドリー卿はときどき召使と女を共有するだけでなく、召使のためだけに女をふたりほど用意してやって驚かせることもあるそうです。自分の所業をばらされないための、口止め料といったところでしょうな」スミスは淡々といった。「いまならば、フィンドリー卿が召使にふたりほど女をあてがうのもあながち不自然ではないと思ったんですよ。主人の新しいおもちゃに先に手を出してやろうなどという考えを抱かせないように」

「ミス・マディソンはおもちゃじゃない」ロバートは激しい怒りをなんとか自制した。

「失礼しました。ですが、フィンドリー卿はそう思っておりますよ」

「つまり、売春婦をふたりほど雇って召使の注意をそらしておけば、ぼくたち三人が忍びこんでリサを救いだせるということか？」リチャードがゆっくりと尋ねた。

「それも可能でしょう」スミスが答えた。「ですが、そのうちのひとりにでもあとで口外されたら、ミス・マディソンはもちろん、みなさん全員が醜聞に巻きこまれる危険性がありまず。おふたりの奥さまがたのお力を借りることができれば、あらゆる点で簡単かつ安全にことが進むのですが」

「妻たちに売春婦のふりをさせるわけにはいかない」リチャードはきっぱりといった。「それに、妻たちは舞踏会に行っていて、あとで現地で会う予定になっている。リサが行方不明だということも知らせてないんだ。ふたりには、リサはロバートと将来について話しあうために外出中だと説明してある」

「そうでしたか」スミスはうなずいた。「それなのに奥さまがたは、ここから馬車二台分も離れていない場所に停めたラドノー家の馬車のなかにいて、みなさんとおなじように険しい顔でじっと屋敷を見つめているわけですか」

「なんだって？」リチャードはぎょっとして尋ねた。

「お気づきではなかったのですか？」スミスは穏やかに訊いた。「まあ、仕方ありませんよ。

みなさんは屋敷しか目に入っていなかったんでしょう。それに、こちらはこまかなことに気づく訓練を受けておりますから。たとえば、貴族さまの紋章をつけた大型馬車とか」

ダニエルは悪態をついて貸し馬車から飛びおりた。リチャードもそれに続く。

「おふたりについていったほうがよろしいかと」スミスがロバートに声をかけた。「あちらの馬車のほうが広いですし、ご婦人の助けは必要ですから」

ロバートはふたりを追い、スミスもそのあとに続いた。

「こんなところでなにをしてるんだ？」リチャードの声を聞きながらロバートは馬車に乗りこみ、夫婦の隣に残っていた狭い空間に腰を下ろした。

「あの子はわたしたちの妹なのよ、リチャード」クリスティアナは穏やかに答えた。「心配なのはあたりまえでしょう」

「でも、どうしてこのことが――」

「どうしてわかったと思う？」シュゼットが向かいの席から憤然と尋ねた。「心配でたまらなかったベットは、ハリーが貸し馬車の御者を連れて戻ってきたとき、ドアに耳をつけていたんだって。話をすべて聞いて、わたしたちに教えてくれたのよ」

「なるほど」ダニエルがつぶやいた。

「信頼できる子だから、秘密にしたりはしないわけ。だから本当なら自分の夫から聞いていて当然の話を、ベットから教えてもらったのよ」シュゼットは容赦なくまくしたてた。

「おれの秘密じゃないからな」ダニエルが慌てて言い訳すると、シュゼットは目を細めた。

「それは前にも聞いたわ」シュゼットはけんもほろろだった。

「心配させたくなかったんだ」ダニエルはいいなおした。「リサを奪いかえしてから教えるつもりだった。やきもきしなくて済むように」

「わたしたちが首を突っこもうとすると思ったからでしょう」シュゼットは負けずと切りかえした。

「さて、その点ですが」スミスが口を挟んだ。シュゼットとダニエルと並んで座っているスミスに一同が注目した。「旦那さまがたには先ほどお話ししたのですが、ミス・マディソンを救いだすためには奥さまがたのお力が必要なのです」

「なんなりと」クリスティアナがすぐに応じた。

「商売女のような格好で召使の注意をそらすなんて、とんでもない」リチャードがきっぱりといった。「ほかの方法を考えよう」

「商売女のような格好？」クリスティアナとシュゼットは、興味津々とばかりに身を乗りだした。

17

狭いベッドのでこぼこしたマットレスの上で、リサは寝心地悪そうに身体を動かした。汚い布に詰めてあった麦藁をすこしとりだして、残りを急いで広げたせいでマットレスがいびつなのだ。わざわざもっときれいにならすのも馬鹿らしいが、ひどく寝心地が悪かった。リサは寝返りをうち、壁のほうを向いた。片手に持ったベッドの脚を握りしめて、身体に近づける。仰向けに寝ているあいだはスカートの下に隠して、自分の脚のそばに置いていた。いまもきちんと隠れていることを祈った。

ほかにすることもないので、ちょっと横になって休むことにしたのだ。フィンドリー卿が戻ってきたときに備えて、体力と気力を蓄えておいたほうがいい。よからぬたくらみを胸にフィンドリー卿が現れたら、用意した武器で力のかぎり殴りつけてやるつもりだった。頭が切れるとうぬぼれている様子だが、あの顔から気取ったにやにや笑いを剝ぎとってやる。

そのとき、ドアが閉まるかちっという音がした。離れた場所から聞こえてきたような小さな音だった。上の階かもしれない。石の壁とがらんどうの空間のせいか、ここは音がいくらか歪んで聞こえるようなのだ。だれかが隣の部屋を歩いていると思ってのぞいてみると、だれもいないことが二度もあった。階上の足音や物音が普通よりも下に響くのだろう。

かちっという音のあとはなにも聞こえなかったので、リサは身体の緊張を解いた。フィンドリー卿が帰ってきたわけではなさそうだ。

格子の向こうからいきなり明るい笑い声が流れこんできた。リサはベッドに横になったまま耳を澄ました。女性の笑い声のようだ。続いて木の階段を数人が降りてくるような足音がする。もう一度大きな笑い声が響いたあと、男女両方の低い話し声が聞こえた。なにが起きても大丈夫なように、リサはベッドの脚をしっかり握りしめた。

フィンドリー卿がほかの犠牲者を連れて帰ってきたのだろうか。リサは耳をそばだてたが、いきなり予想外の物音が聞こえてきたので眉をひそめた。どすんという鈍い音に続いて、素手で殴りつけるような音、息を呑む音と驚いた女性の押し殺した悲鳴が聞こえ、その後は静まりかえっている。

なにが起きているのかと隣の物音に気をとられていて、自分の部屋のドアから響く小さな音を聞きのがしてしまった。はっと気づくと、さびた金属がきしむかすかな音とともにドアが開いた。

リサは心臓が口から飛びだしそうだった。チャールズ・フィンドリー卿が帰宅して、わたしに襲いかかろうとしている。背中を向けたまま釘の突きでたベッドの脚をしっかり握りしめ、ベッドに近づいてくる静かな足音にじっと耳を澄ました。肩に手をかけられた瞬間、フィンドリー卿の頭があるはずの位置を狙って、振り向きざまに力いっぱい武器で殴りつけた。

そこでようやく目の前にいるのはロバートだと気づいた。リサは驚いて悲鳴をあげ、慌てて手を止めようとしたが、釘つきのベッドの脚が相手の目に命中しないように角度を変えるので精一杯だった。ベッドの脚は側頭部にあたり、ロバートは痛そうに悲鳴をあげて飛びのいた。

「ロバート」リサは武器を放りなげてベッドから飛びおり、膝をついたロバートに駆けよった。「ああ、どうしよう、ごめんなさい！　てっきりフィンドリー卿だと思って。大丈夫？」

うめき声しか聞こえない。リサはロバートのそばにひざまずき、傷の程度を確認しようとした。だが、ロバートが傷口に手をあてているのでよくわからない。リサは内心ほっとしていた。怪我の具合は心配だが、血を目にすると気が遠くなるので、安全な場所に移動するまでは見ないほうが無難かもしれない。

「なにがあったんだ？」

リサが視線を上げると、ダニエルが戸口に立っていた。この状況を見て眉をひそめている。ロバートはひとりで助けに来たわけではないらしい。どうしてこの場所がわかったのかは見当もつかないが、とりあえずその件はあとで考えることにした。「フィンドリー卿だと思って、ベッドの脚で殴りつけちゃったの」

「ベッドの脚？」ダニエルは壁際のベッドに目をやった。

「マットレスの麦藁をとりだしてペチコートに詰めたものを、はずした脚のかわりにベッドの下に押しこんであるの」リサはしょんぼりと説明した。

「頼もしいね」ダニエルは肩越しに隣の部屋をちらりと見てから、また向きなおった。「歩けるか、ロバート。早くここから出たほうがいい。階上《うえ》には召使がいっぱいいるんだ。ひとりがなにかの理由で降りてきたら、全員がここに押しよせてくるかもしれない」

なんとか立ちあがろうとするロバートに、リサは自分の肩を貸して体重を支えた。ふたりがよろよろとドアまでたどりつくと、ダニエルは外に出て道を空けた。そしてリサに視線を落とし、声を低くして尋ねた。「リサは大丈夫なのか？　フィンドリーは……」

「心配してくれてありがとう」リサは口ごもったダニエルを安心させた。「フィンドリー卿は今夜の舞踏会のあとでお楽しみにとりかかるつもりだったの。舞踏会で動揺した婚約者の役を演じて、それから家に帰り、わたしを動揺させてやろうという計画だったわけ」リサは淡々と説明した。

それを聞いてダニエルは口もとをこわばらせたが、すぐに苦笑いした。「まあ、この様子を見ると、やつは不意打ちを食らわされただろうな。助けに来るのが早すぎて、リサがあいつを一発か二発殴ってやる時間がなかったのが残念なくらいだ」

「喜んで殴ってやりたいところだけど、ここから出られるのは嬉しいわ」リサはロバートを支えながら広い部屋を歩いていった。見ると、リチャードとふたりの売春婦が階段のそばに立っていた。二人倒れているフィンドリー卿の召使を見張っているようだ。

「リサ!」栗色の髪の売春婦がよく通るささやき声で呼んだ。

リサはロバートを支えたまま、立ち止まって目を丸くした。栗色の髪の売春婦が自分の名前を呼び、駆けよってきたのだ。女はリサに勢いよく抱きつき、あやうくロバートを突きとばすところだったので、リサは信じられない思いでますます目を丸くした。ダニエルをちらりと見て、この女はだれなのかと無言で尋ねた。

「シュゼットはこういう格好も似合うだろう?」ダニエルはにやりと笑った。リサはぎょっとして女に視線を向けたが、抱きついているので側頭部しか見えない。ブロンドの売春婦に目をやると、こちらはもっと堂々とした歩き方で近づいてくる。リチャードがそのあとを追い、自分の上着を着せかけようとしていた。そちらがクリスティアナだと気づいたとき、リサは目が飛びでそうになった。

「信じられない」リサはつぶやいた。姉ふたりが売春婦として通用しそうなことに驚いたのだ。これはかなり衝撃的だった。それならば、通りに立っている商売女を連れてきてきちんとした服を着せれば、淑女として通用するのかもしれない。そんなことは一度も考えたことがなかった。そういう女にはなにかちがうところがあって、服装や周囲の状況がどうであろうと見分けられるはずだと思いこんでいた。だが、シュゼットとクリスティアナがこれほどみごとに売春婦に見えるのであれば……ひょっとすると、置かれている環境以外、淑女と売春婦にそれほどちがいはないのかもしれない。

「無事でいてくれて、本当によかったわ」クリスティアナはささやき、リサとシュゼットを一緒に抱きしめた。

「どうしてそんな格好をしてるの？」リサはつい尋ねたが、ロバートがうめきながらぐったりと寄りかかってきたので、心配になってそちらに顔を向けた。

「なにをぐずぐずなさっているんですか？」責めるような響きの太い声が聞こえた。

階段の上に目をやると、ごま塩頭の長身の男性が開いた戸口からこちらを見ている。なんとなく見覚えがある顔だった。しばらくして、数日前にロバートに会いに来た相手だと気づいた。

「いま行くよ、スミス」リチャードが穏やかに返事をし、クリスティアナとシュゼットの腕をとって階段へと向かわせてから、リサを振り向いた。「ロバートに階段を上がらせるのは、ダニエルとぼくに任せてくれ。そのほうが早いだろう」

リサはためらったが、もっともだと思いロバートから離れた。かわりにふたりが両側から怪我をしたロバートを支えた。リサは姉ふたりのあとを追い、意識を失って床に倒れている男たちの横を通りぬけた。馬車からリサを力ずくで引っぱりだし、窒息死させる寸前で小部屋へ放りこんだ大男も転がっている。できれば蹴飛ばしてやりたかったが、どうにか我慢した。とはいえ、目つきで人を殺せるなら、あの男が二度と目を覚まさなかったのはまちがいない。

リサは姉に続いて音をたてないように急いで階段を上がり、しんがりは男性陣が務めた。階段の上は到着したときにも通りぬけた厨房だった。

エプロン姿の女性がテーブルに座っていたが、眠っているようだった。もしかすると気絶しているのかもしれない。急ぐようにとせかした長身痩軀の男性は、屋敷のほかの部屋に通じるドアのそばに立っていた。男性は周囲をさっと見まわし、裏口へ行くようにとリサたちに手ぶりで示すと、その場で見張りを続けた。おそらく召使が厨房に来るのを警戒しているのだろう。狭い階段から広い場所に出たとたん、クリスティアナとシュゼットが左右からリサの腕をとり、屋敷の外に駆けだした。まるでリサが後ろ髪を引かれることを怖れているかのようだ。

リサはとんでもないと心のなかで叫んでいた。後ろ髪を引かれるどころか、一刻も早く逃げだしたくてたまらなかった。

屋敷の裏庭に貸し馬車が待っていて、姉たちはリサを最初に乗せ、あとに続いた。リサは狭い座席に腰を下ろし、不安な思いでロバートを待った。シュゼットとクリスティアナが向かい側の座席に座ると、馬車のなかはリサの隣にロバートひとりが座るので精一杯だった。

「あなたたちはどうするの？」クリスティアナが心配そうに夫に尋ねた。リサは前屈みになってロバートのぼうっとした顔をのぞきこんだ。ベッドの脚で殴ったダメージは想像以上に大きかったようだ。ロバートだと気づいて狙いをずらさなければ、死んでしまったかもしれない。返す返すも、フィンドリー卿をあれで殴ってやれなかったのが残念だった。はっと物思いから覚めると、リチャードがラドノー家の馬車であとを追うと妻に答えていた。

リチャードは馬車の扉をばたんと閉めた。シュゼットとクリスティアナが夫を案じて窓の外を眺めていると、馬車が動きだした。シュゼットは柔らかい背もたれにぐったりともたれ、ため息をついた。「ふたりとも無事に馬車に乗りこんだわ。スミスさんもね」

「よかった」リサはつぶやいた。スミスさんというのは、ごま塩頭の長身の男性のことだろう。クリスティアナもほっとした様子だった。リサはふたりのためになんとか笑顔を浮かべ、ふたたびロバートに目をやった。

ロバートは目を閉じていた。どうやら眠っているようだ。手で傷口を覆ってはいなかったが、頭をリサの肩に押しつけているので、傷口もそこから出ているはずの血もリサには見えなかった。ほっと息をつくと、姉たちの服装をまじまじと眺めた。「どうしてそんな格好をしているの？」

「男性陣が屋敷のなかに忍びこむために、召使の注意をそらす必要があったの」シュゼットがにやりとした。

がいない。

「注意をそらす?」リサはびっくりして尋ねた。いったいなにをしたのだろう? もっとも、胸の谷間がこんなに見えていれば、それだけでほとんどの男は注意をそらされてしまうにちがいない。

「そうなの。とってもおもしろかったわよ」シュゼットは楽しそうに笑い、鼻の頭にしわを寄せた。「まあ、おもしろいことばかりじゃなかったけど。階段を降りる途中で男のひとりにお尻をつねられたときは、どうしてやろうかと思ったわ」

「ダニエルのほうが怒っていたわよ」とクリスティアナ。「地下室で殴って気絶させたとき、必要以上に力がこもっていたもの」

シュゼットはまたにやりとした。「そのうえ、倒れた男の脚のあいだを思いきり蹴飛ばしてたわね」大笑いしている。

クリスティアナはかぶりを振り、リサに目くばせをした。「シュゼットは昔から、一番気が強かったものね」

リサは微笑んだ。「助けに来てくれてありがとう」

クリスティアナは目を潤ませ、身を乗りだしてリサの手を握りしめた。

「あたりまえでしょう。リサだってきっとおなじことをしてくれたはずよ」

「ええ」リサも姉の手を握りかえした。「どうしてあそこにいるとわかったの?」

クリスティアナはリサを救いだすまでの経緯を手早く説明した。リサは黙って耳を傾け、説明が終わると尋ねた。「フィンドリー卿のことはどうするのかしら?」

シュゼットとクリスティアナは顔を見合わせた。シュゼットがため息をついた。「できることがあるのかどうか、よくわからないみたい。少なくとも、リサを醜聞に巻きこまないかぎりは無理でしょうし」

「じゃあ、なんのおとがめもなし?」リサは顔をしかめた。

「まだわからないわ」クリスティアナが悲しげにいった。「そうじゃないことを願いたいけど、男性陣がどういう結論を出すか。彼らだってできれば無罪放免にはしたくないでしょうけど、リサのことも考えなくてはいけないし」

リサは思わずしかめ面になった。そのとき馬車が停まり、窓の外を見るとラドノーの屋敷に着いていた。意識を失っているロバートをどうやって運ぼうかと考えていると、馬車の扉が開いてリチャードが車内をのぞきこんだ。これほど早く現れたということは、ラドノー家の馬車はすぐ後ろをついてきたか、途中でこの馬車を追いこしたのだろう。

リサと姉たちは先に降りて馬車の横で待ち、ダニエルが乗りこんでロバートをリチャードに引き渡した。男性陣がロバートを屋敷へ運び、女性陣はそのあとについていく。ロバートはそのまま二階の部屋に寝かされた。リサはすぐに駆けよろうとしたが、シュゼットが腕をつかんで止めた。

「血が出てる」眉をひそめるリサに、シュゼットはひと言で説明した。

リサはがっくりと肩を落とした。シュゼットに手を引かれるまま窓際に立ち、黙って窓の外を見つめる。ロバートの怪我の手当てが終わるまで、血が苦手なリサは待つしかないのだ。ロバートのベッドをかこむ三人をちらちらと見ながら、リサとシュゼットは無言で待った。クリスティアナが傷口をきれいにして、必要な処置をおこなっている。ずいぶん時間がかかるようだが、待たされているせいでそう感じるのかもしれない。ようやくクリスティアナが身体を起こして、男性陣になにか声をかけてから窓際へやって来た。

「具合はどう?」リサはせきこむように尋ねた。

「頭の横に切り傷と小さなこぶができているけど、大丈夫だと思うわ」クリスティアナは静かに答えた。

姉の顔をのぞきこむと、心配そうな目をしている。「意識が戻らないのね」

「ええ」クリスティアナはため息をついた。「それが気になるけど、大丈夫だと思っているのは本当よ。今日は食事をしていないようだし、リサが心配で、それこそ気が気ではなかったでしょうから、疲れているだけじゃないかしら。そのうち目を覚ますでしょう」クリスティアナはすこし躊躇してから続けた。「リサも部屋に戻ってちょっと横になったほうがいいんじゃないかしら。あなただって、大変な長い一日だったでしょう。ロバートの意識が戻ったら呼びに行くから」

リサは迷ったが、すぐにうなずいてドアへ向かった。たしかに、現実とはとても思えない長い一日だった。最初は貸し馬車の御者に置き去りにされて、通りをうろつく男たちに襲われそうになった。あやういところを救われたと思ったら、フィンドリー卿が本性を現して、散々おそろしい話を聞かされたのだ。たしかにくたくただった。

廊下の反対側にある自分の部屋の前で、ベットのことを思いだした。男性陣は、フィンドリー卿が貸し馬車の御者に金を払って置き去りにさせたのは、リサをさらうためだと考えていたが、そのことを妻たちには秘密にしていた。それを姉に教えてくれたのはベットだったそうだ。当然、リサが無事に救いだされるのを待ちわびているはずなのに、帰宅してからまだ姿を見かけていない。

リサは部屋に入らずに足早に階下に降りて、厨房のドアを開けた。料理番と召使数人がテーブルをかこんで静かにおしゃべりをしていたが、リサの顔を見ると全員がほっとしたような笑顔を浮かべて、口々にご無事でよかったと喜んでくれた。予想どおりの反応だった。料理番たちは今日の出来事をすべて承知しているにちがいない。少なくともおおかたのところは知っているはずだ。使用人に隠しごとをするのは絶対に不可能なのだ。

リサが小声で礼をいってベットのことを尋ねてみると、リサの部屋で帰りを待っているはずだという答えが返ってきた。まだ姿を見せていないのなら、たぶん待っているうちに眠ってしまったのだろうという意見が優勢だ。リサは笑顔でありがとうと伝え、召使たちがおしゃべりを再開できるよう厨房をあとにした。まっすぐ自分の部屋に向かい、後ろ手でドアを閉めながら室内を見まわす。ベットは椅子に座ったままうとうとしているにちがいない――たしかにベットは椅子に座っていたが、眠ってはいなかった。目を大きく見開き、縛られてさるぐつわを嚙まされていた。

リサはその場で立ちすくんだが、侍女の視線を追い、くるりと振りかえった。そこにはフィンドリー卿が立っていた。ドアの横の壁にもたれかかり、腕組みをして足首も交差させたくつろいだ姿勢で、満面の笑みを浮かべている。

「ぼくが寛容な男でよかったね、リサ。きみの帰りをこんなに長く待たされても、お仕置きもしないんだから」フィンドリー卿は笑みを浮かべたままいった。それから身体を起こし、リサに近づいた。「もちろん、きみを責めるつもりはないよ。あの連中はきみを連れ帰るのにずいぶん手間取ったようだな。うちの召使とひと悶着《もんちゃく》あったんだろう。ラングリーはひとりで歩けずに運びこまれてきたじゃないか」

リサは助けを呼ぼうとしたが、フィンドリー卿の動きは素早かった。リサが声をあげる前に片手で口をふさぎ、もう片方の手で首の後ろをつかんで自分の胸にリサを押しつける。変な体勢を強いられたリサはとっさにフィンドリー卿の腕をつかみ、倒れないようにそのままつかまっていた。

「舞踏会へ向かおうとしたとき、ラドノー家の馬車が前の通りに停まっているのを見つけたんだ。どうやら、ぼくもたまには失敗することがあるらしい」フィンドリー卿はリサを後ろ向きに歩かせた。「さて、思案のしどころだ。屋敷に戻って召使に徹底抗戦させるか？　あるいは大陸に逃げるべきか？　けれども、大陸に逃げる必要など実はないのだと気づいた。当局に通報されるはずはない。そんなことをすればリサの評判に傷がつくからね。そのとき、もうひとつ名案を思いついた。ここに来ればいいんだとね。連中はきみを無事に救いだして帰宅したあとは、家族にかこまれて安全だと油断しているにちがいない。そこでぼくが、やつらの鼻先できみをさらっていくわけだ。リサがいなくなったことに気づくのにひと晩はかかるだろうから、一路グレトナグリーンに向かい、追いつかれる前に結婚してしまえばいい」

リサは口をふさがれたまま、フィンドリー卿を睨みつけた。

「ああ、わかってるとも」フィンドリー卿はかぶりを振った。「そうなると、今夜のささやかなお楽しみはお預けだ。だが、結婚したあとで楽しめばいいさ」

リサは脚の裏側に窓枠があたるのを感じ、後ろを見ようとしたが、口をふさいだ手が顔を押さえていて動けなかった。フィンドリー卿は腰でリサを窓枠に押しつけると、リサから腕を離し、ポケットからなにかを引っぱりだした。つぎの瞬間、丸めた布のようなものを口のなかに押しこまれた。それをとりだそうと両手を上げたが、フィンドリー卿に手首をつかまれ、背中にまわされてしまった。フィンドリー卿は片手でリサの両手首を押さえこみ、ポケットからとりだしたべつの細長い布きれで手早く縛りあげた。

フィンドリー卿が手首を縛るのに気をとられているすきに、リサは口に押しこまれた布をどうにかして吐きだそうとした。ひと言だけでも大声で叫ぶことができれば、だれかが助けに来てくれるはずだ。なんとか布を吐きだしたとき、手首を縛りおえたフィンドリー卿に気づかれ、窒息するかと思うほど奥まで布を押しこまれた。さらにフィンドリー卿はべつの細長い布きれをとりだしてリサの口にあてて、無理やり唇のあいだに通してから頭の後ろにまわして結んだ。

「さて」フィンドリー卿はにこやかにいった。「ちょっと厄介だが、木を伝って降りていくしかない。もちろんリサは自力でつかまることはできないから、ぼくに頼らなければ落ちてしまう。だが、無事に下ろしてあげるから安心してくれ……逃げようとしないかぎりはね。逃げようとしたら、そのまま落とす。きちんと理解できたかな?」

リサが返事をしないでいると、フィンドリー卿はリサの縛られた手首をぎりぎりと締めつけた。「きちんと伝わったかな?」

リサは小さくうなずいた。

「結構」フィンドリー卿は微笑んだ。

リサは不安に押しつぶされそうだった。いきなり窓のほうを向かせられ、さるぐつわの奥で息を呑んだ。

「さあ、行こうか」フィンドリー卿が耳もとでささやいた。

18

ロバートは頭の奥でがんがん鳴りひびく音で目を覚ました。うめきながら目を開けてまばたきすると、リサの顔がぼんやりと見えた。黄金色の髪が後光のように輝いている。無事でよかった。なにかを考える前に手を伸ばして引き寄せ、キスしようとした。

「ロバート、悪いがぼくの妻から手を離してくれないか。頭に怪我をしていることを忘れて、傷を増やしてしまいそうだ」

「リチャード?」ロバートはだれの声か気づくと、動きを止めた。どうやらクリスティアナと思しき女性から手を離し、周囲をさっと見まわす。窓のあたりからリチャードが近づいてきた。窓際にはダニエルがシュゼットと並んで立っていて、おもしろそうににやにやしている。

ロバートはため息をつくと、クリスティアナに視線を戻した。視力が戻るにつれて、顔がはっきり見えてきた。

「失礼した」ロバートは恥ずかしくなってつぶやいた。「てっきり――」

「リサとまちがえたんでしょう」クリスティアナが楽しげに微笑んだ。「わかっているわ」

ロバートは改めて部屋を見まわした。助けに来てくれたのに殴ってごめんなさいと謝りながらリサが駆けよってくるものと思ったが、リサの姿は見あたらない。

「横になりなさいといって、部屋に戻らせたの」クリスティアナが静かに説明した。ロバートがだれを探しているかわかったのだろう。「大変な一日だったから。それにあの子が血を見たらどうなるか、知ってるでしょう」

「ああ、もちろん」ロバートは顔をしかめた。リサはおそらくその場で卒倒して、隣に寝かされることになっただろう。まあ、それも悪くはない。少なくとも、探しに行かないで済む。

「ロバート、おとなしく休んでいなくちゃ駄目よ」ロバートが顔を歪めて起きあがり、足を床につけると、クリスティアナがすかさず注意した。「頭を強く打ったのよ。休まないと治らないわ」

「リサと話をしないといけないんだ」ロバートは起きあがっても頭痛が悪化しなかったのでほっとした。それどころか、いくらか頭痛がやわらいで、頭と視界もかなりはっきりしてきたような気がする。おかしなものだ。

「でも――」クリスティアナがなにかいいかけたが、リチャードに手をつかまれて言葉を切った。

「行かせてやろう。ふたりで問題を解決できるなら、それに越したことはない」リチャードは真面目な顔でいった。

クリスティアナはため息をついてうなずいた。ロバートが立ちあがるのを、心配そうに見つめている。

立ちあがってもふらつかなかったとき、自分とクリスティアナのどちらがほっとしたのかわからなかったが、クリスティアナを安心させようと微笑みかけた。「もう大丈夫だと思うよ。頭痛はするが、それ以外はなにも問題ない。それにしても、リサの一撃はとんでもなく強烈だったよ」苦笑いしながらつけ加える。

「ごたごたに巻きこまれやすいから、ちょうどいいかもしれないな」ダニエルはシュゼットを連れてベッドに近づきながら、おもしろがっているような声でいった。

ロバートはそれを聞いて笑顔になった。急にめまいを起こして顔から倒れないように、ゆっくりとドアへ向かう。

「幸運を祈る」ダニエルはこう励ましてから、からかった。「また殴られそうになったら、大声で呼んでくれ……見逃したくないからな」

「おいおい」ロバートはぶつぶついったが、顔は笑っていた。リサがわざと殴ったわけではないのはわかっている。肩に触れる前に声をかけていれば、こんな頭痛に悩まされることもなかったのだが。

ロバートはかぶりを振りかけて、慌てて自重した。頭の痛みは一歩進むごとにすこしずつやわらいでいるものの、頭を動かしたりすればまたぶりかえしてしまうかもしれない。

廊下の向かいにあるリサの部屋の前で、なにから話せばいいのかと考えた。話したいことはたくさんあるが、正しく伝えないと意味はないのだ。頭のなかで考えを整理し、大きく息を吸ってドアをノックした。

そういえばどのくらい前にリサが部屋に戻ったのか、だれからも聞いていなかった。ノックをしても返事がないので、そこで初めて、すでに眠ってしまった可能性が頭に浮かんだ。その場で足踏みをしながらしばらく待ってみたが、諦めてドアに背を向けた。もし眠っているなら、明日まで待つしかないだろう。できれば一刻も早く話をしたかったが、無理やり起こされて不機嫌そうにしているリサが相手では、まともに話ができるとは思えない。そう考えて足を一歩踏みだしたとき、背後の部屋のなかからがたんという大きな音がした。

ロバートはためらうことなくドアを開けてなかに飛びこみ、その場で目を瞠った。椅子に縛りつけられたベットが床に転がっていた。ノックした人物の注意を引くために、座ったまま椅子を倒したのだろう。ロバートはベットを助けるために駆けよった。

「フィンドリー卿です」ロバートがひざまずいてさるぐつわをはずすと、ベットは喘ぎながら訴え、顎で窓を示した。「お嬢さまがさらわれました」

ロバートは窓に目をやったが、駆けよってフィンドリーがどこまで逃げたかは確認しなかった。このあいだリサがここで襲われたときは、逃げた賊を窓から追いかけて大失敗してしまった。今度はそんなへまをするわけにはいかない。

ロバートは部屋を飛びだし、シュゼットと一緒に廊下に出てきたダニエルを突き飛ばしそうになった。

「ベットを頼む」ロバートはそう叫んで階段に向かった。ダニエルの返事を待たずに階段を駆けおり、玄関扉を開ける。こちらを選んで正解だった。急いで玄関を出て屋敷の角まで走って行くと、ちょうどリサを肩にかついたフィンドリーが裏手からやって来たのだ。リサの頭はフィンドリーの背中に垂れさがり、リサの太ももの裏側をフィンドリーは腕で押さえている。ふたりの男はその場で動きを止めて睨みあった。

「リサを放せ、フィンドリー」ロバートが険しい顔でいった。

「ロバート？」リサがフィンドリーの背中から上体を起こして、ロバートに顔を向けようとした。首にははずれたさるぐつわがぶら下がっていて、両手は背中で縛られている。腹筋をひねって上体を起こそうとしていたが、力尽きてぐったりとフィンドリーの背中に倒れこんだ。それでも、力強い声でまくしたてた。「ベッドで寝ていなくちゃ駄目よ。あとのことはリチャードかダニエルに任せて」

ロバートはぐるりと目をまわした。縛られて連れ去られようとしている本人が、ほかのだれかにこの場を任せるべきだと指示するとは。どうかしているとロバートは首を振った。

「どいてくれないか、ラングリー」フィンドリーのにこやかな声にロバートは視線を戻した。

フィンドリーはどこかにピストルを隠していたらしく、こちらに銃口を向けていた。「さもないと、面倒なことになるかもしれないぞ」

ロバートはピストルを見つめて身構えたものの、すぐに両手を挙げて一メートルほど後ろに下がった。

フィンドリーはリサを抱えたまま前に足を踏みだした。

「ぼくの義妹《いもうと》を放してもらおうか、フィンドリー。さもないと、おまえの思惑以上に面倒なことになるぞ」

ロバートとフィンドリーはさっと横に顔を向けた。リチャードがあとをついてきたようだ。ロバートのかたわらで、リサをかついでいる男に銃口を向けている。

「撃てるものか。リサにあたるかもしれないんだぞ」フィンドリーは自信満々だった。

「撃って！　わたしにあたってもかまわないわ。どうせこの男はわたしを痛めつけるつもりだもの」リサが叫び、それから早口で続けた。「あ、できればお尻は避けてもらえるかしら、リチャード。脚のほうが、怪我が治るまで、座るのも横になるのも楽だから」

ロバートはぐるりと目をまわしたが、一歩足を踏みだした。リサを連れ去られるわけにはいかない。もちろん、撃たれるなど論外だ。

「下がれ、ラングリー」フィンドリーの冷静さに初めてひびが入り、ピストルを握る手に力がこもった。「本当に撃つぞ」

「やめろ、フィンドリー」ダニエルのうなるような声がフィンドリーの背後から聞こえた。屋敷をまわってきたのだ。

フィンドリーはリチャードとロバートに顔を向けたまま、横目でダニエルをちらりと見た。迷いの色を見せたが、悪態をつくと、いきなりロバートに向かって突進してきた。体当たりされると思いきや、フィンドリーはじゃがいも袋のようにリサをロバートに投げつけた。

ロバートはリサを受けとめるだけで精一杯だった。フィンドリーはひらりと身をかわし、道路のほうへ駆けていった。

「大丈夫か？」ロバートはリサをそっと立たせ、心配で顔をのぞきこんだ。リサがうなずくのを見届けると、近づいてきたダニエルに彼女を託して、フィンドリーのあとを追った。

すでにフィンドリーは道路の目前にいた。あんなけだものを逃がしてしまうと考えるだけで腹立たしく、ロバートはフィンドリーの名を大声で吼《ほ》えた。フィンドリーは振りかえったが、それが命取りとなった。その瞬間なにかにつまずき、もうすこしでたどりつくところだった自分の馬車の前で転んだのだ。その拍子に手に持っていたピストルが暴発し、馬の一頭に命中した。二頭の馬は恐怖で竿立ちになっていななき、フィンドリーを勢いよく踏みつけた。

ロバートは驚いてその場で立ち止まった。怯えた馬たちは、御者の制止も耳に入らない様子で、フィンドリーを踏みつけながら前に突進した。

「撃たれた馬は大丈夫かしら?」リサの声に振り向くと、ダニエルとリチャードと一緒にロバートのすぐ後ろに来ていた。

リサの言葉にロバートは思わず噴きだした。血を流して通りに横たわっているフィンドリーよりも、馬車を引いたまま走り去った馬のほうが心配だということか。

「フィンドリーの様子を見てくる」リチャードがロバートの脇を通り、不自然な体勢で倒れているフィンドリーの横に立った。

その言葉でリサは初めてフィンドリーを思いだしたらしく、そちらに目をやった。まわりに血だまりがどんどん広がっていくのを目にして、リサの顔がとたんに青ざめた。

「まあ」リサはふらふらしている。地面に倒れる前にロバートは慌てて抱きとめた。

「なかに連れていってやれ。フィンドリーのことはおれたちが引きうける」ダニエルが静かにいった。

「いや、その必要もなさそうだ」膝をついてフィンドリーの具合を調べていたリチャードが立ちあがり、厳めしい顔で告げた。「もうだれにも迷惑をかける心配はない」

「そうか」ロバートは小声でいった。「スミスはどこにいる?」

「ラドノー家の馬車で送らせた」ダニエルが答えた。「使いをやって、後始末を頼もう」

ロバートはうなずき、リサを屋敷に運んだ。クリスティアナとシュゼットがベットを連れて階段を駆けおりてきたので、リサは道路に流れでた血を見て気を失っただけだし、リチャードとダニエルも大丈夫だと教えてやった。クリスティアナたちは自分の目で確かめようと外に出ていき、ベットはロバートについてきた。最初はリサの部屋に運ぶつもりだったが、リサが目覚めたときに結婚を申しこむと決心していたので、自分の部屋に入り、ドアを足で閉めた。この無言のメッセージは伝わったようだ。ベットはドアをノックせず、そのまま放っておいてくれた。

ほっとして、ロバートはリサをベッドに寝かせた。しばらく黙って彼女を見下ろしていたが、窓際に移動して外を眺めながら目を覚ますのを待った。

19

リサはゆっくりと目を覚まし、いつもとちがうベッドに寝ていることに気づいた。すぐにロバートの部屋だとわかった。ロバートが窓際に立ち、外の暗闇に目を凝らしている。影絵のように浮かびあがるその姿を見ていると胸が締めつけられるようで、しばらくそのまま彼を眺めていた。

ロバートは自分の命を危険に晒し、三度も怪我を負いながらリサを守ってくれた。四度目だけはさいわい無傷で済んだが、あのとき庭でフィンドリー卿に撃たれていても不思議はないのだ。ロバートは怪我も厭《いと》わず、何日もひとりでリサの護衛を務めてくれた。彼がリサを愛しているのはまちがいない。友人か妹として大切にしているだけだと思っているのかもしれないが、ふたりのときのあの情熱は、友人や兄には無縁のはずだ。そして、愛とはまさに、友情と情熱と信頼から成りたつものではないのだろうか。

ふたりには信頼だけが欠けていた。だが、ロバートはどんな女性だろうと信頼できないのはわかっている。三つのうちの二つが揃っているならば、最初は充分かもしれない。いずれ、信頼してくれるときは来るだろう。そうであってほしい。どのみち、リサはこのお馬鹿さんと結婚するしかないのだ。それ以外の未来など考えられなかった。ロバートが好きで、愛していて、彼が欲しくて、信頼している――この気持ちは一生変わらない。いまは信頼してもらえなくても結婚するつもりだが、それでも信じてほしいという気持ちは残っていた。

「ロバート」

ロバートはさっと振りかえった。リサがベッドの上に起きあがっている、微笑みながら近づき、ベッドの端に腰を下ろすと、リサの顔にかかった髪を後ろに払いのけた。「気分はどうだ?」

「わたしは大丈夫。それよりも、あなたのほうが心配だわ」リサは表情を引きしめた。

「ぼくが?」ロバートはおもしろがって尋ねた。不満げな表情を浮かべたリサも実に愛らしい。

「そうよ」リサはきっぱりといった。「自分では認めたくないのかもしれないけど、あなたはわたしを愛してるの。わたしはあなたのために生まれてきたんだもの。頑固でお馬鹿さんだから気づいていないみたいだけど、わたしにはわかっているし、それに――」

「きみを愛してるよ」ロバートが穏やかに遮ると、リサは驚いたように目をしばたたいた。

「本当に?」リサは信じられないという顔をしている。ロバートは思わずにやりとした。

「自分の命を懸けてリサを守ってきたんだぞ。足首をひねって、ナイフで刺されて、そのうえ、リサ本人にまで殴られた。それが愛じゃないとしたら、この世に愛など存在しないさ」

「まあ」リサは目を見開いたが、すぐに眉をひそめた。「でも、わたしを信じられないんでしょう？　愛には信頼がつきもので――」

「リサを信頼している」ロバートが真面目に伝えると、リサは半信半疑の表情を浮かべた。

ロバートはため息をつき、リサの両手をとってぎゅっと握りしめた。「昼間もこの話をしたかったんだが、スミスが来て中断されてしまった。昨夜リチャードと話をしたおかげで、父は妻を信じることができないかわいそうな人だったとようやく理解できたんだ。父はなんの根拠もなく、母を疑い、非難しつづけた。それが長年続いたので、母はほかの男に慰めを見いだすしかなかったんだろう。つまり、猜疑心にとらわれた父の思いやりのない仕打ちが、母をほかの男の腕のなかへ追いやったんだ。だが、母が親しくなった男はガウアー卿ひとりだし、そのときすでに父との結婚生活は事実上破綻していた。その醜聞がなくとも、母はそのうち父と離婚していたと思う。事実、母がガウアー卿とつきあいはじめたとき、父と母は別居して、べつの人生を送っていた。いまでは、祖父や曾祖父も代々似たような状況だったのではないかと思っている」ロバートは渋面で認めた。

「そういうふうにいままでとはちがう目で眺めてみたら、ラングリー家の呪いというのは、不実な妻なんかではなく、本人の意地悪で疑り深い性質こそが元凶だと気づいたんだ。そのせいで妻に背を向けられただけだとね」ロバートは自分の言葉がリサの心に届くようにと充分時間を置き、つけ加えた。「きみたち三人とのつきあいがなかったら、たぶんぼくもおなじように、女性を信じることができない疑り深い男になっていただろう」

改めてリサの手をぎゅっと握りしめる。「きみたちのおかげで、すべての女性が嘘つきで裏切り者ではないと理解できていたくせに、ぼくはもうすこしで愛する女性――リサを信じる気持ちを忘れるところだった。父が母を信じられなかったようにね。そうなったら、馬鹿馬鹿しいラングリー家の呪いは続いていただろう。とにかく、ぼくほど幸せな男はいない」ロバートは微笑んだ。「なにしろきみとシュゼットとクリスティアナという、すばらしい女性がいつもそばにいてくれたんだ。リサ、きみはそのなかでも最高だよ」

「わたしが？」リサは驚いたように尋ねた。

ロバートは大きくうなずいた。「なにより、リサと一緒にいると楽しいんだ。ふたりで本を読むのもいいし、いろいろな話題で議論を交わすこともできるし、おなじ食べ物が好きで、ダンスが大好きで、おなじ価値観を共有できる。それに、リサのように情熱をかきたててくれる女性は、いままでの人生でだれもいなかった。きみを愛してる、リサ。少女のようにロマンティックなところも、臆することのない忠誠心も、いっぷう変わったユーモアのセンスも、きみの勇気も、情熱も、聡明さも、たまに無邪気すぎるところも愛してる。ぼくの心も、名前も、命そのものも託すほどきみを信頼している。もう二度と疑うことはないとは約束できないし、父に吹きこまれた偏見がよみがえって不安にとらわれるときもあるかもしれない。だが、万が一そうなっても蕾《つぼみ》のうちに摘みとるよう努力するし、絶対きみにぶつけたりはしないと約束する」

「まあ」リサはささやいた。

ロバートは握っているリサの手を裏返して、じっと見つめた。顔を上げ、リサの目をまっすぐに見つめる。「こんなことしか約束できないが、ぼくと結婚してくれないだろうか。たぶん――いや、そうじゃない」断固としていいなおす。「たぶんではないんだ。友人であり、恋人であり、妻であり、人生の伴侶であるリサのいない人生など想像もできない」

「まあ」リサは震える声で繰りかえすと、握られていた手をいきなり引っこめ、立ちあがって部屋を飛びだしていった。

残されたロバートは途方に暮れた。すぐに帰ってくるだろうと待っていたが、そのうち驚愕は狼狽《ろうばい》へと変化して、やがて絶望へ、そしてとうとう怒りに変わった。思いの丈をうちあけた結果がこれか。なにも逃げだすことはないだろう！

憤然と立ちあがると、急いで廊下に出た。リサの部屋のドアは鍵がかかっているだろうと予想していたが、大きく開いている。階下に降りていったのかと思いながら、念のために室内をちらりとのぞいた。リサは小さなテーブルに向かい、手帳に走り書きしていた。ロバートはすこしだけほっとしたが、それでも納得はできない。

「リサ」ロバートは苛立ちを抑えきれずに話しかけた。

「ちょっと待って、ロバート。すぐに終わるから」リサは書く手を止めずに小声で答えた。

ロバートは足を踏みならし、我慢できずに尋ねた。「終わるって、なにが？」

リサは返事をするかわりに、さっと振り向いた。「いっぷう変わったユーモアのセンスのつぎは、なんだったかしら？　勇気と情熱のどっち？」

ロバートはぽかんと口を開けた。びっくりして尋ねる。「ぼくの言葉を書きとめてるのか？」

「そうなんだけど、ユーモアのセンスのつぎがなんだったか思いだせないの」リサは本気で困っているらしい。

ロバートは黙ってリサを見つめた。気づくと怒りはきれいに消えていた。リサが部屋を飛びだしたのは結婚したくないからではなかった。ロバートが話したことを書きとめるためだったのだ。そんなことをしている理由はさっぱりわからないが、単に逃げられたというよりは期待が持てそうだ。短気を起こすまいと自分にいいきかせた。「リサ、いまきみに思いの丈をうちあけて、結婚してほしいと申しこんだんだよ。返事くらいしてくれてもいいんじゃないかな」

リサは一度だけまばたきをすると、ちらりと手帳に目をやった。こちらに歩いてきて、ロバートの顔を両手で挟んだ。「もちろん、あなたと結婚するわ、ロバート」

安堵が一気に押しよせてきて、リサのウエストに腕をまわして抱きしめた。キスをしようと顔を近づけると、リサはこうつけ加えた。「ようやくわたしが理想的な結婚相手で、ふたりは結ばれる運命だと気づいてくれたんだもの、断るわけないでしょう」

ロバートは動きを止め、顔をしかめてそっけなく答えた。「それはどうも」

「どういたしまして」リサは明るく応じると、ロバートの腕のなかから抜けでて、急いで手帳の前に戻った。「それで、ユーモアのセンスのつぎはなんだった?」

ロバートは思わず渋面になったが、リサが続けた。「ロバートの言葉を絶対に忘れたくないから、書きとめておきたいの」たちまち気をよくして、口もとをほころばせたが、さらに続きがあった。「前から小説を書いてみたいと思っていたの。あなたのセリフは本当にすてきだったから、小説の主人公《ヒーロー》に最後の場面で女主人公《ヒロイン》にいわせたいのよ」

「やれやれ」ロバートは遠慮せずに部屋のなかにずかずかと入りこみ、リサの手をつかんで椅子から立たせた。

「ロバート、ちゃんと書いておきたいの」ベッドへと引っぱっていくと、リサが抗議した。「いますぐじゃないと、最後の部分を忘れてしまうかもしれないわ。あんなすてきな言葉を現実にいってもらうなんて、まさに女の子の夢なのよ」

「喜んでくれて嬉しいね」ロバートは皮肉っぽくつぶやき、ベッドの脇で立ち止まった。リサの前に立ってくるりと後ろを向かせ、手早くドレスを脱がせる。「だが、ぼくも正確な言葉は思いだせないよ」

「そうなの？」リサはがっかりした様子だったが、さっさとドレスを脱がせて肩から引きおろした。ドレスは羽のように軽やかに床に落ちていった。

「正確にはね」ロバートはシュミーズにとりかかった。「だが、忘れてもかまわないさ。これから一生、すてきな言葉を贈りつづけるつもりだからね」

「嬉しい」リサのつぶやく声は、頭から脱がせられているシュミーズのせいでくぐもって聞こえた。「お願い、その言葉を覚えておくように努力してみて。それも書きとめておきたいの」

「お望みのままに」ロバートはふざけて答え、シュミーズを脇に放りなげた。リサはすぐに振りかえり、ロバートと向きあった。

「わたしのことを本当に愛してるのね、ロバート？」リサは恥ずかしそうに微笑んだ。

「愛している」ロバートはきっぱりと答え、両腕をまわしてきつく抱き寄せた。「リサは気づいていたんだろう？」

「そのつもりだったわ。だけど、ただの勘違いだと思ったこともあったの」

「勘違いなんかじゃない」リサの額に唇を押しあてた。「きみのいうとおりだ。ぼくはあまりにも頑固で……ええと……」

「お馬鹿さん」リサが助け船を出した。

「なにも見えてなかったんだ」

「そう、それだ」ロバートはつぶやいた。「なにも見えてなかったんだ」

「気づいてくれてよかったわ。目が新しく生まれ変わったようなものなのね」リサは嬉しそうに微笑んだ。

「ぼくも嬉しいよ。本当に嬉しい」ロバートはあらわになったリサの美しい身体に視線を這わせた。身をかがめてキスをしながら、視線を這わせた道筋を両手でたどる。リサの反応は早かった。身体をさらに押しつけ、両腕をロバートの首に絡ませて小さなうめき声を洩らす。そのときロバートの新しく生まれ変わった目に、またべつの光景が浮かんだ。これから長く続く幸せな結婚生活だった。愛と信頼に満ち、情熱に溢れ、たくさんの子供たちにかこまれている。ラングリー家の呪いはようやく解けたのだ。

「げふん、げふん」

大きくあからさまな咳払いが聞こえたので、ロバートは動きを止めてさっと振り向いた。リチャードとクリスティアナが戸口に立っていて、その後ろにはダニエルとシュゼットもいる。ロバートは一瞬頭が真っ白になった。はっとしてリサを振りかえると、裸の身体を隠そうと悲鳴をあげてうずくまっていた。

邪魔が入ったことに苛立ちながら、ロバートは急いでベッドの上の化粧ガウンをつかみ、膝をついてリサに着せてやった。リサの身体がきちんと隠れたのを確認すると、ロバートは立ちあがってふた組の夫婦を睨みつけた。「いったいなんのつもりだ？」

四人全員の眉が跳ねあがったのを見て、ロバートはようやく彼らに憤慨するのはお門違いだと気づいた。「グレトナグリーンに向かう馬車を用意させようか?」リチャードが尋ねた。

「さもなければ、ロバートには自分の屋敷へ帰ってもらって、この街で結婚式を挙げる準備が整うまで、リサとふたりきりで会わせるわけにはいかないわ」クリスティアナがにっこりと続けた。

「もうロバートの子供を身ごもってるかもしれないのよ」シュゼットはずけずけと指摘した。

「いますぐスコットランドに行くべきなんじゃないかしら」

「それに、我が家のしきたりを尊重したらどうだ」とダニエル。「みんなグレトナグリーンに急行してきたんだ」

「わたしたちはラドノー家の礼拝堂で結婚したわ」クリスティアナがすかさずダニエルをたしなめた。

「運がよかっただけでしょう。グレトナグリーンに行く計画だったんだから」シュゼットも負けずに指摘した。

「それはそうだけど」クリスティアナはしぶしぶ認めた。

それから四人揃って、いま問題となっているふたりに顔を向けた。

ロバートは考えた。グレトナグリーンに行くか、それともきちんとした結婚式を挙げるまで待つか。その場合、この四人が目を光らせて、絶対にリサとふたりきりにはさせてもらえないだろう。どちらを選ぶのが望ましいかは悩むまでもない。

「きみたちは荷造りをしてくれ。馬車の手配はぼくがする」ロバートは淡々と告げた。「その必要はないんだ」リチャードがおもしろがるようにいった。「いつかは呪縛が解けるとわかっていたからな。荷造りはとっくに終わっているよ」

「クリスティアナとわたしでリサの荷造りを手伝うから、あなたたちは馬車を用意させて、リサを立ちあがらせた。それから振りかえってつけ足した。「もちろん、馬車は三台必要よ。みんなで行くんだから。それに侍女もいなければお話にならないわ」

「くそっ」ロバートは小声でぼやいた。彼ら全員と召使と荷物を詰めこんだ馬車三台でのろのろとグレトナグリーンへ向かったら、いったい何日かかるのかを頭のなかで計算する。

さっきの続きができるのは、二、三日先のことになりそうだ。

「元気を出せよ」ダニエルが楽しそうにロバートの背中をぴしゃりと叩いた。「結婚という名の地獄で働く兵隊に、おまえもいよいよ仲間入りだな」

ロバートは苦笑いした。「ああ」

「これできみも正式な家族の一員だ」リチャードがいい、ダニエルと一緒にロバートに先を譲った。「シュゼットとクリスティアナにとっては兄のような存在だったが、これからは義理の弟になるわけだ……リサだけは事情がちがうが」とあたりまえのことを指摘する。

「ああ、リサだけはちがうとも」ロバートは真面目くさって同意し、三人は部屋を出ていった。

20

「二階に行ってくる」ロバートは険しい顔でいうと、客間のドアに向かった。

「それはお勧めしないな」リチャードが静かに諭した。立ちあがって生後三カ月の息子を肩に抱き、背中をさすって泣きやませようとしている。「女性陣は歓迎してくれないだろうし、リサはきみの顔を見たら機嫌が悪くなるぞ」

「まちがいない」ダニエルがにやりと笑った。「クリスティアナのお産の最中に、リチャードが二階に上がったらどうなったか、覚えてないのか？」

その言葉を聞いて、ロバートは足を止めた。覚えている。クリスティアナは夫をののしり、最初に目についたものを投げつけて、こんな地獄の苦しみを味わう羽目になったのはだれのせいだとわめいたそうだ。そこで新たな陣痛が始まり、苦悶の叫び声をあげたらしい。クリスティアナが投げた本が顔を直撃して、リチャードは鼻血を流して戻ってきた。

「いまごろリサは、すべての男は地獄へ落ちろとののしっているだろうが、きみはこの苦しみをもたらした張本人だからな」息子のリチャード・ジュニアがうとうとしはじめたので、リチャードはささやくように低い声で続けた。

「そうはいっても、ぼくひとりでやったわけじゃないだろう。彼女だって参加したんだ」ロバートはぶつぶつ文句をいったが、マディソン館の小さな客間をうろうろするだけで我慢することにした。

その不機嫌な表情を見てダニエルはくすくす笑い、正面の窓に近づいて外を眺めた。二歳になる息子クリストファーの様子を見ているのだろう。クリストファーは乳母に連れられて、外の空気を吸いに前庭へ出ていったのだ。ダニエルは息子を溺愛していた。それをいうならリチャードも息子を溺愛していて、さらにここにいる三人全員、妻のことを熱愛している。それに値する妻たちだった。ロバートはごく自然にそう考えている自分に気づいて驚いた。すべてリサのおかげだった。普通の女性なら、ロバートが自分の気持ちを認めることもできず、馬鹿な真似を繰りかえしているあいだに、ペンブルックでもティバルドでも、とりまき連中のだれかと結婚していただろう。けれども、リサはそうしなかった。彼女は愛情深く、簡単には諦めず、そのうえ想像を絶するほどに誠実なのだ。

結婚して三年近くたったいまとなっては、以前の自分がなにに固執していたのかまったく理解できない。リサと結婚してから、いままでの人生で最も幸せな日々を送っていた。もちろん、たまに口喧嘩をして仲たがいすることもあるし、お互いにいらいらさせられることもあるが、総じて人生に不満はない。いや、不満はないどころではない。ラングリー家の呪いは完全に解けたのだ。

ほかの男が妻にいらぬ関心を寄せてきて、嫉妬や不安を覚えたことも一度か二度はあったが、リサのこまやかな心配りでつねに彼女の愛情を実感しているおかげで、案じるまでもなくそうした危機は去っていった。リサ以外の女性にそうした芸当はできないだろう。この世のだれよりも自分のことを理解してくれているのだ。ぼく自身よりも理解しているように思えるときもあるくらいだった。ロバートはそう考えて苦笑した。幸運の星のもとに生まれてきたとしか思えない。

「旦那さま？」

ベットの声にロバートはさっと振りかえり、心配のあまりせきこむように尋ねた。「どうした？」

「もう階上《うえ》にいらしても結構です」ベットはそれだけ伝えると慌てて立ち去ったので、リサの安否も赤ん坊が男か女かも訊く暇がなかった。

ロバートはごくりとつばを呑み、すぐにドアに向かった。リチャードとダニエルもぴったりとついてくる。

「どうしたのかね？」マディソン卿が執務室のドアを開けて、通りかかった三人に尋ねた。

ロバートは歩く速度を落とさず、「もう階上に行っていいそうです」とだけ伝えて通りすぎた。予想どおり、リサの父親も行進に加わった。

リサはベッドの上に起きあがり、しっかりと守るように小さなおくるみを抱えていた。ロバートが先頭に立って足早に部屋に入ったとき、リサはすっかり疲れきった様子だったが、とても美しかった。ひと組のブックエンドのようにベッドの左右に立つシュゼットとクリスティアナにはちらりと目をやっただけで、まっすぐにリサを見つめた。だが、心配そうな表情を浮かべているのに気づき、にわかに不安になった。

「大丈夫か?」ロバートはベッドの端に腰を下ろした。リサの両手をとりたいが、赤ん坊を抱いたままでは難しいので、かわりにリサの腰に触れた。リサはうなずいたが、触れているほうが安心できる。

「あなたの子供の顔は見たくないの?」ロバートがリサの顔ばかり見つめていると、リサが尋ねた。なぜか落ち着かない様子だった。

「見たいに決まってるわよね」シュゼットが身を乗りだし、赤ん坊の顔がよく見えるようにおくるみをすこしめくった。「レディ・サラ・メイトランドでございます」

「母の名をとって名前をつけたの」リサが慌てて説明した。「あなたも気に入ってくれるといいんだけど」

「いい名前だな」ロバートは文字どおり真っ赤な顔をした赤ん坊に目をやった。この世のものとは思えないほど美しい目鼻立ちをした赤ん坊だった。あたりまえだ、リサの子なんだから。柔らかな頬を指先でそっと撫でると、赤ん坊がその指をつかみ、口もとに引きよせようとしたので、ロバートは思わず微笑んだ。

「我が家に初めて生まれた女の子か」リチャードがもっとよく見ようと近づいてきた。

「伯父さまたちがたっぷり甘やかしてあげよう」ダニエルがにやりと笑った。

「そして、いとこのお兄ちゃまたちに泣かされるのよ」クリスティアナが楽しそうにいった。

「そうね」リサがささやいた。

「抱いてもいいかね？」マディソン卿がクリスティアナとリチャードのあいだから歩みでた。

リサが赤ん坊を差しだすと、マディソン卿はガラス細工でできているかのように慎重に受けとった。

「小さなサラや」マディソン卿は赤ん坊をそっと揺すりながら、ベッドからすこし離れた。「お祖母ちゃまのように美しい貴婦人に育っておくれ。どんなにすばらしいお祖母ちゃまだったのか、ゆっくり教えてあげよう」

ロバートはその言葉を聞いて微笑み、リサに顔を向けた。一同はハーメルンの笛吹き男についていくねずみよろしく、マディソン卿と赤ん坊のあとについていく。ところが、リサの顔にまだ不安そうな表情が浮かんでいたので、ロバートは眉をひそめた。

「どうしたんだ？」ロバートは空いているリサの両手を握った。「なにかあったのか？　体調は大丈夫なんだろう？」

「ええ、もちろん」リサは急いで答えた。「ただ――がっかりしたんじゃないかと思って」

ロバートは理解できなかった。「がっかりってなにに？」

「だって、たいていは女の子よりも男の子を喜ぶものだし、それに……」ロバートがくすくすと低い声で笑いだすと、リサの言葉が途切れた。

ロバートはかぶりを振り、リサの手を優しく握りしめた。「いいかい、ぼくは女の子が生まれてとても嬉しいんだ。ラングリー家は何世紀も前から、男ばかりが続いていたからね。そろそろかわいい女の子が仲間入りしてもいい時期だし、その父親になれて誇りに思うよ」リサにそっとキスをした。「これは、例の呪いがまちがいなく終わったという意味だと思うんだ。娘を女嫌いに育てることなんて、とうてい無理な話だからね」

「あなたは女嫌いなんかじゃないわ」ロバートが娘の誕生を喜んでいると知り、リサはほっとしたように微笑んだ。

「ああ、ぼくは女性を愛してる」ロバートはリサの額に額を寄せた。「そして、愛することを教えてくれたのはきみだ」

「愛してるわ、ロバート」リサはささやき、彼の背中に手をまわした。

「ぼくもだよ、リサ。ぼくたちの娘を産んでくれてありがとう。きみを愛し、信頼していることに気づくまで、辛抱強く待っていてくれたことにも感謝している」

リサは返事のかわりにキスをした。軽く唇をかすめるだけのつもりだったのかもしれないが、ロバートは気づくといつものように激しいキスをしていた。リサはうめき声を洩らしながら唇を離し、ロバートはリサの鼻に鼻をすり寄せて、ささやきかけた。「早くサラの妹が欲しいな」

「つぎの子供は、一年くらいたって元気になってからかしら。でも、練習ならすぐに始められるはずよ」

「練習も悪くないね」ロバートはにやりとした。もう一度キスをしたが、今度は情熱が先走らないように自制した。これから一生、たっぷり練習することができるのだ。楽しみでたまらなかった。

訳者あとがき

お待たせいたしました。リンゼイ・サンズのマディソン姉妹シリーズ第三弾、『心ときめくたびに』（原題 *The Husband Hunt*）をお届けします。

長女クリスティアナ、次女シュゼットときて、いよいよ末娘リサの物語となりました。ロマンス小説が大好きで、半分物語の世界に生きているような、かわいらしい夢見る少女リサ。少女のころから幼なじみのロバートに思いを寄せていますが、ロバートはまったく相手にしてくれません。リサの思いには気づいているものの、思春期特有のはしかのようなものだからそのうち熱も冷めるだろうと、あまり真剣にはとらえていない様子です。

さて、そんなリサが二年ぶりにロンドンにやって来ました。どうも様子がおかしいと思ったら、こっそり屋敷を抜けだそうとしているようです。実は、友人モーガン夫人を訪ねる予定なのですが、発禁本をくれた人物なので家族に知られたら反対されるだろうと、ひとりでこっそり外出するつもりなのです。しかし侍女のベットに気づかれてしまい、仕方なく彼女も連れていくことにしました。無事夫人に再会できて喜んだのもつかのま、信頼していたはずの夫人に睡眠薬入りのお茶を飲まされ、ふたりは監禁されてしまいます。なんとモーガン夫人は娼館の女主人で、何者かに頼まれてリサを監禁したのでした。

ベットがなんとか窓から抜けだしてロバートに助けを求め、ロバートは間一髪のところでリサを助けだすことに成功しました。その帰り道、リサは勇気を出して彼に長年の思いをうちあけますが、女性として見ることはできないとはっきり言われてしまいます。ロバートはある事情から結婚はしないと決めているのでした。もっとも、モーガン夫人に着せられた薄衣のガウン姿のリサを見て、ロバートは少女とばかり思っていたリサの魅力に気づかされます。しかし、一時の気の迷いにすぎないと、自身の心境の変化をけっして認めようとはしませんでした。

リサはその冷たい言葉にショックを受け、ロバートのことはきっぱり諦めると決めました。そして落ちこんでばかりもいられないと、心機一転、ロンドン滞在中にすてきな結婚相手を見つけようと意気込みます。いっぽうのロバートは、モーガン夫人に監禁を依頼した黒幕はまだリサを狙っているかもしれないと、気が気ではありません。そこで、事件が解決するまでリサの警護を務めることにしました。ところが、舞踏会でリサを見初めた求婚者たちにちやほやされて、リサもまんざらでもない様子なので、それを見ているロバートは心中穏やかではいられません。それでも内心の葛藤を押し隠して護衛に徹していましたが、ある日、リサが自分の部屋から拉致されそうになります。屋敷でも安全ではないと、ロバートはますます心配を募らせますが、自由に行動したいリサとは衝突の連続で――。

幸せそうな様子の姉たちを見て、漠然と結婚に憧れを抱いていたリサ。結婚相手を探そうと、文字どおり試行錯誤を繰りかえしますが、次第に大切なものに気づいていきます。また、結婚はしないと頑なに思いこんでいたロバートも、リサとふれあううちに変化が訪れます。不器用なふたりには何度も歯がゆい思いをさせられますが、徐々に変わっていくふたりの心情が丁寧に描かれており、彼らに共感して応援してくださる読者のかたも多いのではないでしょうか。

本書だけ独立して読んでいただいても楽しめますが、シリーズ最終作でもあるので、三冊通して読んでくださったほうが、登場人物や物語の背景がより深く理解できるのではないかと思います。いかにも長女らしく、おっとりしていて心配性のクリスティアナ。気が強くて思ったことをずけずけいうシュゼット。そして甘えん坊で心優しいリサ。三人三様の恋模様をお楽しみください。

最後になりましたが、本書を訳すにあたっては、二見書房の渡邉悠佳子さんにたいへんお世話になりました。どうもありがとうございました。

二〇一四年七月

ザ・ミステリ・コレクション

心《こころ》ときめくたびに

著者　リンゼイ・サンズ

訳者　武藤崇恵《むとうたかえ》

発行所　株式会社 二見書房
東京都千代田区三崎町2-18-11
電話 03(3515)2311［営業］
03(3515)2313［編集］
振替 00170-4-2639

印刷　株式会社 堀内印刷所
製本　株式会社 関川製本所

ISBN978-4-576-14107-7
http://www.futami.co.jp/

微笑みはいつもそばに
リンゼイ・サンズ
武藤崇恵［訳］
〔マディソン姉妹シリーズ〕

いたずらなキスのあとで
リンゼイ・サンズ
武藤崇恵［訳］
〔マディソン姉妹シリーズ〕

ハイランドで眠る夜は
リンゼイ・サンズ
上條ひろみ［訳］
〔ハイランドシリーズ〕

その城へ続く道で
リンゼイ・サンズ
喜須海理子［訳］
〔ハイランドシリーズ〕

ハイランドの騎士に導かれて
リンゼイ・サンズ
上條ひろみ［訳］
〔ハイランドシリーズ〕

約束のキスを花嫁に
リンゼイ・サンズ
上條ひろみ［訳］

不幸な結婚生活を送っていたクリスティアナ。そんな折、夫の伯爵が書斎で謎の死を遂げる。とある事情で伯爵の死を隠すが、その晩の舞踏会に死んだはずの伯爵が現われ!?

父の借金返済のため婿探しをするシュゼット。ダニエルという理想の男性に出会うも、彼には秘密が…『微笑みはいつもそばに』に続くマディソン姉妹シリーズ第二弾！

両親を亡くした令嬢イヴリンドは、意地悪な継母によって〝ドノカイの悪魔〟と恐れられる領主のもとに嫁がされることに…。全米大ヒットのハイランドシリーズ第一弾！

スコットランド領主の娘メリーは、不甲斐ない父と兄に代わり城を切り盛りしていたが、ある日、許婚が遠征から帰還したと知らされ、急遽彼のもとへ向かうことに…

赤毛と頬のあざが災いして、何度も縁談を断られてきたアヴリル。そんなとき、兄が重傷のスコットランド戦士を連れて異国から帰還し、彼の介抱をすることになって…？

幼い頃に修道院に預けられたイングランド領主の娘アナベル。ある日、母が姉の代役でスコットランド領主と結婚しろと言ってきて…。愛とユーモアたっぷりの新シリーズ開幕！